울지 않기

울지 않기

Pas Pleurer

리디 살베르 장편소설 ― 백선희 옮김

mufintree
뮤진트리

무엇이 겁나느냐, 비겁한 녀석아?

겁쟁이처럼 왜 우느냐?

|

세르반테스, 《돈키호테》 제2권 29장

:: 차례 ::

일러두기

- 이 책은 Lydie Salvayre의 Pas Pleurer(Paris, Éditions du Seuil, 2014)를 우리말로 옮긴 것이다.
- 이 책의 모든 주석은 옮긴이주다. 설명이 긴 것은 각주로, 단어로 끝나는 것은 괄호로 처리해 글자의 크기를 줄였다.
- 원서의 이탤릭체 및 대문자 강조는 고딕체로 처리했으며, 원저자가 아무 설명 없이 에스파냐어로 표기한 부분은 번역자가 우리말로 해석하고 두꺼운 서체로 구별해 주었다.

한국 독자들에게 보내는 글

　내가 조르주 베르나노스의 《달빛 아래의 대 공동묘지》를 읽은 것은 2012년이었습니다. 어떻게 보면 그 독서에서 큰 충격을 받고 이 책 《울지 않기》를 쓰게 된 셈입니다. 베르나노스는 1936년에 발발한 에스파냐 내전 때 프랑코 파가 사제들과 공모해 저지른 잔혹 행위들을 직접 목도하고 격분해 《달빛 아래의 대 공동묘지》를 써서 그것을 고발했습니다. 그 책은 1938년 프랑스에서 출간되면서 큰 파문을 불러일으켰습니다. 우파 진영은 그를 배신자라 비난했고, 좌파 진영은 그를 같은 편으로 곡해하고 치하했습니다. 우파 교조주의자들도 좌파 교조주의자들도 그의 작품을 제대로 받아들이지 못한 것입니다. 조르주 베르나노스는 가톨릭 신자이자 왕정주의자를 자처했지만, 정신이 참으로 자유로워 온갖 선입견과 이념으로 편 가르는 걸 무용하게 만드는 사람이었습니다.

오늘날 베르나노스는 프랑스에서도 거의 읽히지 않고, 외국에도 알려져 있지 않은 작가입니다. 그가 시대정신에 복종하지 않아 분류하기 힘든 외로운 소설가였기 때문이었을까요? 잘 모르겠습니다. 그러나 한국 독자들이 이제 그를 발견하게 되리라는 생각을 하니 기쁩니다. 이어질 글에서는 세계적 재앙을 예고하는 것처럼 보였던 무자비한 학살의 공포 앞에서 경악한 베르나노스의 참담한 목소리에 또 하나의 목소리가 응답합니다. 그것은 같은 순간 에스파냐를 전복시킨 절대자유주의의 봉기를 마법의 시간처럼 기억하는 화자의 어머니, 몬세의 벅찬 목소리입니다.

리디 살베르

1

성부와 성자와 성령의 이름으로, 팔마의 대주교 예하께서 주교 반지가 번쩍이는 존엄하신 손을 뻗어 판관들을 향해 나쁜 빈자들의 가슴을 지목하신다. 이 말을 한 건 조르주 베르나노스다. 독실한 가톨릭 신자가 한 말이다.

때는 1936년 에스파냐. 내전이 막 일어날 참이었고, 나의 어머니는 나쁜 빈자였다. 나쁜 빈자란 입을 여는 빈자다. 1936년 7월 18일 나의 어머니는 난생처음으로 입을 열었다. 어머니의 나이는 열다섯 살이었다. 그녀는 몇 세기 전부터 그녀의 가족과 마찬가지로 많은 가족들이 대지주의 억압 아래 지독한 가난에서 헤어나지 못하는 외딴 마을에서 살고 있었다.

같은 순간, 조르주 베르나노스의 아들은 팔랑헤당*의 푸른 군복을 입고 마드리드의 참호 속에서 싸울 준비를 하고 있었다. 몇 주 동안 베르나노스는 아들이 국민군에 지원한 것이 근거도 있고 정당한 일이라 생각했다. 우리는 그가 품은 이념을 안다. 그는 '악시옹 프랑세즈Action française'**에서 활동했고, 드뤼몽***을 존경한다. 그는 왕정주의자에 가톨릭 신자이고, 낡은 프랑스 전통의 계승자를 자처하며, 정신적으로는 돈을 가진 부르주아 계급보다 노동자 귀족에 훨씬 가깝다고 말하고, 부르주아 계급을 혐오한다. 에스파냐에서 장군들이 공화정에 반대해 봉기했을 때 그곳에 있었던 그는 재난의 심각성을 바로 가늠하지 못했다. 그러나 금세 명백한 사실을 곡해할 수 없게 된다. 그는 국민당파들이 불순분자들을 조직적으로 숙청하고, 그러는 동안 가톨릭 고위 성직자들이 살인 틈틈이 성부와 성자와 성령의 이름으로 그들에게 죄를 사해주는 걸 목격한다. 에스파냐 교회가 숙청 군인들의 창녀로 전락한 것이다.

혐오감에 속이 뒤집힌 채 베르나노스는 그 추악한 공모를 무력하게 지켜본다. 그러다가 고뇌에 찬 통찰 끝에 예전에 공감했던 생각들과 단절하고, 비통한 심정으로 지켜본 바를 글로 쓰

---

* 에스파냐 제2공화국 당시인 1933년 호세 안토니오 프리모 데 리베라가 창당한 극우 성향의 정당. 공화주의, 전위주의, 근대주의를 표방했다.

** 20세기 전반기에 주로 활동한 반공화정 우익단체.

*** 프랑스 반유대주의의 대표적 인물 에두아르 드뤼몽Édouard Drumont(1844~1917).

기로 결심한다.

그는 그가 속한 진영에서 용기를 낸 몇 안 되는 인물 가운데
한 사람이다.

나는 나의 고독을 향해 가고,
나의 고독으로부터 왔다.*

1936년 7월 18일, 어머니는 내 외할머니를 따라 새 하녀를
구한다는 부르고스 집안 사람들 앞에 섰다. 전임자는 양파 냄
새가 난다는 이유로 내쫓겼다. 돈 하이메 부르고스 오브레곤
은 판결을 내리는 순간 흡족한 표정으로 제 아내 쪽을 보았고,
어머니를 머리부터 발끝까지 훑어본 뒤 그녀가 결코 잊지 못
할 확신에 찬 말투로 선언했다. 아주 겸손해 보이는군. 마치 칭
찬이라도 받은 양 할머니는 고마워했지만, 어머니는 내게 말했
다. 그 말은 날 미치게 했어. 얘야, 난 그걸 모욕으로 받아들였
다. 엉덩이를 한 대 걷어차인 것처럼 속으로 10미터는 펄쩍 뛰
었지. 그 말이 십오 년째 잠자고 있던 내 뇌를 들쑤셔놔서, 레
리다에서 호세 오빠가 가져온 지루한 이야기의 의미를 이해하

---

* A mis soledades voy, De mis soledades vengo. 에스파냐 근대문학의 거장 로페 데
베가의 대화체 소설 《도로테아La Dorotea》에 나오는 시의 한 구절.

기가 한결 쉬웠지. 다시 거리로 나왔을 때 난 버럭 고암을(나 :
고함이겠죠), 고함을 질렀어. 겸손해 보인다는 말이 무슨 뜻인
지 알아요? 잔뜩 숨죽인 어머니가 애원하더구나. 제발 조용히
좀 말해라. 얘야, 난 속이 부글부글 끓었단다. 부글부글 끓었
어. 그 말은 내가 아주 바보처럼 착하고 아주 고분고분할 거라
는 뜻이었어! 내가 도냐 솔doña Sol의 온갖 명령을 군소리 없이
받아들이고, 투덜거리지 않고 그 여자 똥을 치워줄 애라는 뜻
이었어! 내가 완벽한 바보라는 사실을 대놓고 보여줄 거고, 절
대 아무것도 거역하지 않을 거고, 아무 구박도 할 필요가 없게
행동할 거라는 것, 내게 제격인 겸손한 얼굴로 **정말로 감사합니
다**, 라고 말해야 할 거라는 뜻이었다고. 어머니는 겁먹은 눈길
로 속삭였지. 맙소사, 제발, 목소리 좀 낮춰라. 네 말 다 들리겠
다. 나는 더 큰 소리로 외쳤어. 듣거나 말거나 상관 안 해요. 난
부르고스 집 하녀가 되고 싶지 않으니까요. 차라리 도시에 가
서 창녀가 되는 편이 낫겠어요! 어머니가 내게 애원했지. 제발,
그런 바보 같은 소리 마라. 나는 화가 나서 말했단다. 그 사람
들 우리더러 앉으라고 권하지도 않았어요. 악수조차 건네지 않
았다고요. 그러고 보니 기억나는구나(나 : 기억이에요). 내가 염
장 때문에 엄지가 아파 붕대를 매고 있었던 게 갑자기 기억나.
염증이겠지요. 말끝마다 고치려 들지 마라, 그러다간 이 이야
기 끝까지 못 해. 나를 진정시키기 위해 어머니는 내가 하녀로

채용되면 받을 거라 예상되는 엄청난 혜택을 속삭이며 상기했어. 숙식이 해결되고, 씻을 수도 있고, 일요일마다 성당 광장에서 호타jota 춤을 출 자유 시간을 갖게 될 거고, 얼마 안 되겠지만 봉급과 매년 상여금도 받게 될 거고, 그걸로 조금이나마 따로 혼수 자금도 마련할 수 있을 거라고. 그 말에 나는 꽥 소리를 질렀어. 차라리 죽겠어요! **허이고**, 어머니는 거리 양쪽에 늘어선 집들을 향해 불안한 눈길을 던지며 한숨을 내쉬었어. 나는 내 다락방으로 냅다 달려갔지. 다행히도 이튿날 전쟁이 일어났고, 그래서 난 부르고스 집으로도, 다른 누구의 집으로도 가지 않게 되었어. 얘야, 전쟁이 아주 때마침 일어났던 거야.

오늘 저녁, 어머니는 텔레비전을 보고 있다. 한 남자가 공화국 대통령에게 질의하는 영상을 보는 어머니의 머릿속에 문득 레리다에서 돌아온 호세의 열광이, 그를 멋져 보이게 하던 젊은 혈기와 열정이 떠오른다. 그러자 모든 기억이 단숨에 딸려 올라온다. 돈 하이메 부르고스 오브레곤의 짧은 말, 1936년 7월의 환희, 도시를 발견하고 느꼈던 행복, 어머니가 미칠 듯이 사랑한, 그리고 언니와 내가 어린 시절부터 앙드레 말로라고 불렀던 그 사람의 얼굴까지.

내 어머니의 이름은 몬세라트 몬클루스 아르호나. 나는 이 이름을 살게 하고, 약속된 죽음에서 얼마간이라도 떼어놓게 되어 기쁘다. 지금 하려는 이야기 속에 지어낸 인물은 한 사람도 끌어들이고 싶지 않다. 나의 어머니는 나의 어머니이고, 베르나노스는 《달빛 아래의 대 공동묘지》를 쓴 존경받는 작가이며, 가톨릭교회는 1936년의 추악했던 바로 그 교회다.

내가 작업하며 마시는 샘은
나의 삶이다.

나의 어머니는 1921년 3월 14일에 태어났다. 가까운 이들은 어머니를 몬세 또는 몬시타라고 부른다. 칠십여 년 전 운명에 의해 프랑스 남서부 어느 마을에 내던져진 이후로 당신의 언어가 된, 피레네 산맥을 넘어온 뒤섞인 언어로 젊은 시절의 이야기를 하는 내 어머니의 나이는 아흔이다.

어머니는 예뻤다. 어머니에겐 요즘은 발레리나들에게서나 볼 수 있는, 물동이를 머리에 인 옛 에스파냐 여인들이 풍기던 묘한 당당함이 있었다고 한다. 듣기로는 마치 배처럼, 돛처럼 아주 꼿꼿하고 유연하게 걸었다고 한다. 영화에서나 볼 수 있는 몸매에, 눈빛엔 선량한 심성이 깃들어 있었다고 한다.

오늘날 어머니는 늙어 얼굴엔 주름이 가득하고 몸은 노쇠했고 걸음걸이도 길 잃은 듯 비틀거리지만, 1936년의 에스파냐를 환기할 때마다 내가 한 번도 보지 못한 광채로 되살아나는 그

눈빛만큼은 여전히 젊다. 어머니는 기억장애를 앓고 있어 전쟁과 오늘 사이에 경험한 사건들의 흔적을 영영 잊어버렸다. 그러나 상상하기 힘든 일이 일어난 1936년 여름의 기억만큼은 더없이 말짱하게 간직하고 있다. 어머니가 삶을 발견한 그해 여름, 아마도 어머니에겐 평생 한 번뿐인 모험이었을 그해 여름 말이다. 그렇다면 이어진 일흔다섯 해의 세월 동안 어머니가 현실로 여겼던 것이 당신에겐 진짜 실존을 갖지 못했다는 뜻일까? 나는 그런 생각이 들 때가 있다.

오늘 저녁, 나는 어머니가 잃어버린 젊은 시절의 잿더미를 뒤적이는 소리를 듣고, 어머니의 얼굴에 화색이 도는 걸 본다. 마치 에스파냐 대도시에서 보낸 1936년 여름의 며칠에 어머니 인생의 모든 기쁨이 집약되어 있고, 시간의 흐름이 1936년 8월 13일 오전 여덟 시 산마르틴 거리에서 멈춰버린 것만 같다. 나는 어머니의 이야기를 들으며 동시에 베르나노스의 《달빛 아래의 대 공동묘지》를 읽는다. 이 독서는 어머니의 기억을 암울하게 보완한다. 나는 이 두 이야기가 내 안에 불러일으키는 불안의 이유들을 해독하려 애쓴다. 이 불안이 내가 가고 싶지 않은 곳으로 나를 실어갈까 겁이 난다. 더 정확히 말하자면, 이 불안들을 환기하자 어떤 미지의 수문水門을 통해 내 안에 모순된 감정들이 미끄러져 들어오는 게 느껴진다. 꽤나 당혹스러운 감정들이다. 1936년에 경험한 절대 자유에 관한 어머니의 이야기가 내 마음에 묘한 경이를 불러일으킨다면, 반대로 인간의 미망과 증오, 분노를 체험한 베르나노스가 묘사한 잔혹 행위의 이야기는 오래전 잠들었다고 믿은 그 야비한 사상의 명맥을 잇는 비열한 이들을 볼 때 느끼는 두려움을 되살려낸다.

어머니가 열다섯 살 나이에 내 할머니를 따라 하녀 자리에 지원했을 때, 앞서 언급한 돈 하이메 부르고스 오브레곤의 누이인 도냐 푸라doña Pura는 등받이가 높다란 가죽 의자에 변함없이 꼿꼿하게 앉아 자신이 애독하는 신문 〈에스파냐 행동 Acción Española〉*의 일면 사설을 읽으며 흥분했다. "한 젊은 장군이 볼셰비키의 침략을 막기 위해 민주주의와 사회주의에 빠져 몰락해가는 위대한 에스파냐를 지휘하기로 결심했다. 그의 호소에 다른 장군들도 주저 없이 이 경이로운 지도자를 중심으로 모여들었고, 전국 규모의 연합들도 깨어났다. 그러나 지중해 연안 유럽 전역에 독을 퍼뜨리려는 모스크바 정부가 권좌에 앉힌 야수 같은 본능과 저급한 욕망을 과연 정신과 지성, 조국에 대한 충성심과 영웅심이 이길 수 있을 것인가?"

기사를 끝맺는 이 질문에 불안해진 도냐 푸라의 심장이 곧바로 두방망이질쳤다. 도냐 푸라는 걸핏하면 심장이 두근거렸

---

* 에스파냐 왕정복고를 주장하는 극우 성향의 일간지.

다. 의사가 가슴을 심하게 뛰게 할 곤란한 상황은 피하라고 처방을 내렸지만 그녀는 애국심의 명에 따라 국민당의 신문을 읽지 않을 수 없었다. 그녀는 꺼져가는 목소리로 말했다. 의사 선생님, 이건 의무예요.

그 후 여러 날 동안 도냐 푸라는 몬세의 오빠 호세와 그 도둑 패거리가 자신의 집을 약탈하고, 땅을 훔치고, 재산을 파괴하는 걸 목도하게 될까 겁에 질려 지냈다. 식료품 가게 주인 마루카가 목소리를 낮춰 들려준 이야기 때문이었다. 아나키스트들이 돌아다니며 유혈 강도짓을 벌이고, 수녀들을 강간한 뒤배를 가르고, 끔찍한 신성모독으로 수녀원들을 더럽히고 있다는 이야기였다. 그때부터 도냐 푸라는 아나키스트들이 그녀 방에 들이닥쳐 자신의 새하얀 잠자리를 굽어보는 상아 십자고상을 뜯어내고, 칠보 상감된 보석함을 훔치고, 오 주님, 차마 입에담을 수 없는 가혹 행위를 저지르는 모습을 상상했다. 그런데도 그녀는 그 미치광이 강도들의 부모를 만나면 여전히 인사를 건넸다. 선한 마음씨를 가져야 했기 때문이다!

그러나 저녁이 되면 기도대 앞에 무릎을 꿇고, 무엇 하나 존중하지 않는 저 야만인들로부터 자기 가족을 지켜달라고 이렇게 하늘에 빌었다.

저들이 뒈지기를!

이 말을 내뱉기 무섭게 그녀는 그런 바람을 입 밖에 꺼냈다는 수치심에 얼굴을 붉혔다. 초감각적인 청력을 갖추고 계실 하느님께서는 그녀의 말을 들었을까? 그녀는 내일 당장 돈 미구엘(아직 달아나지 않은 마을 사제)을 찾아가 고해를 할 생각이다. 신부는 그녀에게 성모송 세 번과 주기도문 한 번을 보속으로 처방해줄 테고, 그 기도는 아스피린 한 알처럼 그녀의 양심에 거의 즉각적인 치료 효과를 발휘할 것이다. 그 시절엔 가톨릭 신자들이 빨갱이들을 상대로 어떤 범죄를 저지르건, 도검으로 찌르건 총포를 쏘건 곤봉이나 쇠막대로 치건 즉각 새하얗게 세탁되고 용서받았다. 범죄를 저지른 장본인이 저녁 기도 전에 그야말로 신기한 마법의 권능을 가진 에스파냐 하늘과 살짝 합의하고 통회의 기도만 올린다면 말이다.

도냐 푸라는 다시 이어서 기도를 올렸고, 이제는 성스럽기 그지없는 동정녀 마리아께 하느님을 치명적으로 모독하는 저 후안무치한 자들의 흉책을 끝장내달라고 간청했다. 도냐 푸라는 그녀 재물에 손해를 입히는 짓이 곧 그녀의 하느님에 대한 치명적 모독이라고 여겼기 때문이다. 도냐 푸라는 그녀의 하느님을 치명적으로 모독하는 짓거리를 누구보다 잘 알았기 때문이다. 도냐 푸라는 마을 사람들이 설득력 있는 줄임말로 '파차 facha(파시스트)'라고 부르는 사람들에 속했기 때문이다.

파차라는 말은 에스파냐 식으로 츠tcheu라고 발음될 때 꼭 가래침처럼 뱉어진다.

마을엔 파차가 많지 않았지만 모두들 이렇게 생각했다.

선량한 빨갱이란
죽은 빨갱이뿐이다.

나의 외삼촌이자 몬세의 오빠인 호세는 빨갱이였다. 아니, 빨
갱이면서 아나키스트였다.

여동생이 부르고스 집에 다녀온 이야기를 해준 뒤로 그는
화를 가라앉히지 못했다. 1936년의 빨갱이들은 화를 가라앉히
지 못했다. 빨갱이면서 아나키스트들은 더더욱 그랬다.

호세는 여동생이 모욕당했다고 생각했다. 1936년의 에스파냐
는 모욕당한 자들로 넘쳐났다.

겸손해 보인다고? 겸손해 보인다니! 그 **기분 나쁜 자식**, 자기
가 대체 뭐라도 된다고! 그 **못된 새끼** 후회하게 만들어줄 거야!
그 구역질나고 빌어먹을 말을 도로 주워 삼키게 만들고 말겠
어! 그 **부르주아 새끼** 아가리를 닫치게 하겠다고!

레리다에 다녀온 뒤로 호세는 예전의 그가 아니었다. 그의
눈에는 뭐라고 표현할 수 없는 낯선 환영들이 어른거렸고, 그의
입에서는 다른 세계의 말들이 튀어나와 그의 어머니는 이렇게
말했다. 누가 내 아들을 바꿔치기한 거야.

매년 5월 아몬드 수확기와 9월 개암 수확기 사이에 호세는

한철 일꾼으로 레리다 근처의 대규모 경작지로 건초를 베러 가곤 했다. 힘에 부치는 노동인데다 임금도 보잘것없었지만 그것이나마 부모에게 건네며 뿌듯해했다.

열네 살부터 그의 일상은 새벽에 시작되어 해가 져서야 끝나는 밭일로 소진되었다. 그의 삶은 그런 식으로 정해졌다. 그리고 그는 단 한 순간도 그걸 문제 삼을 생각을 하지 않았고, 단한 순간도 다르게 살 수 있다고 생각지 못했다.

그런데 그해, 후안과 함께 레리다에 갔을 때 그가 발견한 것은 현기증 날 정도로 발칵 뒤집힌 도시였다. 도덕은 무너졌고, 땅은 공동의 소유가 되었고, 교회는 협동조합으로 변해 있었고, 카페는 슬로건들로 떠들썩했고, 만나는 얼굴마다 환희가, 열정이, 결코 잊지 못할 열광이 깃들어 있었다.

거기서 그는 청춘의 영혼이 실린, 참으로 새롭고 참으로 담대한 말들을 발견했다. 거창한 말들, 요란한 말들, 뜨거운 말들, 숭고한 말들. 막 시작되는 세상의 말들이었다. 혁명, 자유, 우애, 공동체. 에스파냐어로 마지막 음절에 힘이 실린 그 말들은 듣는 이의 얼굴에 곧바로 주먹질을 날렸다.

그는 어린아이처럼 감탄했다.

한 번도 생각해본 적 없는 것들이 머릿속에 떠올랐다.

기상천외한 생각들이었다.

그는 주먹을 불끈 쥐고 〈민중의 아들Hijos del Pueblo〉을 합창하는 법을 배웠다.

그는 다른 사람들과 함께 "압제 규탄" "자유 만세"를 외쳤다. "죽음을 죽음으로!"라고 외쳤다.

그는 자신이 존재함을 느꼈다. 자신이 좀더 나은 사람이 된 기분이었다. 현대적인 인간이 된 것 같고, 심장이 튀어나올 것만 같았다. 그는 젊다는 것이 의미하는 바를 문득 이해했다. 예전엔 그걸 몰랐다. 이걸 모른 채 죽을 수도 있었구나, 라는 생각이 들었다. 동시에 이날까지 자기 삶이 얼마나 비참했는지, 자기 욕망이 얼마나 가난했는지도 가늠했다.

그 거대한 검은 바람 속에서 그는 뭔가를 감지했고, 다른 말을 알지 못했기에 그걸 시詩라고 불렀다.

그는 거창한 말들을 입안 가득 머금고, 목에 붉고 검은 머플러를 두른 채 마을로 돌아왔다.

그는 청중을(아직은 어머니와 누이뿐인) 향해 열변을 토하며, 레리다에 찬란한 새벽이 밝았고(그는 서정성의 기질을 타고났다) 에스파냐가 마침내 에스파냐다워졌고 자신은 에스파냐 특유의 기질을 갖게 되었다고 말했다. 그는 인간의 예속과 치욕을 영속시키는 옛 체제를 청산해야 한다고, 마음과 정신의 혁명이 시작됐다고, 그 혁명은 내일이면 온 나라에 퍼질 거고 점차 온 세상에도 퍼지게 될 거라고 말하며 전율했다. 이제는 돈이 모든 걸 결정하지 않을 거고, 돈이 존재들을 구분 짓는 근거가 되지 못할 거라고, 곧 그렇게 될 거라고….

아주 바닷물에서 아니스 술 맛까지 나겠구나. 어머니가 역정을 내며 말했다. 그리고 곧 불의도 서열도 없고, 착취도 가난도 없어져서 사람들이….

교황님이랑 휴가를 떠날 수도 있겠네? 어머니가 점점 더 화가 나서 덧붙였다.

사람들이 자기 재물을 나누고, 이 땅에 태어난 뒤로 입을 다문 사람들, 모든 땅을 소유한 저 **멍청한** 돈 하이메한테 땅을 빌리는 사람들, 그 마누라의 똥을 닦아주는 사람들, 그리고 그릇까지 박박 문질러 닦아주는….

그만 해라! 더 참지 못하고 어머니가 소리쳤다.

그런 사람들이 일어나 싸울 거고, 이 모든 속박에서 해방될 거고….

그 속박을 내가 너한테 좀 해야겠다. 어머니가 폭발했다. 일곱 시구나. 가서 닭이나 들여다봐라. 사료 양동이는 준비해뒀다.

그러나 호세는 말이 끊이지 않았다. 그래서 바쿠닌의 사상을 이해하지 못하는 닭들은 모이를 줄 때까지 좀더 기다려야 했다.

레리다에 다녀온 뒤로 호세는 말이 끊이지 않았고, 엄청나게 화를 내거나 원통해하거나, **머저리들, 빌어먹을, 제기랄, 뒈져라**

따위의 욕설들을 내쏟는 순간들과 숭고하게 열광하는 순간들이 번갈아 이어졌다.

아침이면 그는 나쁜 부자들을 향해 노발대발했다. 그의 말대로라면 나쁜 부자라는 말은 중복 표현(그는 이 말을 일간지 〈토지와 자유Tierra y Libertad〉에서 발견했다)이었는데, 부자는 나쁜 부자밖에 없기 때문이었다. 말해봐, 훔치지 않은 재산이 어디 있어? 그는 돈 미구엘 신부의 친구로 부당 이득을 취하는 모리배들에 대해서도 투덜거렸다. 저 신부, 곧 사제복 아래로 혁명의 차가운 바람을 느끼게 될걸(이렇게 말하고는 웃음을 터뜨렸다). **도둑놈** 돈 하이메 부르고스 오브레곤과, 사람들을 굶주림에 시달리게 하는 다른 놈들에 대해서도, 특히 반역자들의 두목을 자처한 국민당 패거리의 우두머리 프란시스코 프랑코 바하몬데 장군에 대해서도 통렬하게 비난했다. 때로는 혹자는 천박하다고 말할 법한 화려한 방언으로 욕설을 쏟아냈는데, 프랑코 장군을 사제들과 붙어먹는 난쟁이로, 퇴비처럼 썩어빠진 놈으로, 개자식으로, 불알을 매달 살인자로 취급했고, 때로는 바쿠닌 식 정치논리학에 따라 그를 자본주의의 실질적 동맹자로, 공화파 정부에 대한 불신과 그의 탄압에 동시에 희생된 프롤레타리아 계급의 적으로 지목하기도 했다.

그러나 아침에 호세의 심장이 화약고였다면, 저녁이면 그는 너무 고결해서 믿기지 않는 이상들을 꿈꾸었고, 여동생 몬세에게 아무도 누군가의 하인도 주인도 아니게 될 세상이 올 거라고 약속했다. 어떤 존재도 더이상 타인에게 자신의 주권을 양도하지 않을 세상(일간지 〈노동자 연대Solidaridad Obrera〉에서 빌려온 문장이었다), 정의롭고 아름다운 세상, 천국 말이야. 그는 행복에 겨워 웃으며 말했다. 사랑과 노동이 기쁨 속에서 자유롭게 이루어질, 지상에 실현된 낙원. 그곳에서는….

어떻게 그럴 수 있는지 모르겠어, 몬세가 웃음을 참으며 그의 말을 가로막았다. 1월에 손가락은 얼고 등은 펴지지도 않는데 어떻게 기쁨 속에서 자유롭게 올리브를 따? 그녀는 열다섯이라는 나이를 뽐내듯 말했다. 오빠 꿈을 꾸고 있는 거야.

몬세의 말에 그가 계획해둔 경이로운 약속들은 잠깐 가로막혔지만 호세는 이내 똑같은 격정과 똑같은 열의로 말을 이었다. 몬세도 마음속으로는 오빠가 상상하는 인간적인 미래에 대한 이야기를 들으며 행복했다. 아무도 누군가에게 침 뱉지 않고, 사람들의 눈 속에서 어떤 두려움이나 수치심도 읽을 수 없고, 여자도 남자와 평등한 존재가 되고….

못된 짓에도 평등해? 몬세가 짓궂게 물었다.

못된 짓거리건 뭐건 모든 것에서 평등하지, 호세가 말했다.

몬세는 미소 지었다. 그녀는 호세가 말 못 하는 것들 위에 놓을 줄 아는 말들, 그녀에게 낯설고 도시처럼 방대한 세상을 열어주는 말들에 온몸으로 은밀히 동의했다.

그녀는 호세의 말을 받아주었다. 그만큼 그의 이야기를 듣는 게 좋았다. 이제 그는 철학자가 되어(이런 호세를 그녀는 누구보다 좋아했다) 무소유의 기술에 관한 멋들어진 말들을 읊어댔다. 몬세 : 무슨 기술이라고? 호세 : 무소유의 기술. 몬세 : 그게 무슨 뜻이야? 호세 : 어떤 물건이나 집이나 보석, 팔찌 시계, 마호가니 가구, 이런저런 것들을 소유하게 되면 그런 물건들의 노예가 되고, 무슨 수를 써서라도 그것들을 지키고 싶어 하게 되지. 그건 우리가 벗어날 수 없는 예속에 새로운 예속을 더하는 일이야. 우리가 세우려는 자유로운 공동체에서는 모든 게 우리의 것이면서 아무것도 우리의 것이 아니게 돼, 알아듣겠어? 빛이나 공기처럼 땅도 우리의 것이 되지만 누구의 소유도 아닌 거지. 그는 희열했다. 그리고 집에는 자물쇠도 걸쇠도 달지 않을 거야. 못 믿겠지? 몬세는 그의 말을 마시듯 받아들이고 4분의 1 정도밖에 알아듣지 못했지만, 왠지 모르게 기분이 좋았다.

지친 어머니는 젊은 애들 특유의 그런 허황된 이야기가 오래가지 않기를, 그녀가 현실 감각이라 부르는 것을, 다시 말해 포기의 감각을 아들이 금세 되찾기를 희망했다. 그것이 그녀의 은밀한 바람이었다. 그것이 마을 모든 어머니들의 은밀한 바람이었다. 어머니들은 괴물이다.

우린 혁명을 일으켜 국민당파를 박살낼 거야, 호세는 열광했다. **국민당파를 몰아내자! 몰아내자! 몰아내자!**

베르나노스가 묵는 팔마데마요르카에서는 국민당파가 벌써 빨갱이 사냥을 시작했다. 그 적막한 섬의 빨갱이들은 온건파에 속해서 사제들을 학살하는 데 가담하지 않았다.

성전聖戰이 선포된 이후로, 파시스트 전투기들이 화려한 제의를 차려입은 팔마 대주교의 축성을 받은 후로, 빵집 여주인이 그에게 무솔리니 식 경례를 붙인 후로, 카페 주인이 시뻘겋게 성을 내며 하루에 열다섯 시간을 일하면 더 나은 임금을 받을 자격이 있다고 감히 선언하는 농촌의 일꾼들을 (머리에 총을 쏘아) 고분고분하게 만들어야 한다고 말한 후로 베르나노스는 점점 불안이 엄습해오는 걸 느꼈다.

도미니크회 수사들이 운영하는 프랑스 가톨릭 잡지 〈세트 Sept〉가 에스파냐에서 일어나는 사건들에 관한 그의 증언들을 정기적으로 연재하기로 했다. 그 시평時評들은 훗날 《달빛 아래의 대 공동묘지》의 재료가 될 것이다.

어떤 때는 팔마 들판을 거닐다가 길 한구석에서 파리 떼가 득실거리는 시신에 발부리가 걸리기도 했다. 시신의 머리는 피범벅이고, 얼굴은 찢겨 있고, 눈꺼풀은 퉁퉁 부어 있고, 입은 시커먼 무언가를 향해 열려 있었다.

처음에 그는 그런 약식 처형이 거의 모든 이들이 비난하는 과오나 보복 행위에 지나지 않을 거라고 생각했다.

금세 꺼질 불이려니 생각했다.

그런데 그 불은 오래도록 탔고, 그의 불안은 커져만 갔다.

호세의 정신은 다른 성격의 불에 타올라 그는 온종일 화를 내고 온종일 열광했다. 그러나 아버지가 밭에서 돌아오기만 하면 호세는 침묵 속에 틀어박혔다.

그의 아버지는 800아르* 정도의 토지를 소유한 지주였다. 오래전부터 대물림해 내려온 땅과 돈 하이메에게 할부로 조금씩 사서 늘린 땅이었다. 올리브나무와 염소들이나 좋아할 거친 풀밖에 자라지 않는 그 메마른 땅은 그의 유일한 자산이자 가장 소중한 재산이어서 노새를 고를 때처럼 세심하게 고른 아내보다 그에겐 더 소중할 터였다.

호세는 경작지를 더 공평하게 나누려는 자기 계획의 정당성을 아버지에게 설득하려고 해봤자 아무 소용도 없으리라는 걸 알았다. 자기 구멍 밖으로 고개 한번 내민 적 없고, 읽을 줄도 쓸 줄도 모른 채 시대에 뒤떨어진 사고방식을 고수해온 아버지는 아들의 생각을 격렬하게 거부하고, 절대로, 절대로, 절대로 그 원칙을 받아들이지 않을 것이었다.

아버지는 말했다. 내가 살아 있는 한 누구도 내 빵은 못 건

---

* 1아르는 100제곱미터.

드려.

새로운 이념이 세상을 더 나은 곳으로 바꾸려 한다는 걸 어떻게 그에게 이해시키겠는가?

아버지는 아무것도 알고 싶어 하지 않았다. 나한텐 어림도 없어, 그는 말했다. 난 그렇게 바보가 아니야. 난 아무것도 모르는 초짜가 아니야. 게다가 그는 객설에 속아 넘어가지 않는 사람의 혜안과 농부의 오래된 지혜를 따르는 자신의 입장만이 유일하게 가치 있고 오래갈 입장이라고 판단했다. 그래서 아들이 자신을 본받도록 하고 싶었다. 그래서 그가 순종하는 운명과 같은 운명에 아들을 순종시키고 싶었다! 호세는 그런 태도를 규정하는 말을 알고 있었다. 독재적!

독재적이라는 말은 호세가 레리다에서 가져온 말이었다(그는 '-적-ique'이니 '-명-on'으로 된 말을 잔뜩 수집해왔다). 그 말을 그는 유난히 좋아했다.

그의 아버지도 독재적이고, 종교도 독재적이고, 스탈린도 독재적이고, 프랑코도 독재적이고, 여자들도 독재적이고, 돈도 독재적이었다.

몬세도 이 말을 좋아해서 쓸 기회만 노렸다. 여느 일요일처럼 친구 로지타가 성당 광장으로 춤추러 가자고 찾아왔을 때 그녀는 그런 독재적인 관습에 동조하지 않겠다고 말했다.

말의 의미를 어렴풋이 이해한 로지타가 친구에게 응수했다.

맘대로 해. 그렇지만 **네 신랑감**을 만날 유일한 기회일 텐데.

무슨 신랑감?

바보처럼 굴지 마. 모두가 알고 있어.

나만 빼고 모두가 알고 있나보지.

디에고는 너한테 미쳐 있어.

그런 소리 하지 마. 몬세가 귀를 틀어막으며 말했다.

요즘 나의 어머니는 온종일 창가에 놓인 휠체어에 앉아 지낸다. 창으로 학교 운동장에서 노는 아이들을 바라본다. 그것이 당신에게 남은 마지막 행복 가운데 하나이기 때문이다. 내가 아이에게 먹이듯 먹이고, 아이에게 하듯 씻기고 옷을 입히고, 내 팔을 붙들지 않고는 걸을 수 없기에 아이처럼 데리고 함께 산책하는 어머니는 성당 광장으로 난 세풀크로 거리를 조심조심 올라가고 있는 당신의 모습을 떠올린다. 그곳 광장에서 작은 악단이 빰빠밤 빰빠밤, 호타를 연주하고 있다. 맨날 똑같았지, 어머니가 내게 말한다. 어머니의 주름 가득한 얼굴이 어린아이처럼 장난기로 반짝인다. 디에고가 거기서 눈으로 잡아먹을 듯이 나를 보고 있는 거야. 네 말마따나 탐내듯이 곁눈질하더구나. 그러다 내가 쳐다보면 돈주머니에 손을 넣다가 들킨 사람처럼 눈을 피했어.

똑같은 춤이 반복되었다. 일요일마다 빰빠밤, 빰빠밤. 눈의 수작이 마음의 수작이라는 걸 완벽하게 눈치 챈 내 어머니의 어머니가 지켜보는 눈길 아래 빰빠밤, 빰빠밤.

마을의 모든 어머니들이 성당 광장을 감시망으로 에워싸고, 겉보기론 빰빠밤 빰빠밤처럼 보이는 혼인 가능성을 계산하며 자녀들을 엄중히 지켜보았다. 가장 야심찬 어머니들은 한순간도 철통같은 감시를 게을리 하지 않으며 딸을 파브레가트의 아들에게 시집보내기를 꿈꿨다. 그럴 만한 신랑감이었다. 그러나 대부분의 어머니들은 그저 딸이 포근하고 소박한 보금자리를 갖기를, 남자라는 축을 중심으로, 아니 뭐랄까 축대를, 기둥을, 절구공이를, 벽기둥을 중심으로, 언젠가 꿈틀대는 신비스러운 여성이라는 땅에 박힐 것처럼 마을 입구에 단단히 박힌 말뚝을 둘러싸고 작은 원을 그리며 평온하게 살길 바랄 뿐이었다. 얼마나 좋냐, 얼마나 좋아.

몬세는 디에고라는 이름을 가진 축대가 그녀에게 보이는 말 없는 관심에 마음이 전혀 동하지 않는 듯했다.

그의 붉은 머리카락은 그녀를 흠칫 물러서게 했다.

그의 집요함은 부담스러웠다.

그녀는 그가 눈으로 자기를 쥐고 갖고 논다고 느꼈다. 그래서 그의 불꽃에 응답할 생각이 들지 않았다. 차라리 그 불길에 찬물을 끼얹고 싶었다.

그녀도 또래의 모든 처녀들처럼 혼수 준비를 하고 흰 아마시트와 수건에 자기 이름의 M 자 둘을 엮어 수를 놓고 있긴 했지만, 세뇨르(주인님) 댁에 하녀로 보내지기 전에, 다시 말해 가능한 한 빠른 시간 안에 남편감을 찾으려는 친구들의 강박증을 공유하진 않았다(남편감 물색. 이것이 중심가를 오르내리면서, 다시 오르고 내리면서, 또다시 오르고 내리면서 처녀들이 나누는 대화 주제 1호였다. 안 보는 척 나를 훔쳐보고, 문 앞을 세 번이나 지나가 내 심장박동을 120까지 뛰게 만든 남자에 대해, 눈에 띄려고 짝짝이 양말을 신은 남자에 대해, 혹은 에밀리오에 대해, 그 사람 빈틈없어 보이지만 난 경계해, 난 그 사람보다는 엔리케가 더 좋아, 이 사람이라면 확실해, 따위의 논평이 덧붙고 조잘대는 수다와 달콤한 속삭임이 곁들여진 대화).

디에고가 보이는 열정적인 관심 앞에서 몬세는 놀랍도록 덤덤했지만, 그녀의 오빠 호세는 그가 어린 여동생에게 눈독 들이는 걸 아주 안 좋게 봤다. 디에고의 수작을 호세는 참을 수가 없었다. 호세가 보기에 그는 뱃속을 가득 채운 세뇨리토(도련님)에 배 곯아본 적 없는 응석받이에 부잣집 아들이었는데, 이 모든 것을 넘어서는 최악의 사실은 그가 평생 **부르주아**로 남을 책상머리 혁명가라는 것이었다. 이것만으로도 그를 싫어하기엔 충분했다.

레리다를 다녀온 뒤로 호세는 세상을 단순하게 생각했다.

몬세의 어머니는 딸 주위를 맴도는 부르고스가의 아들을 지켜보면서 흡족한 마음이 없지 않았다. 그 청년은 차림도 깔끔하고 교육도 받은 사람이었고, 그 부모의 재산은 흉한 빨간 머리와 그가 마을 사람들에게 불러일으키는 알 수 없는 경계심에 탁월한 해독제로 작용했다.

드러내고 말하는 법은 없었지만 마을 사람들은 돈 하이메 부르고스 오브레곤과 그의 아내 도냐 솔의 양자 디에고 앞에서 조심스러운 태도를 보였다. 그는 어디서 누가 낳았는지 아무도 모르는 아이였는데, 수치스러운 일이어선지 아니면 그저 아무도 감히 묻지 않아선지 부모는 아이가 오게 된 사정에 관해 침묵했다. 혈통에 따라 앞으로 누가 무엇이 될지 틀림없이 말할 수 있는(모든 사람의 태생이 감시되고 흔적이 추적되는) 마을에서 그의 탄생의 비밀은 경계심을 불러일으켰고, 때로는 거기에 적의까지 뒤섞였다.

그의 불확실한 생모에 관한 기상천외한 소문들은 줄기차게 떠돌았다. 그의 비밀스러운 출생을 어둡고 고통스러운, 그리고 대개는 불명예스러운 무언가와 연결 짓는 소문들이었다. 가장 최근 소문을 믿자면, 디에고는 돈 하이메가, 놀라지 마세요, 마을 밖 외진 곳에 지은 오두막에서 '브루하'라는 늙은 어머니와 살고 있는 정신지체 딸 필로와 관계를 맺고 낳은 애래요.

그 두 여잔 어떻게 생계를 꾸린대요? 누가 알겠어요.

어쩌면 돈 하이메가 돈을 좀 주지 않을까요, 구둣방 주인 마카리오가 클라라의 귀에 속삭였다.

클라라가 벌컥 화를 내며 말했다. 설마요.

구둣방 주인이 음흉한 표정으로 속닥였다. 내 말 제대로 알아들으셨군요.

그 애랑?

그렇지요!

세상에나! 별꼴 다 보겠네요!

그러곤 그녀는 구둣방 주인을 남겨두고 그 소식을 바로 콘솔에게 전하러 갔고, 콘솔은 오 분 뒤에 카르멘에게 전했고, 카르멘은… 이런 식이었다.

물론 소문이 사실이 아니라는 건 모두가 알았다. 소문을 퍼뜨리는 사람들을 포함해 모두가 알았다. 브루하의 딸이 한 번도 임신한 적이 없다는 걸 모두가 알았다. 그랬더라면 그런 일이 그대로 묻힐 수 없는 이렇게 작은 마을에서 당연히 눈에 띄었을 것이다. 그러나 이 기상천외한 이야기는 계속 구매자를 찾아 떠돌았고, 마을 사람 모두가 전혀 믿지 않으면서도 거기에 흥미진진하고 되도록 추잡스러운 말을 제멋대로 덧붙이며 한껏 즐겼다. 네가 이해해야 해, 어머니는 내게 말했다. 그 시절엔 지어내는 이야기가 텔레비전을 대신했기 때문에, 마을 사람들은 불행과 비극에 대한 낭만적 욕구를 채우려고 그런 데서 꿈과 분노의 재료를 찾았단다.

그러나 1936년 7월에 일어난 사건들과 더불어 소문은 날아가버렸다. 이제 더 중요한 일들이 도마에 올랐기 때문이다. 이제 중요한, 미친 듯이 중요한, 엄청나게 중요한 그것은 정치적 명찰에 따라 사람들을 착한 사람과 나쁜 사람으로 분류하는 일이었다. 무엇보다 중요한 건 누가 FAI에 속하고, 누가 POUM에 속하고, 누가 PCE에, 누가 팔랑헤당에 속하는지 알아내는 일이었다.* 왜냐하면 이 소속이 이후 나머지 모든 것보다 우선시되고, 사람들이 주장하는 말에 실린 미묘한 뉘앙스 차이와 모순들을 납작하게 뭉개버릴 것이기 때문이었다.

1936년 전쟁 당시 에스파냐에서 미묘한 차이는 흔적도 없이 사라졌다!

따라서 중요한 건 디에고가 몇 달 전에 공산당에 가입했다는 사실이었다. 모두가 아연했다.

사람들은 가입 이유들에 대해 이러쿵저러쿵 오래도록 해설을 붙였고, 제 조카가 모스크바의 괴물들과 한패가 됐다는 걸 알면 도냐 푸라가 어떤 표정을 지을지 상상하며 웃어댔다. 모두가 네 말마따나 (어머니가 말했다) 기본적인 오락거리가 없을

---

* FAI는 이베리아 아나키스트 연맹Federación Anarquista Ibérica, POUM은 마르크스주의 통일노동자당Partido Obrero de Unificación Marxiste, PCE는 에스파냐 공산당Partido Communista de España이다.

때 심취하게 마련인 허접한 심리분석을 내놓으며 열심히 추측을 해댔지.

사람들은 디에고가 아버지에게 맞설 의도로, 아니면 제 이권을 지키려고 공산당에 가입한 건 아닌지 생각했다. 그 행동이 부르고스 집안 영역 밖으로의 탈출 시도를 의미하는 건 아닌지, 아니면 혹시 있을지도 모를 보복으로부터 가족을 지키려는 애정 어린 근심에서 나온 건 아닌지 의문을 품었다. 그의 내적 동기가 이 기회에 아버지를 보호하는 동시에 권좌에서 끌어내리려는 데 있지는 않을까. 혹은 사람들이 알지도 못하면서 불행했으리라 짐작하는 그의 어린 시절에 대한 보상을 공산당 가입에서 찾은 건 아닐까. 당원 가입이 그에게는 계급장을 얻고 꿈꿔온 대로 마침내 마을 주민들에게 받아들여질 기회는 아닐까. 과연 그 자신은 당원 가입의 이유를 알까. 그가 말할 때 취하는 단호한 어조는 바로 내적 흔들림을 은폐하기 위한 게 아닐까. 순수한 의도로 한 입당이 아버지의 부르주아 출신 때문에 훼손될까 두려운 마음에 그토록 냉혹하게 자기 이념을 주장하는 건 아닐까 생각했다.

왜냐하면 언제나 과묵하고 회피하는 태도를 보여온 디에고가 이제는 카페나 다른 곳에서 권위적이면서도 폭력성을 자제하는 듯한 어조로 연설을 해 모두를 놀라게 했기 때문이다. 그는 〈노동자 세상El Mundo Obrero〉에 실린 기사들을 토대로 로베

스피에르처럼 침착하게 상황을 설명하길 좋아했다. 그는 신문의 과장된 문구들을 탐독했다. 그리고 자기 방 안 거울 앞에 서서 그 문구들의 효과를 시험했다. 정의롭고 아름답게 들리는 말들이었다. 심장을 휘젓는 혼란스러운 열망에 사로잡힌 그는 그 말들보다 더 멋진 표현을 찾을 수가 없었다.

그 결과 이제 돈 하이메는 아들을 알아보지 못했다. 그 때문에 괴로워했다. 그는 디에고가 부르짖는 새 교리와 스탈린에 대한 우상숭배에서 자신이 오래도록 해온 정신교육의 노고가 무너졌다는 고통스러운 징표를 보았다.

게다가 디에고는 양자로 들어온 이후로 가족들을 응징하고 슬픔에 빠뜨리는 데만 열심인 것 같았다. 어린 시절 그는 얼굴을 침울하게 찌푸린 채 애정의 표시라면 모조리 맹렬히 거부했다. 마치 어떤 무시무시한 힘이 그런 것들을 금지시키기라도 하는 것처럼.

청소년기에는 까닭 모를 사나운 적개심, 모든 사물과 존재를 향한 무언의 분노, 억눌린 증오에 내내 사로잡혀 있어 혹시 그가 성년의 고통을 알기도 전에 돌이킬 수 없는 사건을 겪은 건 아닐까 하는 짐작을 낳았다.

그는 사람들에게 상처를 주는 말을 알았다. 그 말들이 가진 힘을 이미 알고 있었다. 그는 조숙한 아이였다.

그러나 그런 폭력성을 감히 아버지에게 표출할 수는 없었기에 그는 눈빛에서 깨진 무언가를, 나약함을 바로 알아본 양어머니를 향해 화살을 돌렸다. 양어머니가 뭐라 말만 해도 그는 펄쩍 뛰며 즉각 청개구리처럼 행동했다.

당신은 내 어머니가 아니잖아요. 어머니가 한마디라도 하면 그는 매서운 눈으로 쏘아붙였다.

이를테면 그녀가 그램 단위나 '있다' 동사의 활용형에 대해 물을라치면 사나운 목소리로 말했다. 당신은 나한테 아무것도 요구할 권리가 없다고요.

자러 가기 전에 어쩔 수 없이 어머니의 입맞춤을 받을 때면 그는 보란 듯이 뺨을 닦았고, 그러면 도냐 솔은 울음을 터뜨리지 않으려고 입술을 깨물었다.

끝이 안 좋을 거야. 후스티나는(도냐 푸라가 양파 냄새 난다는 구실로 내보낸 하녀인데, 내쫓은 진짜 이유는 지금까지도 몰라) 종종 예언하듯 말했다.

도냐 솔은 아이의 행실에 대해 차마 남편에게 하소연하지 못했다. 아이에 대한 남편의 원망 어린 감정이 더 악화될까 겁이 나서였다. 그러나 어린 디에고는 자라면서 무자비해졌고 점점 더 양모를 모질게 대했다. 그녀가 말이라도 꺼낼라치면 어린아이 특유의 잔인함을 드러내며 닥쳐, 시끄러, 꺼져 같은 말까지 내뱉을 정도였다.

아들아, 대체 왜 그러니? 도냐 솔은 애원하는 눈길로 물었다.

나를 아들이라고 부르지 말라고! 디에고가 소리쳤다.

그러면 도냐 솔은 입술을 떨며 낙담한 표정으로 입을 다물고 울음을 삼켰다.

돈 하이메는 자기 아내를 향한 아들의 적개심을 보지 못하거나 혹은 못 본 척했다. 반면에 아들의 형편없는 학교 성적에 대해서는 걱정했고, 나중에 아들이 영지를 돌보면 될 거라는 생각을 위안으로 삼았다.

그런데 일찍이 디에고는 시골이 싫다고 못 박았다. 그는 에스파냐에서 가장 후락한 마을이라는 기록을 보유한 그 외진 구석이 지긋지긋하게 싫었다. 그는 목소리에 악의를 담아 말했다. 저 농부들처럼 올리브 값이니 우박 피해니 늦어진 감자 수확 말고는 아무 관심사도 없이 여기서 썩고 싶지 않다고. 그는 퇴비 냄새를 지우려고 일요일엔 향수에 목욕하다시피 하는 농장 관리인처럼 되고 싶지 않았고, 머리카락에 윤기를 내기 위해 다른 게 없어 포마드를 머리에 들이붓는 페케처럼은 더더욱 되고 싶지 않았다. 게다가 그는 부잣집 아들이 되기를 맹렬히 거부하는 자신을, 그저 아버지를 잊고 싶은 자신을, 부르고스 가문을 잊고 홀로 운명을 개척하고 싶은 자신을 금수저 물고 태어난 세뇨리토 보듯 하는 모든 농부들을 증오했다.

그리고 대부분의 사람들이 백일몽에 젖어 갈망하는 유산 상속을 오히려 꺼려하는 그의 태도에 마을의 빈털터리 농민들은 불쾌해했다. 양모에게 밉살맞게 구는 것이며 성격이 폐쇄적인 건 그렇다 치더라도 어디 출신인지, 어쩌면 에스파냐 밖 출신인지도 모르는 놈이 별의별 꼴을 다 부린다는 것이었다. 다코타 인디언처럼 시뻘건 머리카락은 받아주겠지만 아주 먼 동네까지 통틀어 가장 수확이 좋은 제 아버지 땅을 안 돌보겠다는 건 말도 안 되지! 안 되고말고! 농부들은 하나같이 같은 생각이었다.

그 녀석 뻐기는 거야. 너무 건방져.

대체 자길 뭐로 아는 거야?

누굴 닮은 거야?

그게 문제지.

보아하니 아침 아홉 시까지 손톱이나 다듬고 칼 마르크스 책이나 읽으면서 침대에서 뒹구는 모양이야.

누구 책?

그놈 아버지 같은 부자들을 죄다 목매달고 싶어 하는 러시아 예언자야. 설명하자면.

엉덩짝도 꿈쩍 안 하면서.

우린 상관할 바 아니지만.

그놈 지금 몇 살이지?

스무 살쯤 됐을걸.

이제는 뭔가 싹수를 보여야 할 때잖아. 내가 보기엔 벌레 먹은 과일이야. 과일이 벌레 먹으면….

보아하니 확실히….

지 애비만 불쌍하지!

그놈이 지 아버지를 괴롭히려고 부러 그러는 것 같아!

저런!

그러나 디에고는 비참했던 어린 시절을 생각하면 그가 가짜 부모라고 여기는 사람들을 도저히 용서할 수가 없었다. 부모가 물려주는 재산은 부당한 선물이자 터무니없는 유산이라 그를 짓눌렀고, 자기 자신이 언제나 불청객으로만 느껴지는 이야기 속의 글귀 같았다.

그는 **중요한 인물**이 되길 바랐지만, 오직 자신의 의지와 공덕으로만 이뤄내고 싶었다. 그의 머릿속에는 가문이 제공하는 특권들을 어떻게 하면 벗어버릴 수 있을까 하는 생각뿐이었다. 관습과 법은 그가 유일한 상속인인 아버지의 소유지에 헌신하길 요구했고, 고모인 도냐 푸라는 그가 추잡스럽다고 여기는 흡족하고도 거만한 태도로 조카가 부르고스 가문 사람임을, 다시 말해 특권 계급, 전유 계층, 엘리트임을 상기시키고, 어떤 공화국도 부여해줄 수 없을 숱한 직위들을 나열하고, 그가 전통을 계승해야 한다고 거듭 말했다. 그러나 디에고는 후계자가 된다는 생각을 격하게 거부했다. 그래서 돈 하이메는, 아들이 꿈을 이어주길 바랐던 돈 하이메는 그 때문에 대단히 불행했다.

  더구나 1936년엔 마을의 거의 모든 아버지들이 불행했다. 아들들이 더이상 성스러운 에스파냐를 원치 않았기 때문이었다. 이제 아들들은 돈 미구엘 신부가 그들에게 들이대는 금기의 무게를 견디고 싶어 하지 않았다. 그들은 사제의 정원에 심어놓은 제라늄에 오줌을 갈기거나 숨 죽여 웃으면서 주기도문을 엉망으로 외워 금기에서 벗어나려 했다. **하늘에 계신 우리 창부님, 창부님의 이름이 오쟁이지며, 창부님의 무질서가 임하시오며, 오늘 우리에게 일용할 창녀를 주시옵고, 우리를 유혹에 빠지게 하시옵소서…** 이제 그들은 여자아이들에게 그들 가랑이 사이에 음란한 마귀가 둥지를 틀고 있다고 가르치는, 양초처럼 창백한 낯빛의 수녀들은 필요없었다. 그들은 벤디시온이 지키는, 그리고 일요일 저녁 전까지는 그녀의 뚱뚱한 남편이 지키는 카페에서 겨우 셰리주 두 잔 살 정도, 사실을 말하자면 예닐곱 잔, 아니 여덟에서 열 잔을 살 정도밖에 품삯을 주지 않는 밭일을 원치 않았다. 아버지들의 몰락해가는 세상에서 제자리를 찾지 못할 욕망을 품은 이 아들들은 아비를 저주했고, 그들의 가치를 거부했고, 빈정거리는 입으로 상상도 못할 놀라운 말들을 그들 면상에 내뱉었다. 애야, 역사는 이런 반항으로 이루어졌단다. 더없이 잔인하고 불행한 반항들로. 마을 아버지들 가운데 누구도 거기에 대비가 되어 있지 않았어. 디에고의 아버지도 그렇고 호세의 아버지라고 나을 게 없었지. 내재적 정의正義는 인간이 규정한 정의의 법령을 따르지 않는 법이란다(대단히 기교적이면서 수수께끼 같은 프랑스어로 내 어머니는 말했다).

호세의 아버지는 이웃인 엔리케가 찾아와 아들이 조합원들과 함께 소란을 피웠다는 소식을 전하는 바람에 더욱 심란해졌다. 반도叛徒를 자처하며 붉고 검은 머플러를 보란 듯이 두르고 마을을 활보하는 정신 나간 무리들! 이게 무슨 망신이야!

그 코흘리개 녀석의 머릿속에 생각이 똑바로 박히도록 해주겠어. 고통이 뭔지 알게 될 거다, 아버지가 외쳤다. 그는 부지런하고 어른을 공경할 줄 알고 분별 있고 두 발을 땅에 디디고 똑바로 걷는 아들이 레리다로 떠나는 걸 보았다. 그런데 어떤 놈이 돌아온 줄 아는가? 들뜨고 **머리에 헛소리만 잔뜩 채운 반쯤 정신 나간 놈**이 온 거야.

아버지는 흥분해서 말했다. 레리다에서 그런 정신 나간 소리들을 머리에 잔뜩 집어넣어 온 거야. **애송이 녀석**, 그딴 멍청한 소리는 몽땅 갖다 버리게 하겠어.

잘 하게, 너무 늦기 전에. 이웃이 말했다.

아버지가 또다시 말했다. 그런 엉터리 수작들을 레리다에서 그놈 머릿속에 집어넣은 거야. 돈을 없애고, 땅을 공유화하고,

빵을 나눈다느니 온갖 정신 나간 소리 말이야. 누가 그놈에게 마약을 먹인 게 아닌가 싶어.

이웃이 말했다. 더 심각한 건, 자네 아들과 그 패거리가 마을에 혁명을 일으키겠다고 보란 듯이 떠들고 다닌다는 거야.

저런 멍청한 놈 같으니! 아버지가 외쳤다. 아주 두들겨 패줘야겠어!

이웃은 이웃 마을 D 사제가 몽둥이에 얻어맞아 머리가 깨진 채 올리브 밭에서 발견되었고, 곤죽이 된 성당지기의 시신도 발견되었는데 엉덩이에 십자고상이 꽂혀 있었다는 말로 이 모든 소식에 화룡점정을 찍었다. 누가 그런 건데? CNT* 놈팽이들이지!

저런 부끄러운 일이 있나! 아버지가 말했다. 내가 그놈에게 진짜 부끄러운 게 뭔지 알려주겠어. 방금 들은 소식에 기운이 빠질 대로 빠진 그는 그길로 벤디시온과 그녀의 뚱뚱한 남편이 운영하는 카페로 갔다. 거기서 도미노게임이나 한 판 하고, 아니스 술을 한 잔, 아니 두 잔, 세 잔, 네 잔, 필요하다면 열 잔이라도 할 것이다. 그는 기력 회복이 절실했고, 벤디시온 카페는 이름에 걸맞게 원기를 회복시켜주는 마을의 유일한 장소였다.**

---

* 에스파냐 전국 노동자 연맹Confederación Nacional del Trabajo.

** 벤디시온bendición은 '축복'이라는 뜻이다.

사냥꾼 친목회를 마친 뒤에 말이다.

저녁 열 시에 아버지는 거나하게 취해서 집으로 돌아왔다.

그는 무겁게 계단을 올라와 비틀비틀 식탁까지 가서 의자에 털썩 주저앉은 뒤로 꼼짝하지 않았다.

그것은 그의 아내와 아이들이 식탁에 앉기 위해 기다리는 신호였다.

어머니가 수프를 가져왔다. 그리고 확고부동한 순서에 따라 제일 먼저 아버지에게 퍼주고, 두 번째는 호세, 몬세는 세 번째, 어머니는 마지막이었다.

아버지에게서는 술 냄새가 풍겼다.

그는 만취했다.

만취했을 때는 그가 말을 하는 유일한 순간이었다.

그날 저녁 그의 말은 걸쭉하고 느리고 혀가 꼬여 발음이 엉망이었고, 대단히 엄숙한 분위기 속에서 끝도 없이 이어졌다.

칼끝으로 빵 위에 십자가를 그린 뒤 그는 일어나 몸을 똑바로 가누려 애쓰면서 아무도 보지 않고 선언했다. 누구든 무책임한 뭐냐… (그는 한동안 기억의 우물에서 그 위험한 이름을 길어올리려 애썼다) CNT의 무책임한 이념으로 자기 이름의 명예를 위태롭게 하는 놈은 봐주지 않겠다고. 이건 모든 주민에게 알리는 통고문이다, 그는 덧붙였다. 그러곤 상황의 비극적 맥

락에 썩 어울리지 않는 말을 덧붙인 걸 금세 후회했다.

잠시 후 그는 자꾸만 감겨오는 눈을 수프 그릇에 고정하고 정신을 집중하려 눈에 띄게 애쓰며, 누가 됐건 그가 소유한 얼마 안 되는 땅을 빼앗아 게으름뱅이나 능력도 안 되는 놈들에게 주도록 가만있진 않을 거라고 경고했다. 그러면서 주먹으로 탁자를 쾅 내리쳤다. **이 집의 가장은 나야!**

어머니는 참담한 표정이 되었다.

몬세는 순간 숨을 멈췄다.

호세는 갑자기 얼굴이 창백해지더니, 턱을 살짝 떨며 몬세가 결코 잊지 못할 이 말을 천천히 내뱉었다. 전 한 번도 아버지를 공경하지 않은 적이 없었습니다(호세와 몬세는 부모에게 존댓말을 썼다). 그러나 오늘만큼은 아버지도 저를 존중해주기 바랍니다.

그것은 호세가 평생 처음으로 아버지에게 한 반항, 아버지의 권위에 맞선 첫 도전이었다. **하느님 맙소사,** 어머니가 질겁한 얼굴로 중얼거렸다. 몬세는 문득 억누를 길 없는 기쁨을 느꼈고, 그걸 어떻게 감춰야 할지 알지 못했다.

아버지는 순간 당황해서 큰 소리로 거듭 말했다. **가장은 나야!** 그러곤 문을 가리키며 말했다. **그게 싫은 놈은 나가!**

그는 더 몸을 가누지 못하고 균형을 잃지 않으려 털썩 주저앉으며 위엄 있게 덧붙였다. **혁명 따위 겁나지 않아.**

그리고 입을 다물었다. 혼미해진 뇌가 상황에 맞는 다른 말을 속닥여주지 않았던 것이다.

호세는 의자를 요란하게 밀치고 일어났다.

아버지는 취기가 옴짝달싹못하게 붙박는 식탁에 그대로 눌러앉은 채 수프를 가득 뜬 숟가락을 어설프게 움직였고, 숟가락은 위태롭게 흔들리다가 목표 지점에 도달했다.

몬세와 어머니는 입도 뻥긋 않고 심장이 요란하게 쿵쾅거리는 가운데 식사를 마쳤다.

난 저 파차를 증오해, 몬세가 부엌으로 가자마자 거기 있던 호세가 말했다.

몬세는 웃음을 터뜨렸다. 며칠 전부터 오빠가 화내는 게 왠지 모르게 무척 기분 좋았다.

저 인간이 뒈질 수만 있다면, 그가 말했다.

그런 말 하지 마, 몬세가 말했다.

난 떠나겠어. 이 쥐구멍을 떠날 거야.

오빠가 가면 아버지가 오빨 죽일 거야, 몬세가 말했다.

저 나치 새끼, 호세가 말했다.

그러자 몬세는 다시 웃음을 터뜨렸다.

다음 날 아침, 호세는 다시 기분이 좋아졌다.

엄마, 예수를 사랑하세요?

무슨 그런 질문이 있냐! (어머니는 빵을 반죽하느라 여념이 없었다.)

교리문답 때 예수가 아나키스트라고 말해주던가요? (그는 어머니 놀리는 걸 재미있어했다.)

똑바로 앉아라, 의자 부서지겠어, 어머니가 말했다.

이를테면, 돈으로는 하느님을 섬길 수 없다고 예수가 말했다는 걸 얘기해주던가요?

의자! 어머니가 다시 말했다.

그건 전형적인 아나키스트들의 구호예요.

그러다 의자 부서뜨리겠다!

예수가 재산을 공유화해서 공평하게 나눠주는 데 찬성했다는 말 해주던가요?

세상에나! 그런 바보 같은 소리 좀 하지 마라! 어머니가 외쳤다.

몬세는 까르르 웃음을 터뜨렸다.

어머니는 그런 충격적인 말과 행동에 대해 설명이라도 구하듯 호세와 몬세를 번갈아 보았다.

너도 한통속이냐! 어머니가 몬세를 보며 화를 냈다. 대체 내가 하느님께 뭘 잘못했길래!

호세는 어머니를 설득하려고 부모의 방으로 가 책 단면이 연

초록색인 성서를 가져왔다. 그리고 큰소리로 읽었다. 사도행전 2장. 초기 기독교 공동체 생활. 44절—믿는 사람들은 모두 함께 지내며 모든 것을 공동 소유로 내어놓고. 45절—재산과 물건을 팔아서 모든 사람에게 필요한 만큼 나누어주었다.

호세는 의기양양했다.

어때요?

어머니는 당황해서 말했다.

바보 같은 소리.

그렇지만 성서에 이렇게 쓰여 있잖아요! 호세가 외쳤다. 쓰여 있다고요, **제기랄**, 읽어보세요.

바보 같은 소리야, 어머니는 단호한 얼굴로 고집했다.

이 성스러운 이야기를 바보 같은 소리라고 하다니요!

호세! 불경한 소리를 더 견디지 못하겠다는 듯 성난 목소리로 어머니가 소리쳤다.

가톨릭 신자들이 어떤지 봤지! 호세가 환한 얼굴로 몬세 쪽을 돌아보며 말했다. 하지만 우리는 가톨릭 신자들보다 더 가톨릭 신자처럼 될 거야. 우리는 옛 부르주아들의 소유물을 통제할 자유로운 코뮌을 만들 거야. 나는 그걸 숭고한 의무로 느끼고 있어. 성녀 소화 테레즈의 계시받은 표정을 흉내 내며 그가 말했다.

우리 주님, 어머니가 한숨 쉬며 말했다. 제가 대체 무슨 소리를 들어야 하나요!

이게 혁명이라는 거예요, 호세가 기쁜 얼굴로 대답했다.

네가 날 미치게 만들 작정이구나, 어머니가 말했다.

엄마 좀 가만히 둬, 몬세가 편을 들고 나섰다. 오빠 때문에 엄마가 무서워하는 거 안 보여?

사람들이 네 말을 들으면 널 감방에 집어넣을 거다. 아들을 뒤흔드는 태동 중인 사상에 대해 아무것도 이해하지 못하는 어머니가 신음하듯 말했다. 어머니에게 CNT니 FAI니 같은 단어는 사람들을 서로 싸우게 하는 알쏭달쏭하고 위험한 것들을 의미했다. **그뿐이었다.**

호세는 웃음을 터뜨렸다.

몬세도 웃었다.

몬세로선 까닭을 말할 수 없었지만, 오빠가 레리다에 다녀온 뒤로 그가 말하는 모든 것은 아버지를 화나게 하고, 어머니를 걱정시키고, 그녀를 기쁘게 했다.

오빠 호세와 마찬가지로 몬세 역시 그 순간 베르나노스가 팔마에서 공포에 질려 지켜보던 범죄들을 알지 못했다. 베르나노스는 자명한 사실에 더이상 눈 감을 수 없었다. 그가 옛 팔 랑헤당에("반역의 씨앗을 뿌리는" 장군들이 지휘하던 1936년 의 팔랑헤와 뒤섞이길 거부하는 프리모 데 리베라*의 팔랑헤),

전쟁 전에 왕을 배반한 군대를 향해서나 야합과 협잡에 능한 성직자들을 향해서나 똑같은 경멸을 표하던 옛 팔랑헤당에 품었던 호감에도 불구하고, 그의 아들 이브가 열광하며 가담했던 옛 팔랑헤당에 대한 호감에도 불구하고, 그 자명한 사실에는 눈 감을 수가 없었다. 성직자들의 불순한 축복을 받으며 국민군이 자행한 숙청은 맹목적이고 조직적인 것으로, 공포체제에서나 일어날 법한 것이었다.

그는 아직도 그 말을 하길 머뭇거렸다.

아직도 걸음을 내딛길 머뭇거렸다.

걸음을 내딛는 순간 어떻게든 끝까지 가야 한다는 걸 그는 알고 있었다. 그래서 이 계획은 그의 영혼을 지치게 했다. 그러나 명백한 사실들이 있었다. 군부 쿠데타 이전에는 팔마에 팔랑헤 당원이 오백 명도 채 되지 않았다. 이제 팔랑헤 당원은 로시Rossi라는 이탈리아 협잡꾼의 지휘 아래 "군인들이 기획한 뻔뻔스러운 징집에 힘입어 만오천 명"이나 되었다. 로시라는 자는 팔랑헤를 "지저분한 일을 도맡아 군대를 보조하는 경찰"로 만들어버렸다.

이 1936년의 새로운 팔랑헤는 팔마 주민들을 공포로 몰아

---

* 호세 안토니오 프리모 데 리베라José Antonio Primo de Rivera(1903~1936), 1933년에 팔랑헤당을 창당한 에스파냐의 정치인. 에스파냐 내전 당시 공화 정부에 처형당했다.

넣었다. 이를테면. 쿠데타가 있고 며칠 뒤 작은 마나코르 마을의 주민 이백 명은 불순분자로 판정받았고, "한밤중에 침대에서 끌려나와 집단으로 묘지로 끌려가 머리에 총을 맞고 쓰러졌고, 조금 더 떨어진 곳에서 무더기로 불에 태워졌다". 팔마의 대주교는 그곳에 소속 교구 사제 한 명을 파견했고, 그 사제는 투박한 구두를 신고 핏속을 철벅거리면서 처형이 자행되는 틈틈이 죄를 사해주었고, 축성한 향유로 죽은 자들의 이마에 십자를 그어 천국의 문을 열어주었다. 그리고 베르나노스는 이렇게 썼다. "방어 수단 없는 가련한 이들이 학살당하는데도 고위 성직자들이 비난의 말 한마디, 결코 위험해질 일 없는 조심스러운 말조차 꺼내지 못하는 모습을 나는 지켜보기만 했다. 그들은 그저 사면 행렬을 조직할 뿐이었다."

1936년 7월 23일, 호세는 시청에서 열리는 총회에 참석했다. 그는 기운이 넘쳐흘렀다. 이 날은 혁명 디데이였다. 중대한 날이었다.

먼저 그는 세풀크로 거리 꼭대기에 사는 친구 후안을 데리러 갔다. 이렇게 언덕 진 거리였어, 어머니가 손을 기울이며 내게 말했다. 비탈길 말이죠, 내가 말했다. 너 이젠 말도 만들어내니? 그 말이 재밌는지 어머니가 말했다.

호세와 후안은 레리다에서 친해진 사이였다. 열네 살 때부터 매년 여름 그곳에서 어른들과 똑같은 일을 매일같이 하면서. 그곳 돈 테노리오의 광대한 소유지에서 두 청년은 자유주의 이념을 발견했고, 형용할 수 없는 열정을 느끼며 농업 코뮌을 창설하는 일에 가담했다.

그들은 둘 다 열여덟 살이었다.

두 청년 모두 부자들은 호사에 묻혀 지내고 가난한 이들은 무거운 짐을 지고 살아가는, 모든 것이 끊임없이 똑같이 반복되는 마을에서 태어났다. 자급자족하면서 굴러가는 이 좁은 마을에서 노인들의 권위는 부르고스 집안의 재산만큼이나 건드릴 수 없는 것이었고, 각 개인의 운명은 태어나면서부터 고지되었고, 실낱같은 희망, 희미한 숨결, 작은 활기나마 불러일으킬 일은 일어나지 않았다.

두 사람 모두 세상과 동떨어진 곳에서 자랐다. 바깥세상에는 침울한 당나귀들과 마을에 두 대뿐인 차로만 나가볼 수 있었다. 그 두 대의 차란 도시로 야채를 팔러 가는 후안의 아버지가 가진 고물 트럭과 돈 하이메의 이스파노 수이자Hispano Suiza였다. 전화도 트랙터도 모터사이클도 아직 출현 전이었고, 우체국조차 없었고, 가장 가까이 있는 의사를 만나려면 30킬로미터를 가야 하는, 화상은 중얼거림으로 치료하고 다른 병들은 아주까리기름이나 베이킹소다를 발라 치료하는 벽촌이었다.

둘 다 느리디느린, 노새 걸음처럼 느린 세계, 손으로 올리브를 수확하고 팔 힘으로 쟁기를 끌고 샘으로 물을 길러 가는 세계에서 일했다. 두 사람 모두 아버지의 권위와 부딪쳤다. 전통대로 엄격하고, 전통대로 혁대를 휘둘러 아들을 교육하고, 전통대로 세상만사가 지금 그대로여야 한다고 믿고, 전통대로 아버지와 아들 간의 대화는 닫아두고 "원래 이런 거야. 다른 식은 안 돼"라는 가차 없는 논리, 자신들이 아는 유일한 것이기에 옳다고 믿는 논리에 따라 말하는 아버지의 권위와 부딪쳤다.

그런데 갑자기 레리다에서, 두 사람 모두 유일한 것이라 믿었던 확고부동한 이 비전에 완전히 배치되는 주장들을 발견한 것이었다. 그들은 모든 것이 뒤집히고 해체되고 끝장날 수도 있다는 걸 알게 되었다. 관습적인 말들을 거부해도 세상이 무너지지 않을 수 있다는 걸 알게 되었다. 유식한 체하는 자, 건방진 자, 독재적인 자, 비굴한 자, 겁쟁이들에게 싫다고 말할 수 있다는 걸 알게 되었다. 그리고 모든 것을 쓸어버릴 수 있다는 걸, 빌어먹을 모든 것을, 그들이 증오하는 그 모든 비참을 쓸어버릴 수 있다는 걸 알게 되었다.

타고난 활력으로 그들은 모든 걸 땅에 내동댕이치고 자신들의 욕망에 다시 생기를 불어넣는 그 물결에 이끌렸다.

불어난 그 물결에 휩쓸렸다.

그들은 불온한 행동을, 장엄한 불손을, 삶 너머로 펼쳐져 역사에 길이 남게 될 낯설고 거대한 무언가를 꿈꿨다. 사람들의 정신과 마음의 완전한 혁명을 믿었다.

그리고 그 마법을 믿었다.

이제 그들은 용기를 어디에 쏟아야 할지 안다고 말했다. 우산을 복도에 두듯 욕망을 문턱에 내려놓는 걸 더이상 참지 못할 거라고 말했다. 아버지들이 이런 생각을 반드시 머릿속에 집어넣어야 할 거라고 말했다! 두려움도 포기도 이제는 끝났다고!

우리는 살고 싶다!

시청 대강당에는 성주간* 때보다 많은 인파가 몰려들었다. 마을의 거의 모든 남자들이 채 시간이 되기도 전에 밭을 떠나왔고, 어떤 이들은 이 혁명의 첫날을 기념해 일요일의 나들이옷을 차려입고 왔다. 그 자리에 모인 농민들 가운데 몇몇은 호세의 아버지처럼 얼마 안 되는 땅을 소유한 소지주였고, 대부분은 돈 하이메 부르고스의 땅을 빌려 쓰는 임차농이었고, 가장 가난한 이들은 그 땅에서 일하는 날품팔이 일꾼들이었다.

호세와 후안은 과감하게 팔꿈치로 인파를 가르며 연단에 올

* 사순절 마지막 주, 예수가 나귀를 타고 예루살렘에 입성한 날부터 십자가에 못 박혀 죽기까지의 일주일을 말한다. 수난 주간이라고도 한다.

랐다.

호세가 말을 시작했다.

태어나서 처음 있는 일이었다.

그는 레리다에서 듣고 일간지 〈노동자 연대〉에서 읽은 성서의 거창한 문장들을 읊었다. 그는 말했다. 형제가 됩시다, 빵을 나눕시다, 우리의 힘을 하나로 모읍시다, 코뮌을 창설합시다.

그러자 모두가 덥석 물었다.

그는 극적이었다. 죽을 만큼 낭만적이었다. **하늘에서 내려온 검은 천사 같았다.**

그가 말했다. 우리는 우리에게 비참한 삶을 살게 하고 우리가 땀 흘려 번 돈으로 제 주머니를 채우는 유산계급의 더러운 짓거리를 더는 원치 않습니다. 우리에겐 그들이 알지 못하는 힘이 있습니다. 그 힘을 쓸 때가 왔습니다. 이제 우리는 다르게 살기를 원합니다. 그리고 그건 가능합니다. 가능해졌습니다. 우리는 아무도 남을 짓밟는 일 없고, 아무도 남에게 침 뱉지 않고, 아무도 남을 주눅 들게 해 사기 칠 목적으로 "참 겸손해 보인다"고 말하지 않는 삶을 살길 원합니다(어머니 : 이 말에 난 소름이 돋았지). 우리는 뼈다귀 몇 개와 머리 몇 번 쓰다듬어주는 걸로 고분고분해지지 않을 것입니다. **가난은 끝났습니다. 혁명은 무엇 하나 예전처럼 남겨두지 않을 것입니다. 우리의 감수성은 달라졌습니다. 더는 어린아이처럼 굴지 맙시다.** 예전에 들었던 말들을 맹목적으로 믿는 것도 그만둡시다.

우레 같은 박수갈채가 쏟아졌다.

지난 5월 우리가 **멍청이들**을 위해 일하려고 갔던 레리다에서 **멍청이들**은 혼쭐이 났습니다. (웃음) 그곳 사람들은 모든 걸 내던지고, 착취자들에게 욕설을 퍼붓고, 자유 코뮌을 세웠습니다. 여기서도 똑같이 할 수 있습니다. 누가 그걸 막겠습니까?

농부들은 열광했다.

호세는 더욱 공격적으로 나갔다. 여러분이 노동했으니 마땅히 여러분에게 그 권리가 있는 것을 저들이 앗아가고 있습니다. 이건 부당한 일입니다. 부당하다는 걸 모두가 압니다.

환호 소리.

인간이 돈 몇 푼 벌자고 짐승처럼 일해서야 되겠습니까? 다른 삶을 찾을 수 있지 않겠습니까? 내가 기른 올리브가 이웃의 올리브보다 알이 더 굵길 바라는 이 정신을 버릴 수 있지 않겠습니까?

군중 전체가 폭소했다.

위대한 시대에는 위대한 수단을 써야 합니다. 호세는 레리다에서 들은 대로 말했다. 저들이 우리에게서 훔쳐간 땅을 되찾읍시다. 그것을 공유화해서 다시 분배합시다.

이 제안은 광적인 환호를 받았다.

한 농부가 손가락을 들더니 우직한 척 물었다.

여자들은 언제 공유합니까?

다시 폭소가 터졌다.

좌중은 환희에 사로잡혔다.

다만 호세의 아버지와 그의 친구들인 몇몇 소지주 무리, 그리고 디에고와 그의 공산주의자 동지 둘이 이루는 무리만이 그 도취를 공유하지 않는 듯했다. 디에고는 미래의 실패를 다른 이보다 먼저 내다보는 사람처럼 빈정거리는 미소를 짓고 있었다.

그는 말을 하자고 결심했다.

그는 **구름 위가 아니라** 현실적인 세상에 사는 사람들의 이름으로 말하겠다며 입을 열었다.

땅을 공유화하는 결정은 너무 성급하며, 그로 인해 발생할 결과가 심각할 수 있다고 말했다.

그는 **느긋하게**, 라고 말했고, 신중함을, 공공질서를, 현실주의를 말했고, 기다리라고 말하고 또 말했다.

그러나 그의 붉은 머리카락, 허연 낯빛, 왜소한 어깨, 그리고 차가운 말투는 묘하게도 사람들의 마음을 끌지 못했고, 그래서 거의 아무도 그의 말을 듣지 않았다.

그가 논거를 미처 다 펼치기도 전에, 저 멍청이는 왜 끼어드는 거야? 호세가 격정적으로 다시 말을 이었다. 그는 가장 부유한 자들에게서 소유지를 몰수할 뿐 아니라 토지대장과 등기부까지 앗아 불태울 것을 제안했다. 찬성하는 분?

팔들이 일제히 올라갔다.

발의는 받아들여졌다.

등기부들은 27일 성당 광장에서 태워질 것이다.

사람들은 박수갈채를 보냈다. 모두가 열광했다. 서로를 축하했다. 누구보다 과묵한 사람들마저 흥분했다. 호세가 보기엔 가장 덜 우호적이지만 바람이 어느 쪽에서 부는지 재빨리 감지한 사람들은 그 자리에서 마음을 고쳐먹고 누구보다 더 힘차고 열띤 목소리로 말하기 시작했다.

분위기가 조금 진정되자 호세는 결론을 내렸다. 토론해야 할 문제는 이것입니다. 땅을 동등한 몫으로 분배할 것인가, 아니면 식구 수에 따라 분배할 것인가.

이 문제를 해결하기 위해 다음 회의는 엿새 후에 열리기로 정해졌다.

이튿날, 온 마을이 들끓었다. 사람들은 붉은 깃발과 검은 깃발을 창문에 내걸었다. 목에서 구호들을 게워내고, 열에 들뜨고, 고함치고, 요란하게 손짓발짓을 해대고, 구하기 힘든 〈노동자 연대〉 특별호들을 구하려 달려가고, 격류처럼 쏟아지는 서정적인 문장들에 흠뻑 빠져들었다. **위대한 이베리아 프롤레타리아의 영웅 서사시, 민중 민병대의 승리에 찬 행진, 모든 이들의 가슴에 울리는 역사의 고동, 희망차고 숭고한 투쟁 동지들의 대**

화합….

이틀이 지나자 열광은 서서히 가라앉았다. 사람들은 냉정을 되찾았다. 깊은 생각에 잠겼다. 도미노게임을 하면서 어제의 지각없는 흥분과 자신들을 사로잡았던 어린아이 같은 기쁨을 돌아보았다. 요컨대, 생각이 달라진 것이다. 호세가 제안한 조치들에 대해 누구도 드러내놓고 적대감을 보이지는 않았지만 말 없는 저항이 생겨나고, 슬쩍 불만을 털어놓는 이들도 나타나기 시작했다.

누구보다 고집 센 구둣방 주인 마카리오는 성급히 가결된 결정들을 후회했다. 더블식스,* **너무 앞서갔어!**

술집 바에 팔꿈치를 괴고 있던 돈 하이메의 아들 디에고가 그 의견에 동의했다.

저런, 빨간 머리가 말을 다 하네? 혀가 있네? 저런! 부르고스 집안 아들이 무슨 얘기를 하는 거야? 이발사가 좌중을 향해 공감을 구하듯 눈짓을 찡긋했다.

디에고는 자신에 대한 이런 지적들을 미소로 받아들이며 말했다. 머리를 냉철하게 유지해야 한다고, 공유화를 강요하는 건 말할 수 없는 바보짓거리라고, 그런 식으로 아나키스트 영웅

---

* 도미노게임 용어.

놀이를 하는 건 모든 걸 파괴하고 모두를 곤란하게 만들고, 혁명이라는 개념에 겁을 집어먹은 유럽의 버팀돌을 빼버리는 일이라고 말했다.

그럼 너는 유럽이 그저 우리 눈이 예뻐서 도와줄 거라고 믿는 거야? 마누엘(호세 패거리의 CNT 당원)이 물었다. 넌 유럽의 다른 나라들이 그저 우리 얼굴이 예뻐서 자기들 배에 구멍 뚫리러 올 만큼 바보라고 생각하는 거야?

난 그저 어리석은 바쿠닌 이론으로 다른 유럽 국가들을 더 겁먹게 해선 안 된다는 얘길 하는 거야. 디에고가 차갑게 대답했다. 그럴 필요는 없다는 거지.

마카리오가 말했다. 저 친구 말이 틀리지 않아. 저 녀석 머리에 뭐가 좀 들었네. 저 나이에.

사흘이 지나자 농민들은 미망에서 완전히 깨어나 취기에 넘어간 걸 후회하며 의혹과 커져가는 불안을 드러냈다. 벤디시온 카페에서는 논쟁이 불붙었고, 사람들은 도미노게임 앞에서도 정신을 딴 데 팔았다. 과장된 수사修辭와 논쟁, 난 패를 다시 뽑네, 질책, 추잡한 언사, 당혹스러운 억측, 난 통과, 소크라테스 식 전개, 세르반테스 식 비약, 더블 포, 착취자들에 반대하는 열정적 장광설, 정상을 참작한 고려, 자네 차례야, 회의적인 조소, 그 자식 딸딸이 치는 거 아냐, 제안과 반대 제안이 이어지거나 포개졌고, 두 문장마다 **멍청이**가 재채기처럼 끼어들어 박자를 맞췄고, 말을 강조하려고 붙이는 **빌어먹을**이나 **니미 시팔**은 대개 좀더 효과적으로 **시팔**로 축약되었다.

이 떠들썩한 토론에서 두 가지 확실한 사실이 도출되었다. 첫째, 결정을 열정적으로 가결한 사람들조차 이제 그 결과에 대해 열정적으로 걱정한다는 것.

둘째, 공유화에 반대하는 사람들의 수가 점점 늘어나 하루 만에 열 명에서 서른 명이 되었다는 것.

나흘 뒤, 가장 무른 혀들조차 짜릿짜릿한 분위기에서 원기를 얻어 혹독한 말들을 장전했다.

모두가 혹은 거의 모두가 이제는 질서가, 규율이, 그리고 무지막지하게 힘센 손이 필요하다고 주장했다.

물론 그들은 혁명에 우호적이다. 누가 그걸 의심하겠는가? 그러나 그들은 정신이 비딱한 몇몇 동양인들이 생각해낸 수상쩍은 이념을 들여와 무질서를 선동하는 자들을 경계했다.

그들은 가장 먼저 장악당한 도시들에 득시글거리는 불한당들이 그런 선동꾼이라고 말했다.

그들은 호세가 레리다에서 그런 놈들과 어울렸다고 말했다. **놀랄 일도 아니지.**

가련한 제 아버지를 절망에 빠뜨린 놈이니까.

어찌나 괴짜인지.

망상에 빠진 놈이야.

보편적 지복을 믿는다나.

아주 못 봐주겠다니까!

그놈은 그 말 많은 코뮌들이 만들어지면 사람들이 변할 거라고 믿는다나? 선하고, 신의 있고, 정직하고, 관대하고, 똑똑하고, 감사할 줄 알고, 용감하고, 온화하고, 호의적으로….

그리고 또, 뭐? (웃음)

모든 갈등들이 기적처럼 사라지고….

아이고, 지겨워! (웃음)

더이상 불안하게 흔들릴 일 없고, 매일매일이 평온한 일요일처럼 될 거래!

안 돼! 하느님 맙소사! 죽을 때까지 일주일 내내 따분해서 죽겠네!

죽은 자들이 부활하고 (웃음) 그와 비슷한 수천 가지 기적들이 일어날 테지. (웃음)

호세와 그 패거리는 이혼을 추종하나봐.

아이고 어머니!

그리고 일부다처제도 추종하고.

일부 뭐라고?

한 번에 창녀 열 명과 잘 권리.

그보다 더 적으면 안 되지.

아침 이슬처럼 순수한 존재들 사이의 자유연애가 유행할 그 매혹적인 코뮌들은 사실 엉덩이에 불붙은 색광들의 망상에 지나지 않는다니까(사람들은 무슨 얘기만 하면 대개 성적인 문제로 돌아오지, 아주 지독히도 파고드는 문제야).

게다가 엉덩이 문제라면 호세는 **좀 특별하잖나. 여자가 없어,** 이상해. 호모 아냐?

한마디로, 사람들은 백 가지 이유를 끌어냈다. 그럴싸한 것부터 터무니없는 이유까지, 오로지 자기 말을 번복할 목적으로. 결국은 이런 투박한 논거까지 꺼냈다. 불알 큰 우두머리가 없어도 서로 죽일 위험이 없을 거라 믿을 바보가 어디 있어? 게다가 돈과 권력이 없으면 중요한 사람들을 뭘로 구분하지?

그리고 호세의 생각에 대해 공공연하게 표현된 이 모든 머뭇거림은 며칠 전 혁명이라는 개념이 하나로 묶어준 것과 똑같이 그들을 결속시켰다.

그로부터 나흘 뒤, 반쯤 표현되던 머뭇거림은 목청껏 표현되었다.

다섯째 날, 모두가 혹은 거의 모두가 포기했다.

두 번째 회합이 열리는 여섯째 날, 강당이 꽉 찼다. 퇴각을 비준해야 했기 때문이다.

몇몇 사람들이 어이없어하는 가운데 처음으로 여자들도 축제에 초대되었다. 잔뜩 화가 나서 온 여자들, 싸움 구경을 하러 온 여자들도 있었지만, 대개는 남편이 망상에 휩쓸릴까 겁이 나서 자리한 이들이었다. 그리고 가장 가난하고 가장 운 나쁘고 가장 불행한 여자들은 이 일에 대해 뭔가 하고 싶은 말이 있었는데, 그 말은 다음과 같았다. 그만들 좀 하세요!

호세와 몬세의 아버지가 일주일 전에 내려진 결정에 대해 반대 의견을 표하기 위해 가장 먼저 나섰다. 아들에게 총살당할 위험을 무릅쓰고, 라고 말하며 그는 웃었다(좌중도 웃었다). 그는 일평생 자기 땅에서 수확을 내려고 죽도록 일했으며, 자기 목숨처럼 그 땅에 애착을 품고 있으며, 어떤 조치를 좀더, 말하자면 덜, 덜 극단적인 조치를 고려하기 전에 전쟁에서 이기기를 기다리는 편이 현명해 보인다고 말했다. (동조의 웅성거림)

잠시 후, 이제 디에고가 말할 차례였다.

그는 퉁명스럽고 엄격한 말투에 장관처럼 진지한 얼굴로 말했다. 그는 자신이 강인하다는 걸 보여주고 싶어 했다. **불알 있는 사내**라는 걸 보여주고 싶어 했다. 그는 흥분한 빨갱이 아나키스트들과의 차이를 확실히 보여주려고 투박한 말, 절제된 용어를 쓰고 감정을 제어했다.

그는 민중을 선동할 계획이나 번드르르한 혁명의 말에 동조하지 않는다고 말했다. 풋내기의 온갖 낭만적인 객설(그의 단골 이념 가게인 〈노동자 세상〉에서 읽은 표현이다), 반짝이는 거짓말들을(역시나 〈노동자 세상〉에서 읽은 표현) 번드르르하게 늘어놓아 순진한 이들을 꼬드기는 수상쩍은 이야기들, 끊임없이 미뤄지는 망상 장사꾼들의 거창한 약속을 페스트처럼 경계한다고 말했다.

현실과 관계를 맺지 못하는 그 모든 객설들은 마을을 데스마드레desmadre*에(번역하기 힘든 이 말이 농민들에게 큰 효과를 발휘했지) 몰아넣을 위험이 있다. 잘 수습해야만 한다. 그 객설들은 당장은 희망에 비위를 맞추지만 결국 파탄으로 끝날 위험한 계획들일 뿐이다.

이점은 한 가지인데 해악은 천 가지라고, 그는 강한 인상을 주는 근엄한 표정으로 일종의 냉정한 열정을 드러내며 단언했다.

이치에 맞는 소리야.

농민들이 고개를 끄덕였다.

그는 말했다. 민중의 필요를 미리 알아서 들어주고 싶다(꼭 우리 정치인들 얘기를 듣는 느낌이네요, 내가 말했다. 똑같은 건달들이지, 어머니가 말했다), 그런데 그러자면 발을 땅에 붙

---

* 도를 넘어선 행위나 말, 야단법석을 뜻하는 에스파냐어.

이고 있어야, 즉 현실적이어야 하고('현실적'이라는 말도 강한 인상을 남겼지), 이상을 향한 강렬한 욕망을 차갑게 식히고 정치적으로 성숙한 태도를 보여야 한다. 겁쟁이의 온갖 수사를 동원하는군, 호세가 분노로 치를 떨며 중얼거렸다.

디에고는 며칠 전부터 유감스럽게도 무질서가, 좀더 정확히 말하자면 혼란이 마을을 지배하고 있음을 확인했다. 그러나 그는 어떤 이들처럼 혼란을 가중할 게 아니라(빌어먹을, 저놈 낯짝을 박살내버리고 말겠어, 호세가 중얼거렸다) 상황을 타개할 것을 권했다. 질서. 엄격함. 그리고 규율. 이런 것들 없이는 무엇도 불가능합니다.

박수갈채가 쏟아졌다.

화가 머리끝까지 치밀고 당황한 호세가 자기 얘기를 하려고 나섰다. 그는 당혹감을 감추고 펄떡이는 가슴을 진정시키려 애쓰면서 거창한 마법의 말들을 쏟아냈다. '코뮌' '정의' '자유', 이 거창한 말들은 저항 초기에는 사람들의 마음을 전복시키고 낡지만, 남용할 경우 금세 변질되고 만다. 그리고 그런 일이 실제로 벌어졌다. 그 말들은 더이상 빛나지 않고 처음의 열정을 불러일으키지 못했다. 지난날엔 호세가 근사한 말로 현혹했는데, 이번엔 디에고가 누구도 생각지 못한 양식良識으로 사람들을 감명시켰다(**이랬다저랬다 다 시간이 하는 일이니, 어느 날엔 사랑한다 싶었는데 어느 날엔 미워지니 그저 익숙해지는 수밖에**

없지. 이따금 광고업자처럼 말하는 내 어머니가 논평했다).

디에고는 참으로 멋들어지게 이치에 맞는 말을 해서 사람들의 마음을 샀다. 공유화를 바라는 사람들은 공유화를 하고, 예전처럼 지내고 싶은 사람은 예전처럼 계속 지내자고. 그러면 모두가 만족하지 않겠느냐고. 이런 걸 정치 감각이라고 부른다. 그는 말했다. 전적인 공유화는 시기상조일 뿐 아니라 위험하기까지 합니다. 등기부를 태워버리자는 결정은 연기하는 게 현명할 겁니다.

대체 왜 기다려야 하는데? 초조해서 안달이 난 호세가 격분해서 말했다.

디에고는 말투에 권위를 실어 단언했다. 혁명을 하기 전에 전쟁부터 이겨야 한다고. 그러지 않으면 다른 어떤 결정도 무책임한 것이 될 테고, 모두의 평온을 위험에 빠뜨리게 될 거라고.

거 말 한번 잘하네!

농민들은 거의 만장일치로 그 말에 동조했다.

그렇게 회의는 다수가 인정한 그 결정으로 끝났다. 모임에서 정해진 결정들이 적용되고 지켜지도록 앞으로 디에고가 필요한 조치들을 도맡을 것이다. 그가 시청에 마련할 사령부가 이런 역경의 시기에 주민들의 안전을 책임져줄 것이다. 그가 앞선 며칠간의 동요 이후로 엄중한 질서 유지를 보장할 것이며, 다수가 채택한 법령들을 존중하지 않는 모든 행위도 진압할 것이다.

디에고에게는 이때가 일평생 가장 위대한 순간이었다. 설욕의 순간이었다. 그는 몇 달 동안, 몇 년 동안 열망해온 비밀스러운 계획이 마침내 이루어지는 걸 보았다. 우선 호세와 그의 친구들에게, 그리고 그만 보면 팔꿈치를 서로 쿡쿡 찌르며 킥킥대던 미련한 여자아이들에게, 마지막으로는 십이 년 동안 그를 피하고, 십이 년 동안 그더러 **여우**라고, **여우처럼 약삭빠르다고**, **여우처럼 악하고 여우처럼 교활하다고** 수군대던 저 상스러운 농부들에게 자신의 월등함을 보여주는 바로 그 계획 말이다.

호세는 얼마간 자존심에 상처 입고 당황해서 생각했다. 내일은 아직 오지 않았어.

호세가 마을에서 일어난 사태 반전에 당혹해하며 집으로 돌아가던 바로 그날, 베르나노스는 팔마 거리에서 침통한 얼굴의 죄수들을 실은 트럭 한 대가 지나가는 걸 보았다. 그 불행한 광경이 보이지 않는다는 듯 행인들이 아무 저항도, 아무 항의도, 어떤 연민의 몸짓도 보이지 않는 것에 그의 가슴이 죄어왔다.

가톨릭 신자로서 지켜야 할 명예 때문에 이제까지 인정하기를 거부해왔으나 이제 그는 명백히 눈앞에 펼쳐지고 있는 일을 더이상 모르는 척할 수 없었다. 그에겐 눈앞에 보이는 광경이 더 중대했기 때문이었다. 매일 저녁, 밭에서 돌아올 시간에 외딴 촌락 사람들이 소탕되었다. 누구도 죽이거나 해치지 않은 사람들이었다, 베르나노스는 말했다. 그들이 존엄을 지키며 용감하게 죽는 광경을 그는 놀라운 마음으로 지켜보았다. 우리가 어린 시절에 알았던 농민들을 닮은, **고결한** 농민들이었다. 그들은 합법적으로 자신들의 공화국을 쟁취하고 행복해했고, 그것이 그들의 죄였다.

해질녘이다. 마을로 들어서는 길의 공기가 한결 선선하다. 한 농부가 물병과 빵 덩이가 든 바랑을 어깨에 메고 집으로 돌아가는 중이다. 그는 지쳤다. 허기졌다. 얼른 좀 앉고 싶어 집으로 향하는 발걸음을 재촉한다. 그는 한 계절 동안 자신을 고용한 대지주 돈 페르난도의 아몬드 밭에서 온종일 과실을 땄다. 아내가 식탁을 차려놓았다. 식탁 가운데 빵과 포도주와 뜨거운 수프가 놓여 있다. 그녀는 기름등잔에 불을 붙이고 앉아 남편을 기다리고 있다. 밤이 내리면 바닥에 점점 더 길게 드리워지는 시커먼 그림자 때문에 남편이 곁에 있어야 마음이 놓인다. 그녀가 수많은 발소리 가운데서도 구분해낼 수 있는 친근한 발소리가 들려온다. 그러나 남편이 채 앉기도 전에 숙청대가 불쑥 집 안으로 들이닥친다. 개중 몇몇은 열여섯 살도 채 되지 않았다. 그들은 남편을 트럭 짐칸에 태운다. 마지막 여행이다. 사람들은 그걸 '마지막 **산책**'이라고 부른다.

종종 숙청대는 한밤중에 일을 처리한다. 그들은 용의자의 집 문을 몽둥이로 부수거나 만능열쇠를 가지고 집 안으로 들어간다. 그리고 잠든 거실로 달려가 닥치는 대로 서랍을 뒤지고, 부부가 잠든 침실 문을 발로 차고 들어가 벌떡 잠자리에서 일어난 남자에게 확인할 게 있으니 따라오라고 명령한다. 남자는 옷을 입는 둥 마는 둥 셔츠 아래로 멜빵이 삐져나온 채, 울며 매달리는 아내의 팔에서 강제로 끌어내어져 대문 쪽으로 떼밀린다. 아이들한테 말해줘 내가. 몽둥이로 등을 후려쳐 그들은 그를 트럭 짐칸에 태운다. 거기엔 다른 남자들이 말없이 고개 숙인 채 아마포 바지 위에 손을 얹고 앉아 있다. 트럭이 흔들린다. 한순간 희망이 고개를 든다. 곧 트럭은 도로를 벗어나 흙길로 접어든다. 그들은 남자들을 내리게 한다. 한 줄로 세운다. 그리고 죽인다.

베르나노스는 썼다. "몇 달 동안 살인자 무리가 도살용으로 징발한 트럭을 타고 이 마을 저 마을을 돌며 불순분자로 지목된 수천 명의 사람들을 가차 없이 도살했다." 더없이 추악한 팔마 대주교는 다른 모든 이들과 마찬가지로 그 사실을 알았지만, 그러면서도 매번 전혀 모르는 척 시치미를 떼고 마치 아무 일도 없는 것처럼 "사형 집행인들 편에 섰다. 그중 일부는 명백히 제 손을 더럽혀 백여 명의 짧은 임종을 끝장낸 이들이었다".

마치 아무 일도 없는 것처럼, 사제들은 계율에 둘러싸인 성십자가의 그림을 신도들에게 나누어주었다(나의 어머니는 그중 한 장을 사진 가방 속에 간직하고 있다).

마치 아무 일도 없는 것처럼, 예수의 성심聖心을 셔츠에 꿰매어 달고 다니는 카를로스 당원들은 그리스도의 이름을 내세우며 단 한 마디로 불순분자로 선고된 이들을 아무렇지도 않게 도살했다.

마치 아무 일도 없는 것처럼, 살인자들에게 매수된 에스파냐 주교단은 살인자들이 하느님의 이름으로 펼치는 공포 정치를 축성했다.

그리고 마치 아무 일도 없는 것처럼, 온 가톨릭 유럽이 입을 닫았다.

이 파렴치한 위선 앞에서 베르나노스는 이루 말할 수 없는 혐오감을 느꼈다.

오랜 세월이 흐른 지금, 나도 똑같은 혐오감을 느낀다.

호세는 마을에서 열린 마지막 회합에서 정신이 혼미해져서 나왔다. 그 자리에서는 도무지 어떻게 반응할 수가 없었다.

그러나 후안과 함께 좁은 세풀크로 거리를 내려오다보니 금세 정신이 돌아왔다.

그는 생각했다. 내가 정말 바보였어! 그는 자신의 멋진 이념으로는 이길 수밖에 없을 거라고 생각했었다. 그 생각들이 불러일으키는 머뭇거림 따윈 손바닥으로 간단히 쓸어버릴 수 있을 거라고 생각했다. 소유보다 존재가 더 소중하다고 생각하다니(어느 신문기사에서 그는 존재와 소유라는 개념을 발견하고 열광했다) 난 바보 중의 바보야! 저 농부들이 자신들의 지긋지긋한 염소와 볼품없는 집을 잃을까 얼마나 두려워하는지 가늠하지 못했던 것이다. 정말이지 사기 꺾이는 일이야. 넌 아주 중요한 걸 잊었어, 그들이 불하받은 묘지 터가 (후안의 말이었다) 혁명의 붉은 장미 향기를 들이마시려는 욕망보다 훨씬 크다는 걸 말이야. (조롱이 실린 슬픈 냉소)

이것이 그가 얻은 첫 번째 교훈이었다. 그리고 그 교훈은 그의 가슴을 아프게 했다.

그는 그들의 정신과 지평을 넓혀줄 모든 전망이 정작 그들에게는 구렁텅이처럼 여겨진다는 사실을 확인하지 않을 수 없었다. 그들이 원하는 건 평탄한 세상, 암담한 세상, 변함없는 세상이었다. 그는 맥이 빠졌다.

그러자 후안은 가르치려는 듯 그 수구성에 대해 설명하고 나섰고, 실망에 빠진 호세는 건성으로 들었다. 친구, 이런 말 하려니 딱하지만 이곳 농민들은 변함없는 것에 복종할 뿐 아니라 그걸 엄청 소중히 여겨. 계절이 변함없이 돌아오는 것을 소중히 여기듯이, 변함없는 언덕 위의 변함없는 올리브나무들을 소중히 여기듯이, 그들이 변함없이 굽신거리는 부르고스 집안과 그들을 이어주는 변함없는 끈을 소중히 여기듯이 말이야.

그중에서도 최악, 그들이 자신들의 변함없는 편견을 소중히 여긴다는 거지, 호세가 말했다.

평소엔 말이 많지 않은데 멋을 부려 말하니 마음이 누그러지는지 후안이 말을 이었다. 자신들에게 유리한 새로운 모든 것이 정작 그들에겐 죄악처럼, 인생을 좌지우지하는 꿈쩍 않는 질서에 대한 위반처럼 보이고(후안은 진지한 교수처럼 유식한 체행세했다), 한 체제의 에너지 총량은 시간이 흘러도 불변한다고 주장하는 에너지 보존법칙에 대한 중대한 위반처럼 느껴지는 거지.

그걸 과학적으로 설명하자면 그렇겠군, 아연한 표정으로 어정쩡하게 웃으며 호세가 말했다.

그렇게 그들은 가난 속에 빠진 채 스스로 분별 있다고 여기고, 몇몇 틀에 박힌 생각과 점잖게 폼 잡고 허튼소리를 하는 네댓 가지 속담에 묶인 채 오랜 타성에 젖어 사는 거야.

당장 손에 쥔 하나가 나중에 갖게 될 둘보다 나은 거지, 호세가 아이 같은 목소리로 중얼거렸다.

이봐 친구, 1934년에 아스투리아스 혁명이 다른 곳에서 일으킨 움직임이 왜 저들에겐 먹히지 않았는지 알아? 내가 가설을 세워보자면, 공화국 선포를 받아들인 대중의 열광이 그들에게 와서는 새 체제가 자신들의 삶을 전혀 바꿔주지 못하리라는 믿음으로 변질됐기 때문이야. 게다가 그들은 미국식 안락이 자신들과 맞지 않다고 말….

하지만 그건 우리가 그 사람들에게 제안하는 것과 전혀 다르잖아! 호세가 흥분해서 말했다. 화가 머리끝까지 치민 그는 별안간 걸음이 빨라졌다.

두 사람은 그 순간 부르고스 저택 앞을 지나고 있었고, 그래서 호세의 분노는 디에고를 향했다. 사람들을 감언이설로 꾄 저 부르주아의 아들 놈.

그 빨강 머리 새끼가 모든 걸 망쳐버릴 거야. 그 얼간이가 모든 걸 망쳐버릴 것 같다고.

그놈이 사람들을 어떻게 잠재웠는지 봤지. 그놈이 고지식한 사람들을 어떻게 홀리는지 봤지. 잠깐만요, 진정합시다, 천천히 갑시다, 기다려도 잃을 게 전혀 없습니다. 이런 빌어먹을 거짓 지혜로. 지저분한 새끼!

그 멍청이들 꼴 볼 만하던데!

함정에 빠져 홀딱 넘어갔던데.

머저리들 같으니!

멍청이들!

제발, 우리 멍청이들을 나쁘게 말하지 마.

매사에도 그렇고 정치에서도 그저 몽둥이찜질밖에 모르는 인간들.

빨강 머리에게 이용당할 텐데!

아주 엉덩이를 대주던데!

역겨워.

그 바보들이 당해봐야 알지.

이 촌구석을 떠나야 해.

바로 그 순간 호세는 마을을 떠날 계획을 세웠다.

그는 방금 몇 초 만에 머리에 떠오른 계획을 친구에게 얘기했다. 그들은 후안 아버지의 소형 트럭을 타고 대도시로 떠나, 며칠 동안 호세의 누이 프란시스카가 하녀로 일하고 있는 오비에도 집에 묵었다가 더러운 국민군 새끼들과 싸워 사라고사를 탈환하기 위해 두루티* 중대에 지원할 것이다.

몬세가 (글을 못 읽는) 부모님에게 읽어준 마지막 편지에서, 언니 프란시스카는 두에뇨스(주인 부부)가 자기를 신뢰해 집 열쇠를 맡기고 방금 도시에서 도망쳤다고 자랑스러운 기색을 내비치며 설명했다. 두에뇨스는 아주 부자였다. 남편은 비스킷 공장 사장이었고, 접사가 붙은 귀족 성을 가진 부인은 듣도 보도 못한 가문의 후손이었다. 그들은 혁명을 너무도 겁내어 집안 보석들을 마룻널 아래 감추고 스위스 은행 계좌로 돈을 이체한 뒤 손가락마다 금반지를 잔뜩 끼고 손목에는 순금 시계를 여러 개씩 차고 달아나 부인의 친척 집에 숨었다가, 부르고스에

---

* 부에나벤투라 두루티Buenaventura Durruti(1896~1936), 에스파냐 내전 때 활약한 아나키스트 혁명가.

서 프랑코 당원들의 손에 걸렸다.

그리고 운명은 주인 부부가 프란시스카에게 보여준 신뢰가 옳았음을 인정해주었다. 왜냐하면 소요가 일어난 초기에 민병대가 부르주아들의 아파트마다 침입해 민간인 경비가 준엄하게 지켜보는 가운데 값나가는 물건들을 몽땅 창문 너머로 넘기곤 했을 때, 그 집은 프란시스카의 침착함 덕에 약탈을 면했기 때문이다.

프란시스카는 문지방에 버티고 서서 고개를 꼿꼿이 들고 불끈 쥔 두 손을 허리에 올린 채 선언했다. 주인들의 신뢰를 못 지키게 할 생각이면 자기 시체를 밟고 지나가야 할 거라고. 그녀는 주인들이 그녀에게 잘해주었고, 겉보기처럼 파차가 아니라고 말했다. 그녀의 단호한 태도에 깊이 감명한 네 명의 민병대원은 억눌린 욕구를 달콤하게 해소해줄 노략질로 복수할 욕망을 품고 있었음에도 강제로 문을 부수고 들어갈 생각은 감히 하지 못했다. 꺼져, 그녀가 그들에게 말했고, 그들은 계단을 내려갔다.

어떻게 생각해?

멋진데!

7월 29일, 호세는 집을 떠날 결심이 확고하게 섰다고 몬세에게 알렸다. 고향 마을이 언젠가는 자유로운 코뮌이 될 수 있으리라는 희망을 품게 한 바로 그 천진한 마음으로 그는 기대했다. 교육도 더 받았고, 정치 쪽으로도 조금 더 깨어 있고, 집단 결정에도 훨씬 더 익숙한 산업도시 사람들은 그의 정신에 불을 지핀 자유주의적 주장들에 훨씬 더 열려 있을 거라고.

이곳에서 그는 숨이 막혔다.

너무 많은 원한과 너무 많은 질투, 너무 많은 두려움이 정치판 아래에서 작용했다.

그는 이 상스러운 사람들과 그들의 염소 말고 다른 피조물들을 만나고 싶었다. 여자들을 보고 싶었다! 바리케이드 위에 올라서고 싶었다! 온갖 일이 벌어지는 도시로 가고 싶었다! 게다가 그는 고향 마을이 끔찍이도 싫었고, 손목에 묵주를 두른 어머니의 신앙심이 끔찍했고, 그들이 배설한 온갖 똥을 쪼아먹는 닭들이 끔찍했고, 아버지의 독재와 아라곤 사람 특유의 고집이 끔찍했고, 사내가 딸 주위를 얼쩡거리기만 해도 결혼시킬 생각부터 하는 부모가 끔찍했고, 기를 쓰고 처녀로 남으려고 해서 어쩔 수 없이 당나귀의 선량한 도움을 받아 거시기를 빨게 하는 수밖에 없게 만드는 멍청한 여자들이 끔찍했다(몬세는 믿을 수가 없어 웃었다. 뭐라고! 당나귀라고? 구역질 나!).

같은 장소에 한평생 붙박인 채 아버지와 똑같은 행동을 하고, 똑같은 장대로 똑같은 아몬드나무들을 후려치고, 똑같은 올리브나무에서 똑같은 올리브를 따고, 똑같은 벤디시온 카페에서 일요일마다 똑같이 취하고, 죽을 때까지 같은 여자와 정사를 나누며(그는 이 말을 큰소리로 외쳤다) 살 생각을 하면 우울해졌다.

그러면 어디 가서 살 건데?

프란시스카 누나네 집.

무슨 돈으로?

민병대에 입대할 거야. 그래서 두루티가 있는 사라고사 전선에 합류할 거야. 너도 갈래?

호세의 제안에 몬세는 자부심을 느꼈다. 혁명가의 대열에 올라선 느낌이 들었다.

너도 알잖니, 겨우 일주일 만에 내 말들 재산이 엄청 늘었다는 거. 독재주의, 지배, 매국노 자본주의자, 부르주아의 위선, 프롤레타리아의 대의, 고혈을 흘린 민중, 인간에 의한 인간 착취 같은 단어들 말이야. 바쿠닌이며 프루동이라는 이름을 알게 됐고, 〈민중의 자식Hijos del Pueblo〉의 가사를, 그리고 CNT, FAI, POUM, PSOE* 같은 약어들의 뜻을 알게 됐어. 꼭 세르주 갱스부르의 노래 같지 않니. 아무것도 모르는 바보 천치였던 내가 말이야. 왜 웃어? 아무것도 모르고, 아버지가 안 된다고 해서 벤디시온 카페에 한번도 들어가보지 못하고, 그때까지도 똥구

---

* 에스파냐 사회노동당Partido Socialista Obrero Español.

멍으로 아이가 태어나는 줄 알았던 내가, 키스를 한다는 게 어떤 건지조차 알지 못하고 두 사람이 키스하는 걸 텔레비전에서조차 한 번도 보지 못해 배우지 못한 내가, 그 행위를(어머니는 성행위를 그 행위라고 말했다) 어떻게 하는지는 더더욱 알지 못했던 내가, 69체위도 구강성교도 아무것도 알지 못하던 내가 일주일 만에 아무런 가책 없이 가족을 버리고 **어머니의 마음을** 가차 없이 짓밟을 준비가 된 전투적 아나키스트가 되었던 거야.

몬세는 오빠의 제안을 대뜸 받아들였다.

그러다가 잠시 망설였다.

아버지가 허락하실까?

오빠가 웃음을 터뜨렸다.

오늘부터 어떤 존재도 다른 존재의 선의에 달려 있지 않게 될 거야. 그것이 아버지의 선의건, 어머니의 선의건 아니면 그 누구의 선의건!

그럼에도 몬세는 어머니에게 알렸고, 어머니는 곧 울먹이기 시작했다. **하느님, 맙소사!** 야만인들하고 함께하겠다고? 이게 무슨 불행이냐! 내가 하느님께 뭘 잘못했길래? 등등. 호세는 존재하는 모든 억압 가운데 어머니들이 가하는 억압이 최악이라고, 이를 악문 채 중얼거렸다. 가장 보편적인 억압. 가장 기만적인 억압. 가장 효과적인 억압. 가장 독재적인 억압. 우리를 서서히,

하지만 확실하게 준비시켜 다른 모든 억압들을 참게 만드는 억압이야.

너 입 다물지 못해! 어머니가 명령했다.

호세는 의연한 표정으로 명령에 복종했다. 사실 호세는 어머니에게 아주 순종적이었다.

7월의 어느 온화한 아침, 정확히 말하자면 31일이었다. 몬세는 트럭 짐칸에 올라타 후안의 약혼녀 로시타 옆에 앉았고, 호세와 후안은 앞쪽에 자리 잡았다.

호세 오빠는 미련 없이 떠났어. (어머니가 말했다.) 그는 마을을 지휘할 생각은 결코 하지 않았지. 오빠는 권력을 좇는 사람이 아니라서, 나이 지긋한 농부들은 누가 그에게 허세를 불어넣었을까 궁금해했어. 디에고는 네 말마따나 이빨이 길어 야심차고 장황하게 말하고 행동하는 데 어떤 비밀스러운 목적이 있어 보였지만, 호세 오빠는 순수한 청년이었어. 그런 사람이 있잖니, 웃지 마라, 오빠는 **신사**였어. 한턱내는 걸 좋아했지. 내가 지금 프랑스어를 제대로 하고 있는 거냐? 호세는 젊음과 순수함을 몽땅 자기 꿈에 바치고, 아름다운 세상 말곤 아무것도 원치 않는다는 계획을 세우고 꼭 미친 말처럼 달려 나갔지. 웃지 마라, 그 시절엔 그런 사람이 많았어. 아마도 상황이 그렇게 만들었을 테지. 그리고 그는 그 계획을 계산 없이, 속셈 없이 사수했어. 요만큼도 의심 없이 하는 말이다.

작별 인사를 나눌 때, 할아버지가 돌아가신 뒤로 벌써 열일곱 해째 검은 옷만 입는 어머니는 다시는 못 볼 것처럼 두 사람을 끌어안았다. 하느님께서 너희를 당신의 신성한 보호 아래 지켜주시길!

어머니가 아들의 목에 성모 마리아 메달이 달린 금목걸이를 걸어주려 했지만, 후안 앞에서 난처해진 호세는 거칠게 어머니를 밀쳤다. 어머니는 몬세에게 말했다. 길 건널 때 조심해라! 그리고 호세에게 말했다. 동생 잘 지켜! 그리고 로시타에게도 말했다. 허튼짓하지 마라. 그러곤 손을 흔들며 트럭이 마치 구렁 속으로 떨어지듯 골짜기 너머로, 너머로 사라질 때까지 그 자리에 못 박힌 듯 서 있었다. 트럭이 사라진 바로 그 순간 어머니는 울음을 터뜨리며 부엌으로 달려갔다.

몬세는 어머니에게 도착하자마자 편지를 쓰겠노라 약속했다. 그녀는 마음이 평온했다. 행복하고 평온했다. 사람들의 머릿속에서 전쟁이 벌어지고 있는데도 휴가를 떠나는 것처럼 행복하고 평온한 느낌이 들었다. 그러나 어머니의 검은 형체가 멀리 사라져 작은 점이 되는 걸 보면서 한순간 슬픈 생각이 들었다. 아버지가 우릴 떠나도록 내버려두었다고 어머니를 탓하며 내내 원망하거나 이따금 따귀도 때리고(딸아, 그 시절엔 흔히 있는 일이었단다) 괴롭히지나 않을까. 어머니를 학대하는 것은 아버지의 고통을 덜어주고 기진맥진한 몸의 피로를 풀어주었다. 몬세는 생각했다. 어머니는 당신이 두려워하는(이것도 흔한 일이었지) 아버지와 홀로 마주할 테고, 두 사람 사이에 끼어들 호세도 그녀도 없이 아버지가 아내와 자식들에게 휘두르는, 그리고 그들을 매개로 그를 지치게 하고 억압하는 모든 것에 휘두르는 혁대질을 혼자 당하게 될 거라고. 아버지는 그렇게 그들을 때리면서 그 모든 걸 조금은 잊었다.

트럭은 대도시로 이어지는 도로를 덜컹거리며 내려갔고, 지나는 마을마다 기쁨의 함성과 공화국 만세! 혁명 만세! 아나키 만세! 자유 만세를 외치는 소리가 주먹 쥔 팔을 흔드는 그들을 맞이했다.

몬세의 어머니는 오후에 도냐 푸라와 마주쳤다가 끔찍한 소식을 들었다. 돈 미구엘 신부가 잔혹한 볼셰비키들에게 붙잡혀 배가 갈리지 않으려고 야반도주를 했다는 얘기였다.

성모님! 몬세의 어머니는 가슴에 성호를 그었다. 하느님, 우리는 어떻게 되는 겁니까?

이건 파탄이야, 도냐 푸라가 한숨을 쉬며 중얼거렸다. 그 여자는 너무도 불안한 나머지 가슴에 구멍이 뚫린 것처럼 통증이 느껴졌다고 했어, 여기 말이다. (어머니가 심장 아래를 가리켰다.) 따끔따끔하고 뜨겁고 뾰족한 뭔가가 찌르는 느낌이었다나.

단도처럼요? 몬세의 어머니가 물었다. 그저 뭔가를 말하기 위해서 한 말이었다(그녀는 아침부터 자기 생각에 골똘히 빠져 적절한 말을 찾기가 힘들었다. 슬픔을 참고 눈물을 억누르는 데 몰두해 있었던 것이다).

　자지처럼이겠지, 어머니가 덧붙이며 웃음을 터뜨렸다.

　어머니가 덧붙인 이 말엔 몇 가지 해명이 필요하다. 기억장애를 앓게 된 이후로 어머니는 일흔 해가 넘도록 삼갔던 상스러운 말을 하면서 실제로 쾌감을 느꼈다. 이런 유형의 환자들에게 자주 나타나는 증세라고 의사는 설명했다. 특히 젊어서 엄격한 교육을 받은 사람들에게 질병은 엄폐된 검열의 문을 열어준다는 것이다. 의사의 해석이 정확한지 난 모르겠다. 내 어머니가 실제로 식료품 가게 주인을 멍청이로, 두 딸을(루니타 언니와 나) 엉덩이를 꽉 죄고 있는 답답한 못난이들로, 물리치료사를 잡년으로 취급하고, 기회만 생기면 멍청이니 불알이니 창녀니 빌어먹을 같은 말을 남발하는 데서 커다란 쾌감을 느낀 건 사실이다. 프랑스에 도착한 뒤로 에스파냐 억양을 고치고 세련된 언어를 쓰고 당신이 프랑스 식이라고 생각하는 것에 언제나 더 부합하도록 옷차림에 신경 쓰느라(외국인으로서 지나치게 엄격한 순응적 태도를 보이며) 그토록 애썼던 어머니가 언어와 그 밖의 관습들을 과거로 날려버린 것이다. 돈 하이메의 누나이자 디에고의 고모인 도냐 푸라가 늙어가면서 성부와 성자와 성령의 이름으로 관습들을 더욱 죄었던 것과는 정반대다.

성녀 푸라라는 별명을 가진 도냐 푸라의 성녀전聖女傳

오십대 노처녀 도냐 푸라는 육신을 번뇌에 빠뜨리는 충동에서 비롯된 근질근질한 욕정이 흠없이 정결한 몸의 여러 기관들로 전이되어, 헤아릴 수 없을 정도로 곳곳이 아팠다. 어느 날은 위가 뒤틀렸고(점심에 먹은 래디시가 위에 그대로 걸려버렸다), 다음 날엔 머리가 무거웠고(볼셰비키들의 약탈에 대한 흉흉한 생각 때문에), 그다음 날엔 회음부에서 격통이 느껴지거나 가장 덜 심미적인 부위에서 팽만이 발생했다(소금물 세척이 필요했고, 똥을 누러 가야 했다).

그녀의 온몸은 영혼이 강요하는 난폭한 검열에 항거했다. 그 항거는 그녀의 가족들이 하나같이 드러내는 더없이 이기적이고 잔인한 무관심에 부딪칠수록 격렬하게 표현되었다.

실제로 그녀가 가장 참기 힘들었던 건 동생 돈 하이메가 그녀에게 온종일 아프다고 징징거리지 말라고 금지한 것이었다. 그 통증을 그는 상상에서 비롯된 것이라고 규정했고, 그녀가 살갗만 스쳐도(아니, 엉덩이만 스쳐도, 이런 유머를 용서하렴, 어머니가 웃음을 터뜨리며 말했다) 느낄 정도로 민감하기 때문이라고 여겼다. 조카 디에고는 젊은이 특유의 불관용을 드러내며, 고모의 수많은 질환이 주위 사람들을 성가시게 하고 이미

썩을 대로 썩은 집안 분위기를 오염시키는 수단일 뿐이라고 주장했다.

도냐 푸라는 자신을 피폐하게 만드는 고통에 대한 가족들의 인색하고 편협한 판단에 괴로워했다. 그러나 그녀는 내세에 예수 그리스도와 그의 장밋빛 천사들 곁에서 이런 고통을 보상받으리라는 비밀스러운 확신에서 위안을 찾았다. 도냐 푸라는 독실한 어머니와 성심회 수녀들의 손길 아래 길러져 아주 어려서부터 가톨릭 종교에 젖어 사는 사람이었다. 그녀가 어려서는 죽도록 지겨워했던 종교적 원칙들은 7월 사건과 더불어 그야말로 광적인 성질을 띠게 되었다.

도냐 푸라는 성체를 모실 때처럼 극도로 고양되어 그녀가 숭상하는 지도자, 절대적인 천재, 하늘이 보내주신 구세주, 새로운 에스파냐를 일군 용감한 장본인, 원대한 대의의 수호자 프랑코가 개시한 성전聖戰을 옹호하고 나섰다.

그가 내세우는 대의의 맨 앞줄에는 이런 것들이 자리하고 있었다. 1. 불경한 자들과의 싸움, 2. 민주주의를 갉아먹는 암癌의 척결. 이 척결의 도화선이 된 것은 유명한 두 도살자였다 (그 둘의 이름을 듣기만 해도 그녀는 두통이 일어 즉각 훈증 요법을 받아야 했다). 바니쿤인지 바키눈인지 바쿠닌인지, 어쨌든 소유물과 사람들을 강간하도록 권장한 러시아 악마와 스탈린이라 불리는 정신병자 말이다. 두 사람은 그녀가 합법적이고도 순수한 수탁인으로서 조상에게 물려받은 에스파냐의 가치들을 야만스레 짓밟았다. 그 영원한 가치들의 토대는 이런 것들로 이루어져 있었다.

1. 기독교적 연민

2. 국가 사랑

3. 에스파냐 고유의 관습과 여전히 유효한 남성우월주의, 혹은 덥수룩한 수염과 큰 거시기 증후군. (어머니가 말했다.) 이건 환경과 분위기에 따라 고함 소리나 따귀 때리기로 표현되곤 했지. 그러나 머릿속이 이미 번민거리로 가득한 불운한 여자 도냐 푸라는 깜빡하고 이에 대해서는 언급하지 않았다.

앞에서 인용한 추악한 두 인물에다 도냐 푸라는 아나키스트 불한당 두루티도 한 패거리로 갖다 붙였다. 그가 있어야 할 자리는 감옥 말곤 없다는 것이다. 그리고 정신적 타락의 흔적이 고스란히 드러나는 추한 외모를 가진 아사냐 대통령으로 말할 것 같으면(그녀는 호흡곤란 상태에서 찍힌 그의 사진을 신문에서 본 게 다였다), 나약하고 우유부단하고 물러터진 이 인간은 소비에트가 주장하는 평등주의의 공포를 불러일으키고 싶어 했다. 달리 말해 우월한 존재들을 비참한 존재들의 수준으로 비천하게 떨어뜨려 모두가 불행하길 바랐다. 마치 공감을 나누는 것이 어떤 면에서 인간의 불행을 감소시킬 수 있기라도 한 것처럼!

일요일 미사 때 그녀는 행동으로 옮기길 무심코 거부한 것들(이웃 사랑과 그에 따르는 숭고한 행위들)을 읊조리면서, 그렇지만 안 그런 사람이 어디 있겠어요?(난 속으로 생각했지, 나요! 천진한 어머니가 말했다), 마을의 타락한 도적떼로 변한 CNT 청년들 앞에서는 증오로 치를 떨었다. 그 무리의 대장은 호세였다.

애야, 너 알아들었지, 어머니가 내게 말했다. 도냐 푸라는 가톨릭이 목욕당한 것에 원한을 품고 모든 미사에 빠짐없이 참석하는 완고한 성녀였어. 유럽의 일부가 물질주의에 빠지는 걸 보고 그녀는 마음속으로 피를 흘렸지. 모든 세속적 쾌락과 성적 열락을 억누르면서 영혼을 완벽하게 만들려고 온갖 노력을 기울여온 여자였으니까. 엄마 말은 그 여자가 어떤 풍자화 같은 인물이었다는 거예요? 그 여자가 진짜 풍자화라 한들 내가 어쩌겠니!

도냐 푸라는 항상 모욕당한 표정을 짓고 있는 성녀였다. 평온할 때조차 그랬다. 그러나 몇몇 자격 있는 영혼들과 영업 허가를 낸 가톨릭교에만 기독교적 자비를 베푸는 성녀였다.

—무엇보다 우선 : 명백히 부합하는 자격을 갖춘, 서원한 속죄자 돈 미구엘 사제에게 베풀었다. 그녀는 운명의 그날까지(그가 도주한 그날) 그의 앞에 자신의 육체적·정신적 고통의 보따리를 내려놓고 두둑한 봉투와(어머니 왈 : 다른 이들의 주머

니에서 나온 돈이었지) 맞바꾸었다. 말하자면 그 사제는 그녀의 영적 은행이었다. 그녀가 예배 비용으로 한 달에 한 번씩 사제의 포동포동한 손에 슬며시 봉투를 밀어넣으면, 사제는 눈을 내리깔고 꿀 바른 목소리로 하느님께서 자매님께 다 돌려주실 거라고 웅얼거렸다. 종교적 문구 특유의 모호한 말로 어떤 형태로 돌려주실지는 밝히지 않았지만.

─두 번째는 : 너무 나약해서 (자비를) 베풀지 않을 수 없는, 몇 명의 묵주 굴리는 여인네들이었는데, 개중에는 몬세의 어머니도 포함됐다. 그런 아들을 두었으니 한탄할 일이 많을 터였다. 그리고 십여 명의 독실한 여신도들도 있는데, 그녀는 그들의 독실한 신앙에 대해 보상해주려고(사람들이 워낙 엉큼해서 그녀로선 전적으로 확신할 순 없었지만) 헌옷이라는 형태의 현물로 온정을 모았다(도냐 푸라가 주는 낡은 원피스 몇 벌을 마지못해 받아온 몬세는 그 온정이 어떤 건지 좀 알았다).

도냐 푸라가 빈자들의 가난을 덜어주길 좋아한 건 그것이 꽤 괜찮은 기분 전환, 말하자면 그녀의 온갖 이상 증세에 큰 효험이 있는 기분 풀이가 되었기 때문이다. 그 이상 증세들은 표현 양식도 다양했고, 비뇨생식기 영역에 속하는 기관들이 명백히 우세를 점하긴 했지만 감염된 신체기관의 종류도 다양했다.

남편 없고 자식 없고 직업 없는 그녀는 그것들(자신의 이상 증세들)에 맞서 싸울 목적으로 진짜 하제下劑 기능을 갖춘 가사 차원의 십자군 전쟁에 나섰다. 그녀는 각기 다른 냄비며 냄비 뚜껑들이 엄격한 질서에 따라 정돈되었는지 준엄하게 감독하고, 은제 식기들을 꼼꼼히 살피고, 여러 차례 빙초산을 사용해 청소하도록 하고, 현관 벽지 색깔 선택을 두고 남동생과 열띤 토론을 벌였다. 그녀는 참으로 아름답고 상징적이고 에스파냐다운 국기 색깔, 즉 빨간색과 황금색을 원했고, 막대기 다발*과 실물 크기의 무솔리니 초상화로 장식하고 싶어 했다. 동생은 화가 나서 어깨를 으쓱하고는 빈정거렸다. 그게 다 그녀의 내밀한 욕망과 가혹하게 푸대접받은 뜨거운 성욕의 배출구로 쓰이는 것 아니냐고.

전쟁이 선포된 이후로 그 수많은 근심에는 이름만 들어도 소름 돋는 칼 마르크스라는 작자의 극좌파 이론에 오염되어 완전히 돌변한 조카 디에고로 인한 번민까지 더해졌다. 그녀는 하느님께 조카의 변절을 용서해달라 청했고, 만일의 경우를 대비해 침실에서 몰래 초를 태우며, 자신이 큰 기대를 걸었던 그 가련한 아이가 길을 잃고 헤매는 어두운 공산주의에서 빠져나와 가톨릭의 성스러운 빛을 향해 돌아오게 해달라고 간절히 기도했다. 전능하신 주님, 어린 시절에 버려져 아마도 냉혈한들에게,

---

* '속간'이라고도 부르는 것으로, 파시즘의 상징물이다. 고대 로마에서 정무관의 권위를 상징하는 물건이기도 했으며, 막대기 하나는 쉽게 부러지지만 여러 개가 묶여 있으면 잘 부러지지 않기 때문에 '통합을 통한 힘'을 나타내어 파시스트들의 상징이 되었다.

공산주의자였을 수도 있는 이들에게 길러져 고통받은 청년에게 이건 충분히 용서받을 만한 방황입니다.

그녀는 조카가 모스크바와 맺은 불명예스러운 동맹과 공화주의라는 해충이 저주받은 길로 경솔하게 빠져든 청소년의 엉뚱한 욕망에 지나지 않으리라고, 시간이 흐르고 조카가 결혼을 하면 이 엉뚱한 욕망이 사그라지리라고 몰래 희망했다. 지극히 성스러운 교황의 지극히 성스러운 말씀에 따르면, 결혼은 탈선한 피조물들을 대열로 다시 끌어들이는 최고의 만병통치약이라고 했다.

사실을 말하자면 조카의 탈선은 그녀를 들뜨게 하는 듯했다. 프랑스에서 루르드 동굴*을 폭파시켜버린 볼셰비키의 파렴치한 짓들이 그녀를 들뜨게 한 것처럼. 정말이지 끔찍해, 끔찍한 일이야. 말세야! 무슨 헛소리를 하는 겁니까, 그녀의 동생이 말했다. 신문에서 읽었단 말이야, 그녀가 응수했다. 신문 좀 바꿔요, 동생이 조언했다. 동생은 그녀가 증오하는 것들이며 심취하는 것들과 거리를 두라고 자주 촉구했다. 다행히 그녀의 불안한 마음은 에스파냐 하늘에 출현한 독일 비행기들에서 힘을 얻었다. 그녀는 심지어 그 비행기들에서 전능하신 하느님께서 친히 에스파냐를 보살피시며, 그분의 용감한 조수, **하느님의 은**

* 수많은 순례자들이 찾는 성모 발현 성지.

총을 받는 에스파냐의 지도자 프란시스코 프랑코 바하몬데가 하느님을 효율적으로 보좌한다는 이중의 증거를 보았다.

그녀가 증오하는 것들과 좋아하는 것들을 모르는 사람은 마을에 아무도 없었다. 그러나 일종의 뿌리 깊은 전통 때문에 사람들은 돈 하이메 부르고스 오브레곤 가문을 건드리지 않았다. 호타 춤을 추는 의식을 건드리지 않듯이, 성인력聖人曆을 건드리지 않듯이. 사람들은 수 세기 전부터 공명정대하고 명예롭다는 평판을 받는 이 가문을 존경했다. 그뿐 아니라 그들은 이 가문에 애착을 느끼고 있어서, 도냐 푸라가 국민군에 쏟는 한결같은 지원과 프랑코에게 바치는 한결같은 애정에도 눈감아주었다. 이 사랑은 그녀의 연애 경력에서 단 하나뿐인 예외로, 프랑코는 그녀를 유혹으로 이끌고 신성한 쾌락으로 몸부림치게 하는 데 성공한 지상의 유일한 인물이었다. 사람들은 눈을 감았다. 도냐 푸라가 백 퍼센트 파차인 건 분명했고, 그녀가 자기 침실에서 떨리는 목소리로 〈태양을 마주하고Cara al sol〉*를 부르는 것도 분명했지만, 이 가련한 여자에겐 그럴 만한 이유가 있었기 때문이다. 그녀는 한 번도 누구와 잠을 자본 적이 없어 **음부가 호두처럼 바싹 메말라** 있었다.

---

* 팔랑헤당의 군가.

베르나노스는 도냐 푸라가 그토록 흠모한 교회의 악행들을 책으로 써서 고발하기 직전 잠시 머뭇거렸다. 이런 시도로 뭘 얻을 수 있을까? 교회를 되살려서 내가 무얼 얻을까? 세계가 역겨워한 그 혐오스러운 기억을 휘젓는 게 무슨 소용일까? 내가 존경하는 또 한 명의 작가, 카를로 에밀리오 가다도 무솔리니의 비열한 짓거리를 끝까지 추적한 책 첫머리에서 이렇게 자문했다.

베르나노스는 그것이 말하기 껄끄러운 사실이라는 걸, 그리고 사람들이 그에게 비난을 쏟으리라는 걸 완벽하게 알고 있었다. 그런데도 그는 걸음을 내딛기로 결심했다. 그것은 설득하기 위해서도 아니요, 소란을 일으키기 위해서는 더더욱 아니었다. 그저 삶의 마지막 날까지 자신을 직시할 수 있기 위해서, 그리고 불의에 짓눌리고 있는 어린 시절의 자기 자신에게 충실하기 위해서였다. 그가 그런 결심을 한 건 가련한 두 사람이, 선량한 팔마 농민 둘이 제 눈앞에서 살해당하는 걸 본 아들 이브가 울면서 팔랑헤당의 푸른 제복을 찢는 모습을 보았기 때문이었다(이브는 바로 탈영해 에스파냐를 떠나 멀리 달아났다).

그가 그런 결심을 한 건 군인들에게 몸을 판 교회의 파렴치함에 양심 한가운데가 깊이 상처 입었기 때문이었다.

그리고 그걸 고발하는 것이 그에게 엄청난 대가를 치르게 할지 몰라도 입 다문 구경꾼으로 남는 건 더 큰 대가를 치르게 할 터였다. 피와 진흙으로 사제복 밑자락을 더럽힌 채 때로 죽임당하는 길 잃은 양들에게 임종의 성체배령을 행하는 사제들의 모습에 그는 격분했다.

그 자신이 "나의 기초 교리"라 부르는 것의 정신과 문구에 고무된 베르나노스는 교의의 맹신적 광기에 갇힌 채 성스러운 국가, 성스러운 종교의 이름을 들먹이는 미치광이 무리가 자행하는 그 말살들을 역겨움 없이 지켜볼 수가 없었다.

그래서 그는 있는 힘을 끌어모아 양심과 마음을 일치시키고, 자신을 혐오에 전율하게 하는 것에 대해 말하기로 결심했다. 그는 마구잡이로 덮어씌워지는 혐의, 교회가 보상하는 밀고, 반체제적 사상을 가진 이들의 야밤 체포, 재판도 없이 비종교인들을 말살하는 행위, 한마디로 "인간 영혼의 가장 유독하고 가장 어두운 부분과 동질인 종교적 광기"가 자신에게 불러일으키는 극복 불가능한 혐오에 대해 말하기로 결심했다.

그는 말한다. 이건 공공연한 사실들이요, 확인된 사실들이요, 이론의 여지가 없는 사실들이다. 세상 무엇도 이 일들이 일어나지 않았다고 부인하지 못할 것이며, 그 일들은 성수를 바다처럼 쏟아부어도 지우지 못할 핏자국을 역사에 남기게 될 것이다.

그 일들은 그리스도에게 가해진 최악의 모욕이다.

그리스도를 절대적으로 부인한 행위다.

정신의 수치다.

그는 그렇게 썼다. 그가 보인 이 용기를 옛 친구들은 용서하지 않을 것이고, 그를 위험한 아나키스트로 볼 것이다.

그는 유사한 범죄들이 공화주의자 진영에서도 저질러졌으며, 수많은 사제들이 빨갱이들에게 끔찍하게 살해당했다는 걸 모르지 않았다. 그들은 모든 사제를 대신해 희생한 것이었다. 언제나 큰 것이 저지른 잘못에 대해 작은 것이 대가를 치르는 법이다. 시인 세사르 바예호가 볼셰비키 주교들이라고 부른 이들도 가톨릭 주교들만큼이나 파렴치하고 야만적이라는 걸 그는 모르지 않았다.

에스파냐 빨갱이들이 사제들을 말살한 건 또 하나의 이유였을 뿐이라고 베르나노스는 말한다. 그들의 무고한 아내와 자식들을 공공연하게 지키기 위해서라는 단호한 이유. 복음의 정신과 예수의 사랑에 이끌리는 기독교인의 눈으로 볼 때 지상에 피신처가 있다면, 자비와 사랑의 장소가 있다면 그것은 그가 있는 교회의 품 안이다.

그런데 에스파냐 주교단은 수 세기 동안 줄곧 가난한 이들을 외면하고 한 줌밖에 안 되는 "금칠한 불한당들"을 보살피느라 그리스도의 계시를 배반하고 타락시키고 훼손해왔다. 에스파냐 교회는 부자들의 교회, 힘 있는 자들의 교회, 작위를 가진 자들의 교회가 되었다. 이 일탈과 배반은 에스파냐 사제들이 프랑코 파들의 살인에 공모해, 반체제적 사상을 가진 가난한 이들을 '본보기 삼아' 저승으로 보내기 전 그들에게 십자고상을 내밀며 마지막으로 그것에 입 맞추게 하던 1936년에 절정에 달했다.

베르나노스는 이 이중의 타락을 고발했다. 그리고 가난한 이들이 왜 공산주의자가 되는지 아주 잘 이해가 된다고 주교 예하께 선언했다.

그의 말에 절제가 부족했더라도 어쩔 수 없는 일이다.

그의 말이 신중하지 못했더라도 어쩔 수 없는 일이다.

그 말들은 어쨌든 부인否認보다는 신중할 것이다(부인된 악행은 더 맹렬하게 다시 나타난다는 걸 우리는 경험으로 안다). 그 말들은 심장을 잠재우고 혀를 마비시키는 예의 바른 무관심보다는 신중할 것이다. 그리고 침묵보다는 신중할 것이다(체코슬로바키아가 점령당하도록 내버려두고, 이십오 년 동안 프랑코 독재 앞에서 입을 다문 뮌헨 민주주의의 침묵이 어떤 결과를 낳았는지 우리는 안다*).

베르나노스는 국민당 공포 정치의 하수인 노릇을 함으로써 에스파냐 교회는 명예를 완전히 잃었다고 보았다.

---

* 1938년에 체결된 뮌헨 협정을 가리킨다.

국민당이 어떤 사람들이었는지 알겠냐? 창가에 놓인, 보풀이 인 것처럼 곱슬거리는 모직 천을 씌운 초록색 안락의자에 앉도록 돕는 내게 어머니가 대뜸 물었다.

이제 나는 조금 알 것 같았다. 국민이라는 말 자체가 품은 불행을 조금은 알 것 같았다. 매번 역사가 그 말을 흔들어댈 때마다, 옹호하는 대의가 무엇이었건(국민대회, 프랑스 국민연맹, 국민혁명, 인민국민대연합, 파시스트 국민당…) 거기에는 필연적으로 연쇄적인 폭력이 뒤따랐다. 프랑스에서건 어디서건 마찬가지다. 이 점에 관해서라면 역사는 비통한 교훈을 넘치도록 보여준다. 내가 아는 건 쇼펜하우어가 매독과 민족주의를 그 시대의 두 가지 악이라고 선언했는데, 매독은 오래전에 극복됐지만 민족주의는 불치병으로 남았다는 사실이다. 니체는 이 말을 훨씬 더 미묘한 방식으로 표현했다. 그는 상업과 산업, 서적과 서신의 교류, 높은 수준의 교양을 공유한 공동체, 장소와 지역의 빠른 변화, 이 모든 조건들이 필연적으로 유럽 국가들의 쇠퇴를 가져왔고, 따라서 그로부터 지속적인 교체를 통해 뒤섞인 종족, 유럽인이라는 종족이 태어날 수밖에 없었다고 썼다. 그리고 아직 살아남은 일부 민족주의자들은 한 줌밖에 되지 않는 광신자들의 증오와 원망을 불러일으킴으로써 제 입지를 유지해보려 애쓰고 있다고 그는 덧붙였다. 베르나노스 역시 그의 옛 동료들이 즐겨 쓰던 국민(민족)이라는 말의 남용을 경계했다.

"나는 민족적이지 못하다. (그는 말했다.) 왜냐하면 나는 내가 정확히 어떤 사람인지 알고 싶기 때문이다. 민족적이라는 말은 그 자체로 내가 누구인지 알려줄 수 없다. (…) 한 인간이 자신이 가진 소중한 뭔가를 맡길 수 있는 어휘는 이미 그다지 많지 않다. 모두에게 열린 셋방이, 혹은 노점이 되어줄 어휘 말이다."

나는 일부 사람들(꼭 파시스트가 아니더라도 민족주의적 영혼을 가질 수 있을 것 같으므로), 오늘날 이 말을(말 자체는 좋지도 나쁘지도 않다) 독점하고 그것을 깃발처럼 흔들어대는 사람들 가운데 일부는 단지 민족주의자와 아닌 자들을 구분 지으려는 속셈을(달리 말해 인간을 구분 짓고 수직으로 등급을 매기는 체계, 민족-인종주의라고 불릴 체계를 정립하려는 속셈) 감출 목적으로, 그리고 후자들의(민족주의자가 아닌 이들) 신용을 떨어뜨리고 소외시켜 마치 기생충들을 박멸하듯 제거하기 위해 그런 행동을 한다고 생각한다. 민족은 어머니처럼 너른 품을 갖고 있지만 제 자식들을 희생시켜가며 그들을 먹여주진 못한다.

어머니가 말했다. 내 보잘것없는 생각으로는(어머니는 이렇게 괜히 들어가는 관례적인 문구를 좋아하는데, 이런 말을 쓰면 프랑스어를 잘한다는 느낌이 드는 모양이다. 감히 말하자면, 내가 잘못 생각한 게 아니라면, 같은 표현들도 아주 좋아한다. 어머니는 이런 표현을 고상하다고 생각하는데, 그것이 당신의 천박한 말버릇을 만회해준 셈이다), 내 보잘것없는 생각으로는 얘야, 국민군이라는 사람들은 1936년의 에스파냐에서 우리 오빠를 닮은 사람들을 죄다 추방하고 싶어 했어. **그뿐이야.**

지금이 다음과 같은 작은 교훈을 정리해볼 좋은 순간처럼 보인다.

국민 숙청에 관한 짧은 교훈

1. 국민 숙청의 실행에 토대가 된 담론들

이를테면 세비야의 대☆ 청소부인 케이포 데 야노 장군이 1936년 7월에 라디오로 내보낸 선언문 가운데 하나를 발췌해보겠다. "이 전쟁은 죽음의 전쟁이다. 적을 완전히 말살할 때까지 싸워야 한다. 누구든 이를 염두에 두지 않는 자는 에스파냐의 성스러운 대의를 제대로 받들지 못하는 것이다." 또한 같은 달에 발행된 일간지 〈에스파냐 만세Arriba España〉에 실린 기사도 짧게 발췌해보자. "동지들! 여러분의 의무는 유대주의, 프리메이슨, 마르크스주의, 분리주의를 쫓는 것입니다. 그들의 신문, 책, 잡지, 프로파간다를 파괴하고 태우십시오. 동지들이여, 하느님과 조국을 위하여!"

위에서 인용한 놀라운 목표들을 달성해 국민을 위험 분자들로부터 해방하려면 밀고자들의 활약이 확보되어야 한다.

2. 밀고자들

하느님께서 그들의 입을 통해 당신의 의지를 표현하시기에, 밀고자들은 사회 각계각층에서 모집되었다. 사제, 이웃 사랑을 부르짖고 피 한 줄기가 예쁘게 흐르는 예수 성심聖心 형상을 블라우스에 달고 다니는 귀부인, 양심을 씻어주는 사제와 각별한 친분을 맺고 지내는 하사관 부인, 카페 주인, 빵집 주인, 염소지기, 머슴, 훈육하기 쉬운 얼간이, 운동 부족으로 몸이 근질근질한 부랑자, 위험에 처한 조국의 이름으로 혁대에 권총을 차도록 설득당하는 하층민, 잃어버린 명예를 회복시켜줄 푸른 제복을 입고 제 양심을 새로이 칠하는 큰 건달과 작은 부랑배, 선량한 사람과 조금 삐딱한 사람, 그리고 상당수의 평범한 사람들, 다시 말해 선량하지도 악하지도 않은 사람들, 내가 좋아하는 니체가 말했듯이 적당히 평범한 사람들, 다시 말해 당신과 나 같은 사람들, 다시 말해 죄를 비우려고 정기적으로 고해를 하러 가고, 일요일 미사에 빠지지 않고, 토요일의 축구 시합을 놓치지 않고, 아내와 자식 셋을 둔, 괴물이 아닌 사람들. 우리가 괴물이라 부르는 사람들은 조직의 활동가와 상당히 가깝다. 아니다, 억지스러운 비교를 해서는 안 된다. 베르나노스는 말했다. 그들이 괴물이 아니라 단지 상황이 괴물 같은 것이며, 사람들은 상황을 감수하거나 자신이 가진 얼마 안 되는 일반적인 생각들을 그 상황에 갖다 맞출 뿐이라고.

이 애국심 충만한 밀고자들, 하느님의 의지를 실행하는 이 도구들은 거추장스럽고 불필요한 과정들을 거치지 않았다. 그들은 주먹을 쓰는 사람들이고, 빌어먹을 괜한 점잔을 빼느라 주춤거리지 않고 목표로 직행하는 사람들이었기 때문이다. 그들은 조금이라도 의심스러운 자들을 편지라는 수단을 이용해 모조리 고발했다. 그들은 통치자들을 향한 감미로운 경하의 인사말에 조국에 봉사하게 되어 영광이라는 말을 덧붙이거나, 맛있는 배를 보내준 어느 세뇨라에게(그녀의 남편은 웃을 줄 모르는 프랑코 당원이다) 감격에 찬 감사 인사나 애정을 표하며 편지를 맺었다. 나머지는 애국심 충만한 숙청 위원회가 알아서 처리했다.

3. 국민 숙청 위원회

이 위원회들은 본질적으로 팔랑헤당의 푸른 제복이나 카를로스당의 붉은 모자가 부여하는 권력에 취한 허세꾼들로 구성되었다. 이들은 사람들에게 자신들의 잔혹성을 시험할 생각에 들떠 애국적으로 소매를 걷어붙이고 애국적으로 무기의 날을 갈았다. 건전한 생각을 하지 않는 건달들을 제거하기 위해, 복종하지 않는 이들에게 민족정신의 위대함을 세뇌시키기 위해.

주의 사항 :

이 위원회들 내부에는 경쟁 의식이 팽배했다. 권력자들은 교회의 다섯 번째 계명*을 무시하고 숙청을 강행하도록 면죄부를 발급해주었다.

4. 국민 숙청 방식

국민 숙청에는 하나의 조직과 엄격한 방법들이 요구되었다.

불필요한 미묘한 사항에 사로잡히지 말아야 하고, 실행을 지연시키고 복잡하게 만드는 모든 과정을 무시해야 했다. 이를테면 살인자들과 무고한 자들을 구분하는 과정 같은 것들. 뭣하러 구분하겠는가?

하느님의 징벌자라고 불렸던 숙청대는 밤에 움직이는 걸 선호했다. 급습의 효과와 그것이 불러일으키는 공포가 훨씬 컸기 때문이다.

그러나 대낮에 대로에서 활약하는 것 역시 가능했고, 흠 없는 영혼들이 밀고한 용의자들의 집에 강제로 침입할 수도 있었다.

5. 국민 구원자들의 숙청 대상 목록에 모델로 쓰일 수 있었던 프

---

* 십계명 중 다섯 번째인 '살인을 하지 마라'는 계명.

랑코 당원들의 숙청 대상 목록

1) 십자가를 부수는 자들과 신앙심이 없는 것으로 확인된 자들의 목록

2) 신앙심 실천에 게으른 이들의 목록

3) **구원 운동에 반감을 품는** 죄를 지은 이들의 목록

4) 자본의 적, 양심이 타락한 자, 국가의 정신적 질서에 재앙과도 같은 무신론자들과 아나키스트들을 길러내는, 교육비가 무료인 비종교 교육기관에서 양성된 교사들의 목록

5) 국가에 적대적인 노동조합이나 당에 가입한 자들의 목록

6) 주먹을 치켜드는 게 눈에 띄었다고 소문난 자들의 목록

7) 임금이 보잘것없다며 격렬하게 항거했다고 소문난 자들의 목록

8) 공화파 군대의 비행기가 지나갈 때 박수를 쳤다고 소문난 자들의 목록

9) 앞에서는 프랑코를 찬양하고 뒤에서는 혐오하는 음흉한 자들의 목록

10) 무지한 인민들의 저항을 무책임하게 부추기는 시인, 작가, 예술가들의 목록

11) 그 외의 자들

6. 국가의 구원자들이 자행한 모든 유형의 숙청에 본보기로 쓰일

수 있었던 프랑코 파 숙청의 세 단계

1) 자택 숙청 단계 : 한밤중에 불순분자의 집 문을 두드린다. 자고 있는 불순분자를 끌어낸다. 질겁한 아내가 남편을 감옥으로 데려가는지 묻는다. 스무 살도 채 되지 않는 살인자는 그렇다고 대답한다. 불순분자를 트럭에 태운다. 트럭에서 그는 심각한 표정의 동료 세 사람을 만난다. 출발하고 얼마 지나지 않아 트럭은 도로에서 벗어나 흙길로 접어든다. 네 사람에게 내리라는 명령이 떨어진다. 그들은 권총 한 발로 도살된다. 그리고 시체는 비탈 가장자리로 치워진다. 이튿날 묘혈 인부가 와서 머리가 깨진 시체들을 발견한다. 그러면 프랑코 당원인 시장은 대장에 다음과 같이 기록할 것이다. **누구, 누구, 누구, 누구**, 뇌충혈腦充血로 사망.

2) 감옥 숙청 단계 : 너무 수가 많아서 혼잡한 잡거 생활로 고통받던 수감자들은 인적 드문 장소에 단체로 실려가 무더기로 도살되어 한 구덩이에 던져진다.

너무 이목을 끄는 이 고전적인 방식보다 그들은 대개 최후 단계에 처방되는 방법을 선호했다.

3) 최후 단계는 다음과 같이 이루어진다. 수감자들은 아침에 석방 소식을 듣고 크게 기뻐한다. 그들은 수감 기록대장과 압수당했던 소지품 인수증에 서명하고 필요한 모든 절차를 이행한다. 형무소 행정이 장차 모든 책임을 면제받을 수 있도록 하

기 위해서이다. 그리고 둘씩 석방되어 감옥 문턱을 넘어서자마자 도살되고, 그 시체들은 묘지로 인도된다.

7. 정리와 개선

숙청당한 자들에 대한 조사는 끝이 없는 것으로 밝혀졌으니, 이제 우리는 그걸 숙청한 자들의 상상에 맡겨둔다.

8. 추가 사항

사람을 전도하는 개종에 어떻게 군대의 방식을 적용하는가? 간단하다. 부활절 의무를 수행할 나이의 신자들에게 다음과 같은 설문지를 보내면 된다. 이 설문지는 신자들에게 총기와 똑같은 효과를 내면서 그에 따르는 성가신 일도 초래하지 않고, 신앙심이 없는 이들과 아직 버티는 이들이 서둘러 가톨릭 신앙에 들어서도록 부추길 것이다.

앞면에는 다음과 같이 쓰여 있다.

성명 :

주소 :

부활절 영성체를 한 본당 :

뒷면에는 다음과 같이 쓰여 있다.

소속 본당에서 부활절 의무를 이행하기를 권고합니다. 다른 본당에서 이행한 분은 자신이 속한 교구로 증명서를 가져오십시오.

절취할 수 있게 되어 있는 종이에는 다음과 같은 지시 사항이 실려 있을 것이다.

행정 편의를 위해 이 부분을 절취해 꼼꼼히 작성한 뒤 교구 사제에게 제출하십시오. 해당 용도를 위해 만들어진 함 속에 넣어도 좋습니다.

어머니의 이야기를 듣고 나는 《달빛 아래의 대 공동묘지》를 읽는다. 이 책에는 위에 옮긴 문서가 수록되어 있다. 몇 달 전부터 나는 그 책을 읽는 데 거의 온종일을 할애하고 있다.

지금까지 나는 내전에 관한 어머니의 회상에도, 그것을 주제로 한 작품들에도 (문학적으로) 빠져들고 싶다는 욕구를 느껴본 적이 없었다. 그러나 이제 에스파냐에서 일어난 그 사건들을 어둠에서 끌어낼 때가 되었다는 느낌이 든다. 아마도 그것들이 내게 던질 질문들을 회피하고 싶어 머리 한구석에 밀어두었던 사건들 말이다. 이제는 그 사건들을 바라볼 때가 되었다. 그저 바라볼 때가. 글을 쓰게 된 이후로 이렇게 뭔가가 나를 소환한다는 느낌이 든 적이 없었다. 내 어머니에게는 순수한 홀림이었던 그 절대자유주의*, 그 역사 속 여담을, 유럽에서 유례가 없었을 그 절대자유주의의 여담을 바라보아야 한다. 오랫동안

---

* 아나키즘과 같은 말.

알려지지 않았고, 에스파냐 공산주의자들에 의해 철저히 은폐되고, 그 시절 거의 모두가 공산당에 가까웠던 프랑스 지식인들에 의해 은폐되고, 그것을 부인하면서 서양 민주주의에서 버팀목을 찾고 싶어 한 아사냐 대통령에 의해 은폐되고, 내전을 가톨릭 에스파냐와 무신론 공산주의 사이의 대립으로 축소한 프랑코에 의해 은폐된 그 역사 속 여담을 되살려내게 되어 내가 얼마나 기쁜지 모른다. 또한 동시에, 프랑코 국민당 쪽에서 드러난 추잡한 짓거리, 베르나노스가 냉철하게 목도한 짓거리, 광신에 사로잡힌 인간들이 최악으로 추악한 행태를 보이며 저지른 짓거리도 똑바로 바라보아야 한다.

나는 베르나노스의 이야기와 구멍이 숭숭 뚫리고 굴곡 많은 어머니의 이야기 속에서 길을 잃지 않으려 역사책 몇 권을 찾아 참조했다. 그럼으로써 가능한 한 가장 정확한 방식으로, 베르나노스와 내 어머니가 동시에 경험한, 한 사람은 공포에 휩싸여 토할 것 같은 심정으로, 또 한 사람은 나부끼는 검은 깃발 아래 평생 잊지 못할 강렬한 기쁨 속에서 경험한 이 전쟁을 촉발시킨 사건들을 재구성할 수 있었다.

사건 경위는 이러하다.
미숙한 공화국과 우유부단한 대통령이 취한 때늦은 조치들

에 대해 에스파냐 민중이 실망했고,

오만방자할 정도로 유력한 은행과 오만방자할 정도로 유력한 기업들을 소유한 오만방자할 정도로 유력한 교회가 격분해 공화국을 비방했고,

주교단과 군인들, 유산 계급이 제각기 제 이득을 더 사수하려고 마피아 식으로 담합했고,

반교권주의 원칙과 법률혼을 정착시키기 위해 정부가 시도한 성급한 개혁들에 대해 교회가 신성한 분노를 표출했고,

그 개혁들에 성부와 성자와 성령의 이름으로 성전聖戰을 개시하려는 광적인 욕망이 일었고,

혹시라도 있을지 모를 재산 몰수에 대한 대지주들의 반감에 소득누진세 과세에 대한 대부르주아들의 거센 분노가 더해졌고,

그들은 사회주의와 그것이 표방하는 위험한 평등주의를 맹렬히 혐오하고 민중이 항거할 수 있다는 생각에 질겁했고,

아스투리아스 지역에서 일어난 1934년의 파업을 정부가 폭력으로 진압하자 급진 좌파들은 혁명을 갈망하게 되었고, 이 모든 요소는 유일 불가분의 공화국을 두 진영으로 나누는 결과를 낳았다(두 진영은 제각각 역사를 제 편으로 끌어다 자기 쪽에 유리하게 썼다). 한쪽 진영은 다양한 좌파들로 구성된 이른바 인민전선으로, 곧 갈가리 찢어졌다가 결국 서로를 파괴하

기에 이르렀다. 다른 진영은 이른바 국민전선으로, 존중할 만한 우파부터 수십 년간 지속된 비참한 생활로 극단에 내몰린 민중의 목소리에 귀를 닫은 극우까지 온갖 우파들이 결집한 형태였다. 이들은 보통선거를 통해 수립된 새 공화국 앞에서 고개 숙이기를 거부했다.

배가 고프면 공화국을 뜯어먹으시오.

1934년 3월 31일, 왕정주의자 안토니오 고이코에체아와 카를로스 당원 안토니오 리사르사와 바레라 장군은 로마에서 무솔리니와 협정을 맺었다. 그 협정을 통해 두체*는 에스파냐 공화국을 전복시키려는 그들의 움직임을 지지하기 위해 재정 지원과 무기 공급을 약속했다. 1934년부터 1936년까지 수많은 청년들이 이탈리아에서 군사훈련을 받았다. 그리고 이탈리아의 자금 덕에 무기 보유고도 확보되었다. 1936년 2월, 두 에스파냐 사이의 긴장감이 너무도 팽팽해 당국은 총선을 치르기로 결정했다.

인민전선이 승리를 거두었고, 국가 수장으로 진보적 공화주의자 마누엘 아사냐가 임명되었다. 그러나 계층 간의 증오로 투사된 당파 간 증오, 무익한 반목, 당파들의 선동, 온갖 종류의 광신, 맹목, 여론을 악용하기 위한 교묘한 술책, 공화국이 처한

---

* '영도자'라는 뜻으로 무솔리니를 가리킨다.

정치적 불신, 필요한 개혁을, 무엇보다 농지 개혁을 단행하기에 너무 무력한 공화국, 점점 더 거세지는 불평불만, 돈주머니에 손을 넣었다가 적발된 양쪽 정치인들의 부패 추문들이 국가를 폭발 직전의 상황으로 내몰았다(좌파 쪽은 1933년부터 삼 년 동안 연립 정부를 이끌었던 알레한드로 레룩스가 부패 사건에 연루되었고, 우파 쪽에서는 공공연하게 탈세와 밀수로 부를 축적하다가 군주정 때 투옥된 바 있는 은행가 후안 마르치가 수상쩍게도 느닷없이 프랑코 당의 최고 후원자가 되었다).

7월 17일, 모로코와 카나리아 제도에 주둔한 군대가 합법 정부에 맞서 반란을 일으켰다. 7월 19일, 프랑코 장군이 반란군의 선봉에 섰다. 그는 졸개들을 풀면 사흘 안에 저항 의지가 꺾이리라고 생각했다. 쿠데타 소식에 노동조합들은 총파업을 시작했고, 자신들에게 무기를 나눠줄 것을 정부에 촉구했다. 7월 18일에서 19일로 넘어가는 밤에 정부는 무기 공급을 허락했고, 병사들에게 반란군에 대한 복종 의무를 면제해주었다.

프랑코의 쿠데타는 그렇게 제힘을 알지 못했던 민중을 일으켜세웠다. 그리고 그로 인해 사회주의자들도, 아나키스트들도 제힘으로 결코 이뤄내지 못했을 일이 곧 가능해졌다. 에스파냐의 절반과 주요 도시 여섯 개가 며칠 만에 혁명군의 손에 넘어갔다. 민중 민병대와 국민군 간의 무력 충돌이 벌어지는 동안, 국민군 점령 지역에서는 베르나노스가 주저 없이 공포정치라고 규정한 것이 횡행했다. 같은 시간, 공화국에 적대적이고 구疶질서를 따르라고 설교하는 교회 성직자들에게 폭력적인 탄압이 가해지는 동안, 수천 명의 농민들은 법을 기다리지 않고 지주들의 대농지를 분배하기 시작했다.

19세기 말부터 20세기 초 유럽에서 절대자유주의의 흐름이 그야말로 만개해 각국의 정부들이 그 움직임을 진압할 강력한 수단들을 강구했다는 사실을 잊지 말아야 한다. 그러나 약자를 돕고 악한들과 싸우느라 진을 빼는 기인 돈키호테의 조국 에스파냐에서야말로 이 절대자유주의의 흐름은 최고 수준에 도달했고, 짧은 여름 한철 동안 이 흐름이 구현된 것도 에스파냐에서였다.

실제로 1936년 6월부터 수많은 마을들이 자유로운 자치 공동체 코뮌으로 바뀌어 중앙 권력의 통제 밖에서, 경찰도 법정도 주인도 화폐도 교회도 관료도 세금도 없이 거의 완벽한 평화 속에서 살았다. 이 유일무이한 경험은 나의 삼촌 호세가 몇몇 다른 사람과 함께 고향 마을에 끌어들이려 시도했던 것으로, 내 어머니는 때론 비극적이고 때론 찬란한, 대개는 그 둘 다인 역사의 우연에 휩쓸려 그것을 체험하는 놀라운 행운을 누렸다.

몬세, 로시타, 호세와 후안은 8월 1일 저녁 카탈루냐의 대도시에 도착했다. 그곳은 아나키스트 민병대가 장악하고 있었다.

그들 네 사람의 일생에서 가장 감격적인 순간이었다. 잊지 못할 시간이었지. (어머니가 내게 말했다.) 그 시간에 대한 기억과 그 기억에 입힌 덧칠은 결코 내게서 벗겨지지 않을 거야, **절대로 절대로 절대로.**

거리엔 취기와 환희가 가득했고, 대기엔 그들이 한 번도 경험하지 못했고 앞으로도 하지 못할 행복감이 감돌았다. 카페마다 사람들로 넘쳐났고, 가게들은 열려 있었고, 어슬렁거리며 거니는 행인들은 꼭 취한 것처럼 보였고, 모든 것이 멋들어지게 돌아가는 것이 마치 평화로운 시기 같았다. 아직 치워지지 않은 바리케이드 몇 개, 입구에 석고 성상들이 내던져진 채 부서진 성당들만이 전시 상황임을 상기할 뿐이었다. 그들은 람블라스 거리에 이르렀다.

묘사가 불가능한 분위기였어, 얘야 그 생생한 느낌이 네 마음에 가 닿도록 전달하는 건 불가능해. **1936년 8월에 우리가 그 도시를 발견하면서 느낀** 그 소요, 그 충격, 그 **아연함**, 그 **새로운 발견**을 이해하려면 직접 겪어봐야만 할 거다. 브라스밴드, 군악대, 마차, 창문에 내걸린 깃발, 이 발코니에서 저 발코니에 걸쳐 내걸린 파시즘 타도를 부르짖는 플래카드, 세 러시아 예언자들의 거대한 초상화, 바지 차림의 여자를 품에 끼고 으스대며 걷는 무장 민병대원, 붉은 깃발과 검은 깃발로 장식된 2층 버스, 군중의 환호를 받고 총을 흔들어대는 청년들을 싣고 질풍처럼 달려가는 트럭, 공감, 우정, 선의의 감정, 세상 누구도 상상하지 못할 감정에 휩쓸린 것처럼 보이는 군중, 건들거리는 의자 위에 서서 뜨거운 연설을 내뱉는 사람들. **여길 보세요, 동지들! 붉은 깃발을 머리 위로 흔드십시오! 여러분은 얼마나 행복합니까! 어쩌면 죽음이 기다릴지도 모르지만, 동지들은 누구도, 무엇도 두려워하지 않고 계속 제 갈 길을 갈 것입니다.** 확성기는 전선에서 날아온 최신 소식들을 알렸고, 그 소식 사이사이로 행인들이 합창하는 〈인터내셔널〉가가 들렸고, 행인들은 서로에게 상냥하게 인사를 건네고, 아는 사이가 아닌데도 서로 끌어안으며 다정한 말을 주고받았어. 마치 모두가 가담하지 않으면 그렇게 멋진 일이 일어날 수 없다는 걸 이해한 것 같았지. 평범한 인간들이 서로를 괴롭히려고 고안해내는 온갖 어리석은 짓거리들이 스르륵 증발이라도 해버린 것 같았어.

어머니는 이 모든 걸 당신의 언어로, 어머니가 잘못 사용해서 내가 끊임없이 바로잡으려 애쓰는 엉성한 프랑스어로 이야기했다.

몬세와 나머지 세 사람은 절대자유주의자들이 묵고 있는 막사 쪽으로 향했다. 막사 입구에는 트럭 몇 대, 지프 세 대, 장갑차 두 대가 세워져 있었다. 안에서는 연기가 자욱한 가운데 두 남자가 레밍턴 타자기를 두드리며 혁명의 열광을 글로 옮기고 있었다. 다른 한 남자는 벽에 걸린 에스파냐 지도 위에 검은 깃발과 흰 깃발들을 꽂고 있었다. 청년들이 끊이지 않고 안으로 들어왔는데, 몇몇은 소식을 듣기 위해서, 어떤 이들은 자원입대를 하고 무기를 얻기 위해서, 또 어떤 이들은 세상을 A부터 Z까지 송두리째 바꿔놓을 혁명의 변함없는 전진을 즐기려는 그 하나의 목적을 만끽하기 위해서였다.

당시 가수들처럼 머리에 포마드를 바른 한 남자가 몬세를 번쩍 안아올렸고, 그녀는 기쁨의 비명을 질렀다. 혁대에 권총을 차고 카우보이처럼 행동하는 한 민병대원이 호세를 툭 치며 반겼고, 어디서 왔는지 물었다. F.에서요. 희한한 우연이군요! 그는 S.에서 왔다. 그들은 우애 어린 포옹을 나누었다. 바지를 입고 붉은 매니큐어를 칠한 두 아가씨가 허세 가득한 표정으로 그들에게 블론드 담배를 건넸다. 몬세는 창녀가 아닌 여자들이 남자들처럼 담배를 피울 수 있다는 것을 발견하고 경악했다. 지금 생각해보면 그때 내 꼴이 얼마나 바보 같았던지.

레밍턴 타자기를 두들기고 있던 두 민병대원 중 한 사람이 문 위에 이런 말이 적혀 있는 옆방으로 그들을 데려갔다. "규율 없는 조직." 이 단순한 말에 호세와 후안은 천진한 기쁨을 느꼈다.

한 남자가 시내의 무기고에서 징발한 무기와 군용 물품들이 쌓인 잡동사니 한가운데 앉아 있었다. 그는 그들을 맞이하면서 사라고사 점령은 시간문제라고 자신만만하게 말했다. 그는 호세와 후안에게 군용 혁대 하나와 가죽 탄약 주머니를 내밀었다. 허리춤을 장식하는 것 이외에 다른 쓰임새라곤 없는 물건들이었지만 둘은 어린아이처럼 좋아했다.

그들은 밖으로 나갔다.

밤은 아름다웠다.

그들은 행복했다.

그들은 자신들이 좇는 대의가 옳다고 확신했다.

그들은 위대한 순간을 살고 있다고 느꼈다. 몬세를 안아올렸던 이탈리아인이 CNT가 징발해 인민 식당으로 바꿔놓은 호화로운 호텔로 그들을 데려다주었다. 정면에는 플래카드들이 걸려 있었고, 승리를 선언하는 천진한 문구들이 쓰여 있었다. 백만장자들을 위한 호화 호텔에 한 번도 들어가본 적 없고 전쟁이 일어나지 않았다면 결코 들어갈 일이 없었을 몬세는 회전문을 세 번이나 연거푸 헛돌리고 통과한 뒤(얼마나 촌년이었던지, 이 생각만 하면!) 거기서 발견한 호화로움 앞에서 입을 다물지 못했다. 화려한 작은 술장식들이 달린 샹들리에, 금테를 두른 화려한 대형 거울, 나뭇잎이 조각된 고급 나무 탁자들, 그리고 금줄로 장식된 호화로운 하얀 자기 그릇들, 정신을 차릴 수가 없었단다. 나는 완전히 얼굴이 빠졌지. 얼이 빠졌겠지요. 뭐라고? 그래, 그 온갖 화려한 물건들 앞에서 난 얼이 빠졌어.

동네 식료품 가게 주인 마루카가 절여서 통에 담아 말린 정

어리 말고 다른 생선은 한 번도 먹어본 적 없었던 내 어머니는 저녁 식사로 쌀을 곁들인 신선한 도미 요리를 먹고 난 후에, 다시 말해 5성 호텔에서 잊을 수 없는 식사를 한 후에 나머지 세 사람과 함께 람블라스 거리의 카페로 갔다.

날 좀 꼬집어봐.

내가 꿈꾸는 게 아니라고 말해줘.

이것이 끝나지 않을 거라고 말해줘, 나는 계속 중얼거렸단다.

그들은 에스티우 카페에 들어갔다. 도시의 모든 카페와 마찬가지로 공유화된 곳이었다. 어머니는 계산대 위에 걸려 있던 커다란 표시판에 팁은 절대 사양한다고 적혀 있던 걸 지금도 기억한다.

더러운 동정은 끝난 것이다.

웨이터 오라시오는 사태 직후부터 저항의 표시로 나비넥타이를 벗어버렸지만 흰 앞치마와 손목 위의 행주는 그대로 걸친 채 투우사처럼 우아하게 탁자 사이로 미끄러지듯 다녔다.

몬세는 난생처음으로 아니스 델 모노를 한 잔 마셨다. 목이 타는 것 같아, 그녀가 말했다. 맛있어. 그녀의 찌푸린 인상을 보고 호세와 후안이 웃었다.

삶이 얼마나 맛난지!

그녀는 난생처음 이방의 언어들을 들었다. 그건 영혼의 즐거움이었다. 그곳은 공화국 군대를 지지하려고 세계 곳곳에서 찾아온 온갖 청년들로 알록달록했다. 오빠보다 키가 두 배나 큰 미국인, 피부가 우윳빛에 입술이 분홍빛인 영국인(**못생겼지**), 머리카락이 반짝이는 이탈리아인, 스위스인, 오스트리아인, 프랑스인, 독일인, 러시아인, 헝가리인, 스웨덴인들. 모두가 큰 소리로 말했고(왜 그런지는 알지? 에스파냐 사람은 언제나 귀머거리를 상대한다고 생각하잖니), 담배를 피우고 웃었지. 나는 취했어. 모두가 서로 알지 못하면서도 친근하게 반말을 썼어. 그 웅성거림 속에, 얘야 웅성거림이란 이 말 참 멋지잖니! 토론하는 소리, 웃음소리, 말끝마다 붙는 **빌어먹을** 소리, 잔 부딪치는 소리가 뒤섞인 그 웅성거림 속에서, 갑자기 나지막하고 살짝 가슴을 두근거리게 하는 목소리가 들려왔어. 리디아, 얘야, 아니스 한 잔만 따라다오.

이 시간에요?

얘야, 부탁이다. 한 방울만. 딱 한 방울.

내가 머뭇거리자,

이 어미는 내일 죽을 거야. 그런데도 나한테 아니스 한 잔 못 마시게 할 거냐?

나는 어머니에게 아니스를 조금 따라주고 다시 곁에 앉았다.

그러자 갑자기 어머니는 옛 생각에 전율하며(얘야, 내 팔 좀 만져봐! 만져봐! 소름 돋았어) 말을 이었다. 아주 **꼿꼿하게** 서 있던 한 청년이 시 한 편을 낭송하기 시작했어. 얘야, 그 사람은 프랑스인이었어. 그가 암송한 것은 바다에 대해 허풍을 떠는 시였지. 신처럼 잘생긴 사람이었어. 손은 여자 같았고, 예술가처럼 옷을 입었지. 꼭 어제 일처럼 그 남자가 눈에 선하구나. 사람들은 입을 다물고 그의 시에 귀를 기울였어. 시 낭송이 끝나자 떠나갈 듯 박수갈채가 쏟아졌지. 어머니가 운동장 쪽으로 난 창가의 안락의자에 앉아 잠시 생각에 잠긴 동안, 나는 어제저녁 배울 게 있겠지 싶어 순수한 호기심으로 참석한 문학 심포지엄에 주축으로 자리해 횡설수설하던 시인을 떠올리지 않을 수 없었다. 그 시인은 인간에게는 앞이 있고 뒤가 있다는 말을(당신 말은 전혀 흥미롭지 않아요!) 거듭 반복하는 끝없는 시 한 편을 우리에게 떠안겨 고역을 치르게 하더니, 그걸 쓰면서 그가 중대한 위험을, 바로 가난을 무릅썼음을 강조하며 폼을 잡았다.

몬세와 세 일행이 아직 앉아 있던 카페에서는 이 불안함, 어떤 행위의 아름다움에서 생겨난 이 순수한 침묵 뒤에 다시 대화가 이어졌다. 먼저 대화는 숭고한 주제들에 관한 얘기로 이어졌는데, 술이 숭고한 감정들에 불을 지폈기 때문이다. 그러다가 차츰 훨씬 원색적이고 노골적인 주제들로 옮겨갔다(어머니는 그걸 떠올리는 것만으로도 웃기 시작했다).

삶은 유쾌한 거야, 난 삶을 사랑해, 그렇게 나는 혼잣말을 했지, 어머니가 말했다.

두루티와 그의 매력, 그의 영웅적인 행동, 선의, 충성심, 너그러움, 청렴결백함, 그리고 은신처에서 위스키 온 더 록에 빨대를 꽂아 마시며 죽음의 전장에 사람들을 보내는 이들과 달리 동료들과 같은 짚더미 위에서 자고 똑같이 상한 쌀을 먹는 그의 겸손함에 관한 이야기가 시작되었다.

　―그런 다음, 최근에 생긴 그 지역 코뮌들에 대해

　―그런 다음, 전선에서 들려온 기분 좋은 소식들에 대해

　―그런 다음, 여러 가지 피임법에 대해(요약하자면 코이투스 소도미테르[항문 성교]나 코이투스 오나니테르[자위]나 코이투스 콘도미테르[콘돔 성교] 중 선택하자는 것)

　―그런 다음, 소시지를 넣는지 아닌지 의견이 갈리는 코시도 요리법에 대해

　―그런 다음, 코시도에 들어가는 가르반소(이집트콩), 프랑스어로는 시슈(왜 시슈일까?)라고 불리는 콩, 이 땅의 채소 중 가장 그윽한 맛이 나고 가장 에스파냐다운 채소, 에너지를 제공해주는 콩과식물의 왕자, 감미로운 향기를 풍기고, 발기에 좋은 걸로 알려졌고, 여자보다는 남자에게 훨씬 더 방귀를 많이 뀌게 하는(에스파냐 수컷들이 즐겨하는 농담이야, 어머니가 해설했다) 콩에 대해

　―그들의 영광을 노래하는 시가 없다는 기막힌 사실에 대해. 세사르 바예호, 미구엘 에르난데스, 레온 펠리페, 파블로 네루다(이 허풍쟁이, 엄마는 말했다. 왜 그런 말을 해요? 내가 나중

에 설명해주마), 대체 그 사람들 뭘 기다리는 거야? 그 게으른 작자들은 저들을 찬양하지 않고 뭘 기다리는 거지?

ㅡ여자와 남자가 뀌는 방귀의 차이에 대해, 음악성과 향기의 차원, 예방 및 치유 효력의 차원에 대해, 그리고 적을 도망가게 만드는 능력에 대해

ㅡ방귀 혐오가들과 방귀 애호가들은 화해할 수 없는 두 범주로 성性 구분과 일치하는데, 혁명이 이 유감스러운 상황을 근본적으로 바꿔놓아 현대적인 아가씨들은 앞으로 혁명적으로 방귀를 뀌게 될 것이다. (웃음)

ㅡ우리 좀더 고상한 주제에 대해 얘기해볼 수 있지 않을까요? 네 친구 도미니크를 닮은, 안달루시아 출신의 한 젊은 철학자가 제안했지. 그가 말했어. 시슈 콩과 그것이 발생시키는 장내 가스라는 주제를 좋아하는 이베리아 민족의 고유한 상스러움을 잘 살펴보건대, 그리고 흰강낭콩을 좋아하는 프랑스 민족의 좀더 온건하고 조심스러운 상스러움과 그것을 비교해보건대, 그들 문학에는 두 민족의 특성이 현저하게 반영되어 있습니다. 에스파냐 문학은 외설적인 것들에 큰 몫을 내줍니다. 프란시스코 케베도의 《사기꾼》을 읽어보면 충분히 알 수 있지요. 그에 비해 동시대의 프랑스 작가는 거동이 교리문답 선생 같아 보일 정도죠. 프랑스(문학)는 1635년 아카데미 프랑세즈가 창설된 이후, 라블레가 천재적 재능을 보였던 상스러운 농담

을 끝장내버렸습니다. 동지들, 왜냐하면 라블레는 에스파냐 사람이었기 때문입니다. 정신이 에스파냐인이었지요, 확실합니다. 세르반테스의 형제인 게 분명해요. 게다가 자유 사상가였어요, 절대자유주의자가 아니라면 말입니다. 그는 잔을 들며 말했다. 라블레를 위하여! 그곳에 자리한 모든 사람들은 문제의 천재에 대해 쥐뿔도 몰랐지만 합창했다. 라블레를 위하여!(어머니는 말했다. 외부인이 봤더라면 우리를 미친 사람들로 여겼을 게다.)

그런 다음 사람들은 다시 한번 절대자유주의자들과 공산주의자들이 유전학적으로 함께할 수 없는 점에 대해 얘기했다. 그러자 **멍청이, 시팔, 빌어먹을** 같은 말들이 우레처럼 쏟아지는 말다툼이 이어졌다.

몬세는 모든 이야기에 귀를 기울였다.

그녀는 자기 삶이 전속력으로 전진하고 있음을 느꼈다. 유년기에서 성년기로, 그리고 노년기에서 다시 죽음으로 우리를 점차 나아가게 하는 진화의 법칙이 자기 안에서 놀라운 속도로 폭주하고 있음을 느꼈다.

실제로 내게 진짜 삶이 시작된 것처럼 보였단다. 네 아버지가 죽었을 때처럼 말이다. 그게 언제였더라?

오 년 전이에요.

설마! 한 세기는 지난 것 같은데.

이따금 아버지 생각은 하세요?

아니, 전혀. 게다가 내가 어떻게 그럴 수 있었던가 싶어. 있었던가가 맞냐? 그 사람과 그렇게 많은 날을, 그렇게 많은 밤을, 그렇게 많은 영성체를, 그렇게 많은 생일을, 그렇게 많은 크리스마스를 함께하고, 그렇게 많은 저녁에 함께 텔레비전을 보고, 한 해 한 해 살아가면서 그렇게 많은 온갖 것들을 함께 할 수 있었던가 싶어, 그러고도 기억이 하나도 남지 않다니.

네 사람은 카페에서 나왔다.

몬세는 날개라도 단 것 같은 기분으로 삶은 **매혹**이라고 선언했다.

도시의 대기에는 시간을 빨리 흐르게 하고 불안이 파고들 미세한 틈조차 내주지 않는 가벼움이, 경쾌함이 감돌았다.

난 사는 게 정말 좋아! 나는 자꾸만 말했단다, 어머니가 내게 말했다.

몬세는 다른 세 사람과 함께 산마르틴 거리에 있는, 프란시스카에게 열쇠를 맡겨두고 떠난 세뇨르 오비에도의 부르주아 아파트로 갔다.

찢어지는 가난 속에서 살았고, 어떤 이들이 누리며 사는 호사를 짐작조차 해본 적 없고, 돈 하이메에게 아주 겸손해 보인다는 말을 들은 바로 그날 부르고스 집에서 얼핏 목격한 사치밖에 알지 못했던 몬세에게 그 집은 아찔할 정도로 눈부셨다.

그녀는 하루저녁에(이 순간을 상기할 때 어머니의 주름진 얼굴이 환하게 빛나 그 기쁨이 내게 전해졌다) 뜨거운 물과 차가운 물이 나오는 수도와 호랑이 발이 달린 욕조, 물을 내릴 수 있고 뚜껑을 덮을 수 있는 변기가 있는 화장실, 방마다 설치된 전구, 냉장고, 추시계들, 벽에 걸린 온도계, 에보나이트 전화기의 존재를, 한마디로 현대적 편의시설의 경이롭고 환상적이고 비할 데 없는 아름다움을 발견했다. 그녀는 두터운 양모 양탄자와 은제 토스트 그릇, 육감적인 가죽 소파, 콧수염 달린 미라들의 초상화를 보고 감탄했다. 그러나 그녀에게 근사함의 절대 극치였던 것은 가루 설탕을 푸는 용도로 만들어진, 직각으로 자루가 달린 은제 스푼이었다.

그 풍요로움에 그녀는 홀렸다.

목욕을 한다는 사실만으로도 기뻐서 어쩔 줄 몰랐다.

그녀는 얼음 서랍이 달린 냉장고를 질리지도 않고 계속 열어 크리스털 잔에 시원한 물을 따라 마셨다.

초록색 포마이카 식탁에는 탄성이 터져나왔다(모든 가난한 여자들처럼 그녀는 고향 집의 낡은 시골 찬장보다 새것이 좋았다). 그녀는 아침식사로 늘 먹던 돼지비계가 아니라 난생 처음 뼈터를(얘야, 뼈터가 맞냐, 버터가 맞냐? 두 음을 혼동하는 어머니가 내게 물었다. 난 당최 모르겠더라) 먹었다.

그렇게 맛날 수가 없더구나.

그녀는 방 하나를 독차지한 안주인의 옷장 크기에도 깜짝 놀랐다. 얼마나 될 것 같은지 알아맞혀봐라. 난 모르죠, 3미터 정도? 길이가 6미터나 됐어!

부유함이란 지상 천국이자 축복이자 위로이자 황홀경이야. 호세가 자리를 비워 못 들을 때면 몬세는 거듭 말하곤 했다(호세는 그런 방탕한 사치를 역겹고 반혁명적인 것으로 여겼다).

몬세는 그런 경험에 전혀 대비되어 있지 못했다. 수녀들에게서 배운 것 가운데 무엇도, 어머니와 이모 아파리시온에게서 전수받은 것 가운데 무엇도 그녀가 그토록 깜짝 놀라게 될 거라고 상상하게 하지 못했다.

왜냐하면 몬세는 한 번도 집을 떠난 적이 없었기 때문이다. 청소년기에 성性에 관한 것이며 그 밖의 것들에 대해 배우게 되는 연애소설조차 읽은 적이 없었다. 그녀는 세상에 대해 완전히 무지한 금욕적인 시골 가정에서 자랐고, 모든 아내는 법령에 따라 입을 다물어야만 한다고 믿었고, 모든 가장은 법령에 따라 아내와 자식들에게 손찌검할 수 있다고 믿었고, 하느님과 온갖 기만적인 가면을 쓰는 악마에 대한 두려움 속에서 길러졌다. 얘야, 복종하고 순응하도록 완벽하게 조련되었던 거야.

따라서 도시에 머물렀던 그때 일어난 모든 것이 그녀에게는 지진처럼 갑작스럽고 강력한 충격이었다.

그러나 몬세는 상상도 못한 것들로 가득한 전혀 새로운 세계 속으로 평온한 행복과 여유를 느끼며 미끄러져 들어갔다. 마치 거기서 태어나기라도 한 것처럼.

공기가 그렇게 가볍게 느껴졌던 적이, 사람 관계가 그렇게 수월하게 보였던 적이 없었다.

그녀가 경험하는 모든 것이, 온갖 작은 사건들이 일상의 삶을 짜는 직물이 되었고, 수도에서 흐르는 뜨거운 물, 카페테라스에서 마시는 시원한 맥주 한 잔이 불현듯 모두 기적이 되었다.

삶이 진짜가 되었다는 느낌이었어. 이걸 너한테 어떻게 설명하지?

헤시오도스는 《노동과 나날》에서 이렇게 썼다. "신들은 인간들을 살게 만드는 것을 감춰두었다."

몬세는 열다섯 살에 사람들이 그녀에게 감춰두었던 삶을 발견하는 느낌이었다. 그래서 그 삶에 뛰어들었다. 말처럼 몸을 부르르 떨었다. 그것은 순수한 기쁨이었다. 그 기쁨에 젖어 그녀는 일흔다섯 해가 지난 뒤에도 이베리아 풍의 과장을 곁들어 이렇게 말했다. 무기를 가지고 하는 전쟁에선 우리가 졌지만, 다른 전쟁에선 결코 패배하지 않았어! **내 말 듣고 있니?**

듣고 있어요, 엄마, 듣고 있다고요.

있잖니, 날더러 1936년 여름과 네 언니의 출생부터 오늘까지 살아온 칠십 년 중에 고르라고 하면 후자를 고를 것 같지가 않구나.

고맙기도 하셔라! 약간 부루퉁해져서 내가 말했다.

처음에 몬세는 길을 잃을까 겁이 나서 도시의 거리를 쏘다니지 않았다. 그러나 곧 한가로이 거닐며 속옷 가게(여성해방에 기여하지 않았음에도 혁명가들이 묵인한) 진열창 안을 오래 들여다보며 감탄하는 즐거움을 발견했다. 끈 없는 야회복용 브래지어, 레이스 달린 가터벨트, 분홍색 나일론 슬립, 이런 것들에는 더없이 혼란스러운 사랑의 몽상을 호출하는 힘이 있었다.

그녀는 바다를 발견했다.

바다에 들어가는 건 겁이 났다.

그러다가 결국 기쁨의 환호성을 내지르며 발을 담갔다.

그녀는 로시타와 프란시스카와 함께 도시의 공원을 거닐었다. 공원에서는 아나키스트 연설가들이 나무상자 위에 올라서서 열띤 연설을 했고, 수백 명의 구경꾼들이 박수갈채를 보냈다. 두 여자는 남자들의 얼굴을 뜯어보았다. 그녀들은 사랑을 꿈꾸었다. 사랑을 갈구하고, 가슴 떨리는 희망을 품고 탄성을 지르며 사랑이 오기를 기원했다. 그리고 사랑에 빠졌다. 그 사랑이 안착할 상대만 없었을 뿐.

몬세는 로시타와 함께 천천히 어느 대로를 따라 거닐던 날을 기억했다. 에스피리토 산토 은행 앞을 지나는데 기이한 집회가 그녀의 눈길을 끌었다. 두 사람은 호기심에 끌려 모여든 사람들 쪽으로 다가갔고, 거기서 본 광경에 경악했다. 네 남자가 모닥불을 둘러싸고 있고, 그 불 속에 다섯 번째 남자가 돈다발을 던져넣고 있었다. 그리고 누구도 그걸 막을 생각을 하지 않았다. 그렇게 모두가 지켜보는 앞에서 태연히 저질러지고 있는 손실에 아무도 분개하지 않았다. 몬세와 로시타는 도시인들의 눈에 상스러운 시골 여자들로 비칠까 차마 놀란 표정도 드러내지 못했다. 그래서 3페세타도 아끼고 빵 한 조각도 버리지 않고 옷은 헤질 때까지 입어야 한다는 걱정 속에서 자랐고 지금까지 인색하다 싶을 정도로 절약하는 삶을 살아온, 어려서부터 어머니로부터 절약을 세뇌당해온(왜냐하면 그들의 어머니에게 절약은 걱정이나 우선 과제라기보다 하나의 취향이었고, 심지어 현저한 취향, 격렬한 취향, 하나의 열정이었기 때문이다) 두 여자는 아연실색할 지경이었지만, 이날의 이 사건을 당연한 일처럼 여기게 되었다. 1936년 여름에 일어난 다른 모든 일처럼. 모든 원칙이 전복되고, 모든 행동이 전복되고, 모든 감정이 전복되고, 모든 가슴들을 발라당 위쪽으로, 하늘을 향해 뒤집은 그해 여름 말이다. 얘야, 네가 이걸 이해했으면 좋겠구나, 이해할 수 없는 이걸 말이다.

어머니는 말했다. 지금 다시 생각하면 그 돈다발들 중 하나를 가로챘더라면 내가 지금 이런 너절한 상황에 있진 않을 텐데 싶어.

어머니가 평생 돈다발을 태워 담배에 불을 붙일 기회를 갖지 못한 건 사실이다. 심지어 어머니는 우리를 입히고 먹이기 위해 악착스레 돈을 세어야 했고, 가계 수지를 맞추려면 몸에 익힌 일상적인 절약의 엄격한 원칙을 지켜야만 했다. 산처럼 쌓인 돈 더미가 연기로 사라지는 걸 본 그 시절 이후로 어머니는 은행을 신뢰하지 못해 노후를 위해 꼬박꼬박 모은 지폐 다발을 침실 양탄자 아래 감춰두었는데, 그렇게 모은 돈은 시간이 지나면서 아무 가치 없는 돈이 되고 말았다.

어머니 : 그자들을 내가 제대로 골려주었지.

나 : 누구요?

어머니 : 물론 은행 사람들이지.

오늘 아침 나는 어떤 역사책에서도 읽은 적 없는, 문득 그 시대의 가장 강렬한 상징처럼 다가오는 이 일화를 전하는 어머니의 이야기를 듣고 있다. 나는 어머니의 말을 듣고 또다시 생각한다. 어머니가 경이로운 그 여름에 대해 이야기하기 시작한 뒤로 언제나 똑같은 질문이 떠오르는 것이다. 오늘날엔 상상조차 할 수 없는 그 시절, 돈과 그 돈이 낳는 미친 짓에 대한 경멸을 표현하기 위해 지폐 다발을 태우던 그 시절로부터 어머니에게 남은 건 무엇일까? 겨우 기억 몇 자락, 혹은 그 이상? 그 시절 어머니가 꾸었던 꿈은 스러졌을까? 유리잔 바닥에 가라앉은 입자들처럼 당신 내면의 바닥에 가라앉았을까? 아니면, 내가 철석같이 믿고 싶어 하는 것처럼 어머니의 늙은 가슴속에선 아직 도깨비불이 타오르고 있을까? 어쨌든 내가 알게 된 건 어머니가 몇 년 전부터 가지고 있는 얼마 안 되는 돈을 전혀 아랑곳 않고 원하는 사람들에게 나눠준다는 사실이다. 의사는 이 후한 인심을 어머니의 기억장애나 잦다 못해 끊임없이 계속되는 언어적 일탈과 마찬가지로 병 때문이라고 본다.

그러나 나는 의사가 잘못 생각하는 거라고, 깜빡이는 어떤 불이 여전히 어머니 안에서 타고 있으며, 쓰레기 태우듯 돈을 태웠던 1936년 8월의 모닥불이 아직 꺼지지 않았다고 생각하고 싶다.

몬세가 세상의 아름다움에 경탄하는 동안 호세는 자원입대서에 서명하기 전 며칠 휴가를 가지면서 카페테라스에서 자신을 닮은 청년들과 세상을 다시 세울 혁명에 관해 토론하며 느긋한 시간을 보냈다.

그러나 호세는 차츰 불안이 엄습해오는 걸 느꼈다. 어린 시절 돈 미구엘 신부에게 배운 교리문답과 다를 바 없는, 도시의 벽을 뒤덮은 혁명 선전 문구와 연설 너머로 반복되는 낙관적인 단순한 교리를 듣지 않는 것은 불가능했다. 거창한 문구들로 쓰인 그 교리는 꿈 많은 청소년들에게 뱀을 삼키게 했다. 파시스트 페스트에 맞서 용감한 가슴들이 쌓는 성벽. 이상에 봉사하는 노동자들로 이루어진 새 세대의 씨앗을 바람에 날리는 멋진 검투사들의 의기양양한 행진. 거창한 허세로 가득한 모호한 말들이었다.

그는 자신 역시 다른 이들과 마찬가지로 제철을 만난 틀에 박힌 말과, 넥타이 대신 달고 다니는 격앙되고 과장된 수사들을 숨차도록 반복하고 있음을 깨달았다. 이 사실이 그의 마음을 깊이 뒤흔들었다.

그런데 그를 더욱 불안하게 하는 건 누구에게도 차마 털어놓을 수 없는, 그 자신에게조차 차마 털어놓을 수 없는 예감이었다. 그의 민병대 지원이 헛된 지원이 되리라는 예감.

자기 자신을 바치려는 욕망을 그토록 강렬하게 느낀 적이 없었건만 호세는 자신이 더없이 무용하게 느껴졌고, 농부로서 자신이 지닌 지식과 힘과 용기가 이 전쟁에서 확실한 죽음으로 이끄는 것 외에 아무짝에도 소용되지 못하리라는 걸 뼈아프도록 슬프게 확신하고 있었다. 그런데 지금 그는 살고 싶었다. 빌어먹을, 살고 싶었다. 아직은 아침 커피 향기를 들이마시고 싶었다. 아직은 하늘을, 여자들을, 분수를, 도도한 올리브나무들을, 고향의 잿빛 나귀들을, 나귀들의 체념한 듯한 유순함을 바라보고 싶었다. 그래서 그는 에스파냐 식으로 가슴을 당당히 내밀고 뒤태가 활처럼 휜 꼿꼿한 자세로 집요한 열의를 보이며 죽음의 전선을 향해 떠나는 청년들을 이해하지 못했다.

호세가 며칠 동안 깨달은 것은, 영원히 도착하지 않을 무기

를 기다리며 즉흥적으로 이 전쟁을 치르는 자들이 전술이라곤
전무하고 군사 분야에 대해 심각할 정도로 무지해서, 이를테면
작전 지도조차 읽을 줄 모르고 전략을 세울 줄도 모르며 따라
서 부대를 전투 대형으로 배치할 줄 모른다는 사실이었다. 그
는 카페에서 그들이 군대에 반대하는 조롱 섞인 우스갯소리를
지치도록 늘어놓는 소리를, 휘장과 끈, 메달, 견장, 콧수염과 그
밖에 하사관들이 치장하는 데 사용하는 물건들을 비웃고 조금
이라도 막사의 발 고린내를 상기하는 모든 것을 혐오하는 소리
를 들었다.

그리고 호세는 군대와 관련된 것들에 던지는 그 농담 섞인
경멸, 도덕과 선한 감정들에 대한 그 천진한 신뢰가 조국의 안
녕을 지키기 위해 팡파르를 울리며 떠난 수천의 청춘들을 살육
으로 몰아넣을 위험이 다분하다고 생각지 않을 수 없었다. 그들
의 도덕과 선한 감정이 마우저 K98에 피격당하고 지도자가 표방
하는 이상주의는 일제사격의 마중을 받을 위험이 크며, 그 일제
사격은 인도주의를 운운하는 설교에 별 영향을 받지 않을 거라
고 생각지 않을 수 없었다. 초라한 해변용 슬리퍼에 초라한 면
작업복 차림으로 전쟁터로 떠나는 그 젊은 돈키호테들은 전쟁
사용법에 대해, 그 맹목의 광란에 대해, 그 혐오스러움에 대해,
그 끔찍한 야만성에 대해 아무것도 알지 못했다. 사용법도 모
르는 망가진 총을 경험도 없이 자랑스레 흔들면서, 어깨에 어떻

게 없고 가늠구멍 너머로 어떻게 조준하고 탄창에 총알을 어떻게 집어넣는지도 모른 채, 자칫 잘못 움직이면 면전에서 폭발할지도 모르는 수제 수류탄을 혁대에 매단 채, 겨우 열여덟 살밖에 안 되는 청년 지원병들은 국민군처럼 강력하고 전쟁에 익숙한 군대에 맞서 싸우기 위해 파멸의 길을 갈 뿐이었다. 제대로 먹지 못하고, 무기도 제대로 갖추지 못하고, 졸음에 취하고 추위에 꽁꽁 얼어, 다른 상황이었다면 참으로 고약하게 여겨졌을 집단 학살이 차라리 견딜 만하게 보였을 정도로 기진맥진해서 전선에 도착한 그들은 두 가지를 생각할 기력조차 없어, 그저 생존하고 더이상 의문을 제기하지 않고 싸우는 일에만 몰두하고, 선악에 대한 아무런 의식도 감정도 없이 자동인형 같은 동작을 수행하며 신호에 따라 다른 청년들에게 총을 쏠 것이다. 이들 다른 청년들은 군복을 제대로 갖춰 입고 군화까지 신어 한결 호전적으로 보이지만, 마찬가지로 그들이 치르는 전투를 허위로 찬양하고 사후死後 훈장을 대가로 내세우거나 대개는 대가라곤 쥐뿔도 없이 조국이 영원히 감사해할 거라 약속하는 선전에 이용당한 이들이었다.

그러나 바로 그 자신이 농부였기에, 다시 말해 곡괭이로 메마른 땅과 싸우는 데 이골이 났기에 호세는 정신으로는 물질을 이기지 못한다는 걸, 게다가 그 물질이 MG34 기관총의 형태를 가졌다면 더더욱 불가능하다는 걸 잘 알았다. 돌멩이 세

개와 제아무리 숭고한 이상으로 무장한다 한들 대포와 전차, 박격포, 탱크, 포격 장비, 타자를 제거하는 데 안성맞춤인 여타 기기들을 갖춘 고도로 훈련된 군대에 맞서 싸우는 게 불가능하다는 걸 그는 잘 알았다.

반反파시즘 투쟁의 상징이 된 공화파 군대에 합세한 외국인들로 말하자면, 호세는 그들이 총을 들거나 저항의 주먹을 높이 쳐들고 사진기 앞에서 포즈 취하는 모습을 보았다. 그들이 카페테라스에서 거창한 말들과 그 말에 딸린 감정에 도취한 채 햇볕에 살갗을 태우거나, 자기 나라의 유행에 관한 이야기를 속닥이며 헤픈 여자들과 시시덕거리는 모습을 보았다. 호세는 죄어드는 마음으로 생각했다. 그들의 존재는 유용하기보다는 분명 상징적인 것이라고(문득 그는 저 겉멋 든 놈들 중 누구라도 몬세를 홀려 더없이 구체적인 방식으로 임신시킬지 모르니 동생을 잘 지켜봐야겠다는 생각이 들었다).

호세는 점점 더 엄습해오는 당혹감을 느꼈다. 그럼에도 전선에서 혁명과 전쟁을 이끌 순간이 오길 여전히 희망했다. 그러나 그 희망 어딘가에 서서히 금이 가고 있었다.

역사를 영원히 전복시킬 저항의 투사가 되기를 뜨겁게 꿈꿨던 그는 이제 청년들을 도살장으로 실어 나르는 트럭들을 바라보면서, 동그란 안경을 쓴 러시아 첩보원들이 외국인들에게 아나키스트들의 가시 돋친 음모를 경계하라고 주의시키는 소리를 들으면서, 카페에서 서로 상대 진영의 죄인들을 지목해대느라 기력을 소진하고 저마다 확신에 차 어떤 것에는 맹목적이고 어떤 것에는 기만적으로 구는 절대자유주의자들과 공산주의자들의 끝없는 논쟁을 참아내면서, 지금 내가 여기서 뭘 하고 있는 건지 생각했다. 고향 마을에서 보았던 가게 주인들의 논쟁이 그곳에서도 똑같은 방식으로 반복되고 있었다.

그러나 공화파 군대가 승리할 확률 앞에서 느낀 당혹감보다 그의 마음을 더 괴롭힌 것은 아버지가 혼자서 밭일을 하도록 내버려두었다는 생각이었을 것이다. 7월에 집을 떠나야겠다는 억누를 길 없는 충동을 느꼈던 것과 마찬가지로, 이제 그는 부모 곁으로 돌아가야겠다는 똑같은 충동을 느끼고 있었다. 무엇으로 만들어졌는지 말하기 힘든 끈이 그를 부모와 묶어주고 있었다.

다시 떠나야만 했다. 그의 본능이 다시 떠나야 한다고 경고하고 있었다. 이틀 동안 그는 여전히 떠날지 남을지 망설였다. 그러던 중 한 사건이 결정을 재촉했다.

어느 날 저녁, 그는 람블라스 거리의 에스티우 카페테라스에서 바람을 쐬고 있었다. 그는 혼자였고, 만사니야 포도주를 마시고 있었다. 그는 행인들을 바라보았다. 그러다 주변에서 나누는 대화를 무심히 듣게 되었다.

가까운 테이블에서 두 남자가 독한 화주火酒를 여러 잔 거 푸 들이켜고 있었다. 그들이 너무도 큰 소리로 떠들어 듣지 않 을 수가 없었다. 그들은 들떠 있었다. 트림을 해대며 서로 자축 하고 있었다. 그들은 스스로 너무도 흡족해하며 서로에게 영웅 적 행동에 대한 증서를 수여하고 있었다. 빌어먹을, 대단한 일 을 한 거야! 그들은 겁에 질려 지하실에 숨은 사제 둘을 찾아 내 한 명은 얼굴에다 직통으로 빵, 총을 쏘았고 바지에 오줌을 질질 싸는 다른 한 명에게는 전속력으로 도망치라고 말한 뒤 사제가 달리기 시작하자 등에다 빵빵, 총을 쏘았다고 했다. 하 루에 사제를 둘이나 죽이다니! 별 성과 없이 돌아가는 줄 알았 는데! 사냥 성과로 이 정도면 나쁘지 않아! 그 신부 나부랭이들 이 겁에 질려 질질 오줌을 싸는 꼴이라니! 돈 내고도 볼 수 없 는 구경이었지!

그들은 자기들 얘기가 재미있다고 생각했다.

그들은 호세가 자신들의 흥겨움을 공유하지 않는 것에 놀랐 다. 저놈 프랑코 파 아냐?

호세는 자다가 악몽에서 깨어나는 사람처럼 손으로 이마를 훔쳤다.

그는 같은 순간 베르나노스가 팔마에서 경악했듯 비슷한 이 유로 경악했다. 그는 의자에 앉은 채 굳었고, 공포로 죽은 사람 처럼 마비되었다.

그러니까 사람을 죽이고도 그 죽음이 의식에 아무런 거리낌도, 아무런 저항도 일으키지 않을 수 있단 말인가? 사람을 죽이고도 아무런 가책을 못 느낄 수도 있단 말인가? 가책을 느끼기는커녕 뻐기기까지 해?

"올바른 대의"를 내세우며 그런 잔학한 짓을 저지르려면 대체 어떤 미망에, 어떤 광기에 빠져야 하는 걸까?

누구 앞에서도 무릎 꿇지 마라. 오직 자신 앞에서만 무릎 꿇으라.*

저 두 살인자들이 언젠가 자기 자신 앞에 무릎 꿇을 때 그들 얼굴엔 어떤 비열함이 내비칠까? 호세는 그동안 생각하지 않으려 철저히 멀리해왔으나 문득 요동치고 노호하며 그를 거세게 불러 세우는 진실 앞에서 더는 눈을 감을 수가 없었다. 매일 밤, 민병대에서 파견된 토벌대가 사제들과 파시스트라 의심되는 이들을 살해했다. 확인해보진 않았지만 아마도 저질러진 범죄는 마요르카에서보다 적을 것이다. 그러나 물론 중요한 것은 수가 아니다. 호세는 팔마의 베르나노스처럼 증오의 물결이 진영을 잠식해 들어가고 있음을 발견했다. 그것은 허용되고 조장된 증오, 요즘 말로 하자면 콤플렉스를 털어버린 증오였고,

---

* 스페인의 반파시스트 시인 레온 펠리페León Pelipe(1884~1968)의 시 〈기장La Insignia〉 중 한 구절.

자족하며 공공연히 스스로를 과시하는 증오였다.

이제 호세는 되도록 빨리 집으로 돌아갈 생각뿐이었다. 결정은 내려졌다. 그는 전쟁에 자원하지 않을 것이다. 어쩌면 안주하는 사람으로 취급당할지도 몰랐지만 상관없었다. 그는 후안과 로시타와 함께 마을로 돌아가기로 했다. 떠나기를 거부하는 몬세는 프란시스카와 함께 남기로 했다. 이걸 계기로 몬세는 성장하게 되겠지.

그의 말은 기막히게 들어맞았다.

이튿날, 그러니까 8월 8일이었지, 어머니는 조금도 머뭇거리지 않고 떠올렸다(나 : 날짜까지 기억해요? 어머니 : 내가 잘 까먹는 새대가리가 된 것 같았는데. 그 멍청한 의사가 그렇게 말했어. 근데 보렴!). 이튿날, 프랑스 정부가 국무회의에서 에스파냐 불간섭을 결정했지. 이 아름다운 나라를 황폐화시키는 끔찍한 전쟁에 대해서는 대단히 대단히 대단히 안타까워하면서 말이다.

에스파냐인들이여,

우리 역사에서 가장 비극적인 순간을 사는 에스파냐인들이여,

여러분은 혼자입니다!

혼자입니다!

재정적·정신적 지지를 얻기 위해 작가 호세 베르가민(가톨릭 신자, 공화주의자, 파리 주재 에스파냐 대사관 문정관)이 쓴 이 변론은 결국 아무 소용이 되지 못했다.

프랑스의 모든 재향군인협회들은 프랑스 정부에 에스파냐 사태에 중립을 지켜야 한다는 의사를 전달했고, 생 존 페르스* 도 겁에 질려 그 방향으로 나아갔다.

소련의 지도자들은 아직도 망설였다. 그러는 동안 히틀러와 무솔리니는 프랑코 휘하의 부대들이 지브롤터 해협을 건너도록 도왔다.

9월 초가 되어서야 스탈린은 공화주의자들을 지원하기로 결정했고, 군수물자를 실은 첫 배들이 오데사를 떠났다.

호세가 이 소식을 듣고 느낀 **환멸**을, **분노** 섞인 실망을 표현하기엔 어떤 말도 모자라지, 어머니가 내게 말했다. 머릿속에서 시간을 거꾸로 돌려보면 애야, 내가 착각하는 게 아니라면, 호세의 우울증이 이때 시작된 게 아닌가 싶어.

팔마에선 몇 달이 지나자 공포가 확실해졌다. 베르나노스는 마요르카의 십자군 병사(그가 국민군에 붙인 이름이다)들이

---

* Saint-John Perse(1887~1975), 프랑스의 시인이자 외교관. 2차세계대전 당시 비시 정부가 프랑스를 점령하자 미국으로 망명했다. 1960년 노벨문학상을 받았다.

하룻밤에 참호 속에서 찾아낸 죄수들을 모조리 "짐승처럼 해변까지" 끌고 가 "서두르지 않고 한 마리씩" 말살했다는 사실을 알게 되었다. 일이 끝나자 십자군 병사들은 "참회한 짐승이건 참회하지 않은 짐승이건 무더기로 쌓은" 뒤 기름을 끼얹었다.

그는 썼다. "불을 통한 이 정화淨化는 사제들이 그 자리에 있었다는 이유로 의식의 양상을 띠었을 수도 있다. 불행히도 나는 불에 시커멓게 타고 뒤틀린 그 사람들을 이틀 후에나 볼 수 있었는데, 그중 몇몇은 죽어가면서도 팔마의 귀부인들과 그들의 고결한 고해 신부들을 울적하게 할 추잡한 자세를 하고 있었다."

마요르카에서는 죽음이 지배자가 되었다.

죽음. 죽음. 죽음. 눈 닿는 데까지 온통 죽음뿐이었다. 불안과 혐오를 느끼면서도 베르나노스는 명철한 정신을 지키려 애썼다. 무슨 수를 써서라도. 1927년 아토냉 아르토*는 그에게 이렇게 쓴 적이 있다. "제게 당신은 안타까운 명철함을 지닌 형제입니다." 아르토는 동시대인 가운데 유일하게, 혹은 거의 유일하게 베르나노스의 소설 《기만L'Imposture》을 좋아한 사람이었다.

비겁과 침묵에 맞서 명철함을 지킬 것이고.

공포를 직시할 것을, 프랑코 당원들이 저지르는 범죄를 목도

---

* Atonin Artaud(1896~1948), 잔혹극을 창시한 프랑스의 극작가이자 시인.

하고 늑장 부리지 않고 증언할 것을 다짐함으로써 명철함을 지킬 것이다.

왜냐하면 성당을 파괴하고 후대에 남기기 위해 성당 앞에서 혹은 살해한 수녀들의 시체 앞에서 포즈를 취한(이 사진들은 전 세계를 돌아다닐 것이다) 공화파들과 달리, 프랑코 파의 프로파간다는 푸른 공포가(팔랑헤당의 제복 색깔인 푸른색 공포) 저지른 잔혹 행위를 증언하는 이미지는 어떤 것도 새나가지 않도록 통제했기 때문이다.

베르나노스는 그것(그 권력 남용)에 대해 말하기로 결심했다.

자신의 명예가 걸린 문제라고, 그는 말했다. 도시의 청년들이 잘 알다시피, 요즘은 반진보적인 것으로 평가되고 유치한 것으로 간주되는, 이 낡은 명예가 걸린 문제였다.

그는 섬세한 정신의 독자들을 위해 글을 쓰는 섬세한 정신의 작가가 아니기에(이 점을 그는 아쉬워했다) 그것들을 말하기로 결심했다(내가 좋아하는 사상가의 말대로, 바로 그렇기 때문에 그는 위대한 작가다).

그는 수천 번 반복된 교회의 슬로건 "그리스도의 무덤을 탈환하자"가 반동적 구성원들을 기계적으로 말살하는 것을 의미할 뿐이라는 걸 말하기로 결심했다.

그는 국민군이 교회의 축복과 장려를 받으며 공포체제로 통치하고 있으며, 교회는 경건하게 "아치페 밀리템 툼, 크리스테,

에트 베네디체 에움"*을 큰 소리로 읊조리고 있다고 말하기로 결심했다.

그는 썼다. 공포체제란 "권력이 계엄령을 휘둘러 경범죄를 위반한 자들을 굴복시킬 목적으로 일부 범법 행위의 성격을 터무니없이 가중할 뿐 아니라(주먹을 쥐는 행동조차 죽음으로 처벌된다) 위험한 개인들, 다시 말해 위험의 소지가 있다고 의심되는 개인들을 예방 차원에서 말살하는 행위를 적법하고 정상적이라 판단하는 체제다".

베르나노스는 경계의 외침을 내질렀다. 여기 구해야 할 사람들이 있다. 국민군이 그들을 완전히 소멸시킬 때까지 기다리지 말자.

그리고 절망적인 조롱을 담아 주교들에게 직접 호소했다. "아닙니다, 예하, 저는 결코 예하의 존경스러운 형제, 팔마의 대주교님을 문제 삼는 게 아닙니다! 그분은 평소처럼 의식을 대행하도록 몇몇 사제들을 대신 보냈을 뿐입니다." 그 사제들은 군인들이 지켜보는 가운데 곧 사살당할 불행한 이들에게 죄를 사해주는 의무를 다했을 뿐이다.

에스파냐 교회는 전쟁과 더불어 그 추악한 얼굴을 드러냈다.

베르나노스가 보기엔 돌이킬 수 없는 일이 저질러진 것이었다.

---

* 오, 그리스도여, 병사를 취하여 축복을 내리소서.

2

마을에 도착하자마자 호세는 친구 마누엘과 맞닥뜨렸다. 7월의 열광을 함께 나눴지만 가족을 떠날 결심을 하지 못했던 친구였다. 호세는 그에게 도시에 머물면서 목격한 눈부신 열정에 관해 상세히 이야기해주었다. 그러나 마을에서 일어난 것과 비슷한 당파 간 대립에 대해서는 침묵했고, 동그란 안경을 쓰고 러시아 억양으로 말하는 정치 경찰들의 기만적인 프로파간다에 대해서도 침묵했고, 그가 결코 잊지 못할, 람블라스 카페에서 본 두 살인자의 끔찍한 웃음에 대해서도 침묵했다. 마치 그런 것들을 말하지 않으면 그것들을 자기 내면에 잠재우는 게 수월해지기라도 하는 듯이, 그런 이야기들을 누락시켜 속이면 자신이 완전히 무너지지 않을 수 있기라도 하는 듯이.

전쟁 전에는 더없이 열광적이었던 친구 마누엘은 침울한 얼굴로 귀를 기울였다. 마치 호세가 하는 이야기에 먼 시절로, 그의 삶에서 거의 완전히 잊힌 시절로 되돌아가는 것 같았다. 그는 옛 습관들을 되찾은 지 오래였고, 7월의 열광을, 그리고 심장을 부풀게 한 웅대한 이상들에 도전할 불안한 기회를 서둘러 떨쳐버린 모양이었다.

이제 그는 한 달 전에 사랑했고 옹호했던 모든 것에 무관심했다.

그 정도가 아니라, 숫제 경멸하고 기피했다.

자신을 정당화하기 위해 그는 옛 동료들에 맞서서 두 주 동안 수집한 비난의 말들을 줄줄이 늘어놓았다. 대개는 근거 없고 터무니없는 말들이었다. 그들이 주정뱅이들에다 게을러터졌고, 오직 리디비인지 리비비인지 리비도인지 하는 본능을 채울 목적으로 혼란을 퍼뜨리는 호모들이며, 지나치게 청렴한 척하는 것도 염려스러운 결점이며, 그들이 하는 짓이 국민군이 하는 짓과 똑같고, 그만큼 자명한 이치에 앞서 편견과 거짓이 판치고 있다는 말이었다(호세는 곧 마누엘이 하는 비난의 말이 독감처럼 마을에 퍼졌다는 걸 확인하게 된다).

호세는 무력감이 들었다.

예상치 못했던 적의에 너무도 기운이 빠져, 레리다에서 그토록 뜨거운 열정으로 끌어안았던 움직임을 옹호할 의욕마저 잃었다.

　그는 자신이 인간의 변덕과 표변 능력을 얕보았다고 생각했다.

　가장 아름다운 것들을 헐뜯고 추하게 만들려는 인간의 욕구를 과소평가했다고 생각했다.

　다시 한번 그는 자신의 순진함을 자책했다.

　그러나 그는 여전히 희망했다. 희망보다 더 고집스럽고 더 완강한 것은 없다. 특히 근거 없는 희망일수록 아무리 뽑아내도 자라는 골치 아픈 잡초와도 같은 법이다.

　그는 자신의 의견을 번복하기에는 아직 너무 이르다고 생각했다. 패배를 자처하기엔 아직 너무 일렀고, 희망은 잡초처럼 끈질겼다.

　'잊을 수 없는 나날' 이후로 그의 열광은 기이하게 식었고, 그의 혁명 이념엔 그늘이 드리워졌고 그 그늘은 점점 넓어졌지만 (나 : 나귀가죽*이 되고 만 거네요. 어머니 : 그 표현 참 멋지구나!) 그의 안에 있는 무언가가, 흘러간 그의 꿈의 무언가가 소멸을 거부하고 있었다.

　그는 다시 냉정을 되찾으려 애썼다.

---

* 발자크가 쓴 소설 제목(Peau de chagrin)으로 생명을 상징하는 가죽을 뜻하는데, 사용하면 점차 줄어드는 모든 걸 가리키는 표현이 되었다. chagrin은 슬픔을 뜻하기도 해서 '슬픔의 가죽'처럼 해석하는 것도 가능하다.

도무지 어쩔 수 없는 순진한 바보로 보이고 싶지 않아서 그는 짐짓 초연한 척 마누엘에게 자신의 소박한 계획을 털어놓았다. 자발적으로 정신박약 상태를 유지하고 있는 까닭에 디에고라는 파렴치한 놈에게 악용당하는, 마을의 문맹 농민들을 교육하겠다는 계획이었다.

마누엘은 인상을 찌푸렸다. 그는 회의적인 마음을 감추지 못했다. 그는 호세에게 위험한 모험을 시도하느니 차라리 디에고가 지휘하는 진영에 합세하라고 설득을 시도했다. 그러지 않으면 최악의 적들과 맞닥뜨릴 위험이 있다고 했다. **빨강 머리를 조심해!**

절대로 그럴 일 없어! 호세는 마지막 남은 힘을 끌어모아 단언했다. 디에고와 타협하느니 차라리 죽을 거야! 그는 권력이란 폭압적일 수밖에 없다는 신념에서 한 치도 물러서지 않을 작정이었다. 세상 무슨 일이 있어도 도시 동료들의 실수를 되풀이하고 싶지 않았다. 그들은 지방 정부에 가담하길 받아들임으로써 신념을 양보하고 번복하며 점차 힘을 잃어가고 있었다.

그런데 길어지던 토론에서 호세가 가장 주목한 건 디에고가 며칠 만에 마을에서 중대한 인물이 되었다는 사실이었다.

거의 모든 농민들이 이미 그에게 동조했다는 걸 호세는 알게 되었다. 공산주의에 가장 적대적인 사람들조차 이제는 그를 칭찬하고 있었다. 아첨꾼들은 그에게 아첨했다. 당신이 상황에 딱 맞는 인물입니다. 비열한 놈들은 비열하게 처신하면서, 그의 비위를 맞추려고 아나키스트들의 객설에 강한 적대감을 드러냈다. 비굴한 놈들은 가장 강경한 마르크스 레닌주의자와 악수하려고 그에게 달려들었다. 그리고 가정의 어머니들은 **그의 불알** 앞에 경건하게 고개를 조아렸어. 왜냐하면 가정의 어머니들은 지도자의 **불알** 앞에 경건하게 고개를 조아리는 걸 좋아하기 때문이지(어머니의 말이다).

호세는 대화 중에 아버지도 디에고의 충복이 되었다는 사실을 알게 되었다. 심장에 비수가 꽂히는 기분이었다.

호세가 고향에서 비탄에 잠겨 있는 동안, 몬세와 프란시스카는 그로부터 수 킬로미터 떨어진 곳에서 도시의 환락을 한껏 즐기고 있었다. 매일 저녁 두 여자는 카페테라스에 자리 잡고 앉았다. 혁명 이후부터 누구나 그곳에서 쫓겨나지 않고 물 한 잔을 공짜로 마시고 도시의 지붕들 위로 밤이 서서히 내리는 광경을 바라볼 수 있었다.

8월의 어느 저녁, 수요일이었다. 몬세는 에스티우 카페에 홀로 자리 잡고 앉았다. 도착한 날 들른 그곳에서 바다에 관한 시를 암송한 프랑스 청년이 옆 테이블에 앉아 있는 것을 그녀는 바로 알아보았다.

그리고 우리는 눈인사를 주고받았고, 사랑이 움텄지. 이렇게 말하고 어머니는 노래하기 시작했다.

오렌 오렌지와 포도는

가지 가지 위에서 익어가고

서로 사랑하는 작은 눈들은

멀리서 인사를 주고받네.*

청년은 그녀와 합석해도 되겠냐고 물었고, 그녀는 내숭 떨지 않고 받아들였다(혁명에 걸맞은 혁명적인 여자는 애교, 아양, 거짓된 수줍음 따위의 부르주아적 가식의 징후들을 경멸해야 하기 때문이었다).

청년의 이름은 앙드레였다. 그는 프랑스인이었다. 에스파냐어를 완벽한 억양으로 구사했다. 그는 자신을 신인 작가라고 소개했다. 일주일 전에 파리를 떠나왔고, 아라곤 지방의 전선으로 싸우러 가기 위해 국제여단에 배속되기를 기다리고 있다고 했다. 그는 페르튀에서 지저분한 만원 기차를 탔지만 객실 안의 뜨거운 분위기에 취해 지저분함은 금세 잊었다고 말했다. 이 손 저 손으로 건네지는 백포도주가 든 수통, 울림 있는 웅변, 거친

---

* Las naran las naranjas y las uvas, en un pa un un palo se maduran, los oji los ojitos que se quieren, desde le desde lejos de saludan.

152

노래, **후레자식과 더러운 개자식들**에게 쏟아지던 욕설들⋯. 두려움이 승리로 바뀌어도 여전히 어두운 무언가는 남아 있듯, 그곳엔 어둡고 강렬한 무언가가 잔존하고 있었다. 역에 내리자 꽃을 잔뜩 든 **예쁜 여자들**이 맞아주었고, 그들은 그를 콘티넨털 호텔로 데려갔다. 그는 말도 안 되는 값을 치르고 그곳에 묵으며 흠잡을 데 없는 대접을 받았다.

그는 몬세에게 히틀러 앞에서 고개를 숙인 프랑스가 부끄럽고 유럽이 부끄럽다고, 군인들에게 몸을 파는 가톨릭교회가 부끄럽다고 말했다.

그는 이튿날 아침에 떠나기로 되어 있었다.

그에겐 저녁 시간이, 그리고 온밤이 있었다.

몬세는 처음 본 순간부터 그를 사랑했다. 완전히, 그리고 영원히(무지한 사람들은 이런 걸 사랑이라 부르지).

그들은 절대자유주의자들이 도시를 점령한 뒤로 공짜로 입장할 수 있게 된 영화관에 가기로 결정했다. 극장 좌석에 앉자마자 그들은 서로에게 덤벼들었고, 어둠 속에서 격렬한 키스를 나누었다. 키스는 적어도 한 시간 반 동안 이어졌다. 몬세에게는 첫 키스였다. 그렇게 그녀는 다른 키스들이, 물론 훨씬 더 전문적이었겠지만 훨씬 인색한 키스들이 보란 듯이 상영되고 있는 영사막 앞에서 관능의 영역에 웅장하게 들어섰다.

7월 이후로는 무엇도 예전의 규칙대로 행해지지 않았고, 도덕은 욕망의 명령에 따랐고 누구도 옛 구속들을 지키지 않았기에, 그리고 모두가 혹은 거의 모두가 한 점의 가책도 없이(그러나 조금 불안해하긴 했지) 그 따위 것들을 내던져버렸기에, 몬세는 죽도록 감미로웠던 한 시간 반 동안의 키스 후에 망설임 없이 프랑스인을 따라 그의 호텔방으로 가는 걸 받아들였다. 그리고 그녀가 입고 있던 속옷이(성욕을 감퇴시키기에 딱 좋을 큼지막한 면 팬티와 세트로 맞춰 입은 메리야스) 상황에 맞는 건지 생각할 겨를도 정신도 없이 두 사람은 침대에 쓰러져 서로를 들이마시고, 애무하고, 열정적으로 뒤엉켜 성급하게 사랑을 나누며 전율했다. 이만 줄이마.

두 사람은 땀에 젖은 채 숨을 헐떡이며 모로 누웠다. 그들은 서로를 처음 발견하는 것처럼 바라보았다. 그리고 한동안 침묵했다. 그러다 몬세가 프랑스인에게 몇 시에 떠나야 하느냐고 물었다. 프랑스인은 생각에 잠긴 듯한 손으로 그녀 얼굴의 윤곽을 어루만졌고, 그녀가 이해하지 못하는 말 몇 마디를 했다. 그의 목소리는 흔들리고 떨렸어, 잊을 수 없는 목소리였지(어머니가 내게 말했다). 그녀는 다시 말해달라고 했다. 그는 그녀가 이해하지 못하는 말을 다시 했다. 아니 어쩌면 그녀는 이해했으나 다른 의미로 이해했는지 모른다(무지한 사람들은 이런 걸 시라고 부르지).

아침 일곱 시에 프랑스인은 시계를 들여다보았다. 그는 화들

짝 놀랐다. 시간이 너무도 빨리 흘러간 것이다. 너무 늦어버렸다. 그는 서둘러 옷을 입고 마지막으로 그녀에게 키스했고, 그를 전선으로 데려가려고 기다리는 사람들을 향해 달려갔다.

몬세는 미칠 듯한 기쁨을 안고 프란시스카와 함께 쓰는 아파트로 돌아갔다. 그 기쁨은 거의 견딜 수 없는 기쁨이고, **마치 가슴속에 새를 품은 것처럼** 그녀를 땅에서 날아오르게 하는 기쁨, 고함치고 싶은 기쁨, 문자 그대로 그녀의 눈 밖으로 넘쳐나는 기쁨이어서, 그녀가 부엌에 들어섰을 때 분주하게 일하고 있던 프란시스카가 깜짝 놀란 표정으로 바라보았을 정도였다. 마치 그녀가 별안간 달라지기라도 한 것처럼.

무슨 일이야?

나 사랑에 빠졌어.

언제부터?

어제 저녁부터 그리고 앞으로 평생.

오자마자 그런 거창한 말을 하는 게 어디 있어!

거창한 말의 계절이잖아, 환히 빛나는 얼굴로 몬세가 대답했다.

온 세상에 자신의 행복을 선언하고 싶어 죽을 지경인 그녀는 사촌 언니에게 프랑스인과의 만남과 자신을 영혼까지 내려가게 한(혹은 올라가게 한, 사람들이 영혼을 두는 장소에 따라) 한 시간 반 동안의 키스에 대해 얘기했다. 호텔 침대 위로 쓰러진 일과 그 뒤에 벌어진 일에 대해서는 말하지 않았다.

날이 가고 달이 가고 해가 가는 동안, 몬세는 줄곧 프랑스인을 생각했다(그는 그녀가 성도, 주소도 알려줄 시간이 없었다는 좋은 핑계로 소식을 보내오지 않았다). 그는 어떻게 잠을 잘까? 무엇을 먹을까? 그녀가 그를 생각하듯 그도 그녀를 생각할까? 어느 전선에서 싸울까? 추울까? 배가 고플까? 겁이 날까? 살았을까, 죽었을까? 그녀는 그가 살았는지 죽었는지 결코 모를 테고, 이어지는 일흔다섯 해의 세월 동안 수만 번 그 생각을 곱씹을 것이다.

예정된 날짜에 월경이 오지 않았다. 며칠이 지나도 월경을 하지 않자 몬세는 **임신** 사실을 인정할 수밖에 없었다. 그 말은 에스파냐어로 해야 더 확실하지.* 언니와 내가 어린 시절부터 진짜 이름을 알지 못해 앙드레 말로라고 불렀던 사람의 아이를 가진 것이다.

몬세는 오빠가 낙태 합법화에 기뻐하는 소리를 들은 적이 있었다. 그는 그것이 여성해방에 크게 기여한다고 말했었다. 한순간 그녀는 수술을 생각했다. 그러나 그녀 안의 무언가가 그런 결정에 저항했고, 그래서 매일 날짜를 미루었다.

---

* 에스파냐어로 임신했음을 뜻하는 embarazarado에는 '난처한' '당혹스러운'의 뉘앙스가 담겨 있다.

결국 프란시스카가 몬세에게 무슨 곤란한 일이 생겼다는 걸 알아차렸다. 아침부터 저녁까지 노래하던 그녀는(몬세는 노래에 놀라운 재능이 있었다. 어떤 흥행주에게 맡겨졌더라면 이름을 날리고 가수 경력을 이어갈 수 있었을 거라고 난 확신한다. 게다가 그런 음악적 재능에 빼어난 미모까지 겸비했으니, 편견 없이 말하건대, 그 직업으로 나갔더라면 그녀의 재정 상태는 엄청나게 개선되었을 테고, 큰 세상의 문과 다른 기회들이 그녀에게 열렸을 테고, 나도 그 혜택을 누릴 수 있었을 것이다) 이제 두 손을 이마에 얹은 채 침묵하고 슬픈 몽상에 잠겨 있었다. 슬픈 몽상에 얼마나 빠져 있었던지, 그녀가 요리를 할 때면 매번 음식을 태워 시슈 콩은 숯덩이가 되곤 했다. 몬세는 연기가 부엌을 가득 채우고 나서야 음식이 타는 걸 알아차렸다. 엄마 때문에 슬픈 거야? 어느 날, 음식 태우는 일이 반복되자 걱정이 된 프란시스카가 물었다.

몬세는 갑자기 어머니를 떠올렸다. 약속을 해놓고 아무런 기별을 보내지 않은 어머니가.

맞아, 그녀가 울음을 터뜨리며 말했다.

프란시스카가 안아주자 그녀는 더욱 큰 소리로 울었다. 십분은 족히 울며 알아들을 수 없는 말을 언니의 목에 대고 웅얼거리고 나서야 그녀는 자신이 임신했으며 남은 건 한 가지 방법밖에 없다고 말했다. 자살하는 것.

자살이라는 해결책을 일단 젖혀놓고 나자(상당히 빨리) 몬세는 한순간도 그 도시에 더 있고 싶지 않았다. 거역할 수 없는 동물적 충동이 그녀를 어머니가 있는 곳으로 가도록 부추겼다, 장차 벌어질 일을 너무도 잘 알았지만. 끝없는 한탄, 눈물의 기도, **아이고 하느님**, 아기 예수의 성모님이시여, 사람들이 뭐라고 하겠습니까? 등등.

10월의 어느 흐린 오후, 미얀 아스트라이 장군이 살라망카 대학교 총장 우나무노 면전에 대고 "지식인에게 죽음을, 죽음 만세"라고 말한 지 엿새 뒤, 국민군을 결집시킬 외침이 될 이 살인의 부름이 있고 엿새 뒤, 그녀가 도시를 향해 그렇게 행복하게 떠나온 지 딱 두 달째 되던 날, 몬세는 배 속엔 아이를 품고 가방 속엔 라디오를 담고 마음속엔 아름다운 여름날이 다시 시작될 일은 없으리라는 확신을 품고 고향으로 떠났다.

고향 마을 어귀의 집들이 눈에 들어온 순간 그녀는 어린아이처럼 울고 싶어 목이 메었다. 자기 삶의 일부가 바로 이 순간 끝났으며, 젊음과 기쁨은 영원히 저 뒤에 남게 되리라 예감했던 것이다.

그녀는 아주 오래전에, 다른 역사 속에서, 다른 삶에서 마을을 떠났던 것 같은 느낌이었다.

마을은 수수하고 지독히 슬프고 너무도 황량해 보여서 그곳에서는 그녀의 존재가 적나라하게 눈에 띄고, 모든 상인들이 차양 너머로 그녀를 관찰하는 것 같았다.

몬세는 집으로 이어지는 비탈길을 내려가 마구간 문을 밀고 천천히 계단을 올라 거실로 들어갔다. 볼품없는 찬장과 그 위에 걸린 나무 십자고상이며(어머니가 난생처음 남편과 아들의 뜻을 물리치고 떼어내길 거부한 십자고상이었다. 두 남자는 그녀의 고집을 정치 의식이 부족한 순진한 여자의 변덕이라고 너그럽게 봐주었다) 거실이 절망적으로 추해 보여서, 그녀는 자신이 이방인의 영혼으로 고향집에 돌아왔다고 생각했다.

어머니가 부엌에서 달려나와 그녀의 목에 매달렸다. **내 딸아 얼굴 좀 보자꾸나!** 그러더니 오래도록 몬세를 들여다보았고, 배은망덕한 소녀의 모습으로 떠난 딸이 활짝 핀(특히나 배가 활짝 피었지, 어머니가 웃으며 말했다) 처녀가 되어 돌아온 걸 확인했다. 너 많이 변했구나! 정말 예뻐졌어!

반면에 밭에서 돌아온 호세는 동생을 다시 보고도 별로 기쁜 표정이 아니었고, 퉁명스레 왜 왔느냐고 물었다. 몬세가 우물거리며 말했다. 엄마가 한 분뿐이어서. 하나도 많아! 호세가 외쳤다. 너 조용히 못해! 엄마가 샌들 한 짝을 벗어 아들의 얼굴에 던질 기세로 말했다. 몬세는 어머니와 오빠가 오랜 부부 같은 습관을 되찾은 걸 확인했고, 왠지 모르지만 거기서 약간의 위안을 얻었다.

이튿날 아침, 밤새도록 어머니에게 임신 사실을 언제 어떻게 알릴지 고심하느라 한숨도 못 잔 몬세는 고백을 하기로 결심했다. 일어나자마자 그녀는 대뜸 자신이 임신했으며 아이 아버지는 전투에서 사망했다고 알렸다. 이 버전이 그녀에겐 단순한 사실보다 훨씬 고결하고 받아들일 만해 보였던 것이다.

그러자 정확히 그녀가 걱정했던 대로 반응이 나왔다. 어머니는 통곡하며 탄식했다. 딸이 가문에 불명예를 안겼고, 그들의 이름과 평판을 더럽혔으며, 이 일은 자기 평생 가장 수치스런 일이고, 사람들이 그들에게 손가락질을 해대고 그들을 비방할 것이며, 이 일이 알려지면 아버지가 그녀를 죽이려 들 거라고.

제발 그래줬으면 좋겠어요! 몬세는 굳은 얼굴로 사납게 응수했다.

이 말에 어머니는 탄식을 멈추었지만 눈물 젖은 한숨과 낙담한 표정, 절대 이 일을 발설해서는 안 된다며 되풀이하는 설교, 그녀를 구원해줄 방법을 찾도록 도와줄(사실 구원은 대단히 세속적인 만남에서 올 것인데, 당장은 아무것도 폭로하지 말기로 하자) 예수와 성모를 향한 열정적인 기도는 그치지 않았다.

한편 베르나노스는 에스파냐 사건에 대한 생각을 멈출 수가 없었다. 이 사건은 이때부터 생애 마지막 날까지 그의 정신을 사로잡아 그의 생각과 믿음에 영원히 흔적을 남기게 될 것이다.

그를 혐오로 얼어붙게 만든 교회의 파렴치한 행위들, 그의 냉소주의, 냉철한 사색, 노인다운 신중함은 역설적이게도 그리스도에 대한 그의 사랑을 배가된 열정으로 확인시켜주었다.

그런데 그의 그리스도는 몬세의 어머니가 생각하는 마법 같은 그리스도도 아니요, 도냐 푸라가 생각하듯 곳곳에서 악을 목도하는 복수심 강한 그리스도도 아니요, 팔마 대주교가 생각하는 것처럼 강력한 절대군주 같은 그리스도는 더더욱 아니었다.

그의 그리스도는 그저 복음서의 그리스도, 걸인들을 구원하고 강도들을 용서하고, 창녀들과 모든 비천한 사람들, 낙오자들과 가난뱅이들을 마음으로 소중히 여기고 축복해준 그리스도였다. 부자 청년에게 이렇게 말한 그리스도였다. 가서 네 재산을 팔아 가난한 이들에게 나눠주거라. 젠장, 복음서를 읽기만 해도 알 수 있었다! 그의 그리스도는 말만 하고 행동하지 않는 자들, 저들은 편안히 쉬면서 다른 이들의 어깨에 무거운 짐을 지우는 자들을 혐오한 그리스도였다. 복음서를 아무 데고 펼치기만 해도 알 수 있었다! 헛된 영예를 경멸하고, 힘 있는 이들의 집에서 포식하고 주인이라 불러주며 좋아하는 자들에게 징벌을 예비해둔 그리스도였다.

베르나노스의 그리스도는 놀랍게도 피에르 파올로 파졸리니의 영화에 나오는, 형제 같은 그리스도와 상당히 가까웠다. 파졸리니는 예수의 얼굴에서, 그리고 예수를 뒤따르는 사람들, 가

정도 무덤도 없는 사람들의 얼굴에서 오늘날 비극 속의 가난한 난민들을 보았다.

이 그리스도는 공산주의자들에 의해서도 신성모독에 의해서도 십자가에 못 박힌 적이 없었다고, 베르나노스는 매서운 냉소를 실어 주장했다. "그러나 그는 대부르주아지와 우리가 율법학자라 부른 당대 지식인들이 유보 없이 승인한 호사스러운 사제들에 의해 십자가에 못 박힌 적은 있다."

그러니 에스파냐 고위 성직자들과 그 신자들에게 이 으뜸 진리들을 다시 말해줘야 하지 않았겠는가?

그 신도들은 사랑의 문을 활짝 열어 젖혀준 하느님의 은총을 가지고 무엇을 했는가? 은총이 그들에게서 등불처럼 발산되었어야 하지 않았던가? 그 음험한 자들은 가난한 이들을 사랑하는 기쁨을 대체 어디에 숨겨두었단 말인가?

그리스도가 가난한 이들 가운데 한 사람이었다고, 훗날 포베렐로*가 움브리아 길 위에서 가난의 지배를 예고하지 않았느냐고, 거듭 말하며 그들을 꾸짖었어야 했을까? 그러나 "신도들은 약삭빠른 사람들이다. 프란체스코 성인이 자신의 부인이라고 불렀던 거룩한 가난을 벗 삼아 세상을 떠도는 동안 그들은 감히 아무 말도 하지 못했다. 그러나 성인이 죽고 난 후 어땠는

---

* 이탈리아어로 '가난한 사람'이라는 뜻으로 아시시의 프란체스코를 가리킨다.

가? 그들이 성인을 숭배하느라 몰두한 사이 가난은 축제 중인 군중 속으로 흔적도 없이 사라졌다. (…) 황금빛 혹은 자줏빛*으로 한껏 치장한 천박한 이들은 잔뜩 겁먹었다가 한숨 놓았다. 휴우!"

베르나노스의 눈에는 이보다 더한 사기가 없었다.

그는 이 글을 쓰고 옛 동료들이 지지하는 국민군에 맞섬으로써 공산주의자들에게 득이 되는 행동을 했다는 비난을 받게 된다.

마을로 돌아오고 채 이틀도 지나지 않아 몬세는 걱정했던 것보다 훨씬 더 숨쉬기 힘든 분위기라는 걸 확인하게 되었다. 7월의 기쁨에 찬 동요는 불신의 기류로 바뀌었다. 이 기류는 내밀한 관계까지 포함해 모든 관계에 젖어들었다. 고약하고 유독한 무언가가 대기에 스며들고, 벽에 스며들고, 밭에 스며들고, 나무에 스며들고, 하늘과 온 땅에 스며들었다.

자유롭다는 행복감을 그토록 강렬하게 느꼈던 그녀는 편협함의 지옥을 발견하게 되었다. 마을에선 늘 모두가 모두를 감시해왔지만 이젠 거기에 분노까지 더해져 거기 있다간 점점 시들어갈 것만 같았다. 거기서 평생을 보내더라도, 처녀가 담배에

---

* 황금빛과 자줏빛은 가톨릭교회 고위 성직자들의 색깔이다.

불붙인다는 사실만으로 몇 주 동안이나 이러쿵저러쿵 극단까지 치달을 험담엔 끝내 적응하지 못할 것 같았다. 여성 질환에 관해서도 상황은 마찬가지였다. 그런 질환으로 병든 신체 기관은 결코 명명되는 법이 없었고, 그 이름을 입 밖에 내는 것조차 정숙치 못하고 심지어 외설적인 행동으로 평가되었다.

로시타가 들려주는 이야기를 통해 그녀는 마을 사람들 대부분이 디에고의 편에 섰고, 디에고와 호세 사이의 대립이 너무도 격해져서 어떤 이들은 돌이킬 수 없는 일들이 일어나리라 예견하고 있다는 사실을 알게 되었다.

두 사람을 화해시킬 수 있는 건 아무것도 없었다.

어머니 : 꼭 밤과 낮 같았지.

한쪽은 젊은이 같고 한쪽은 늙은이 같았어, 젊음과 늙음이 생물학적 의미가 아닌 다른 의미를 갖는다면 말이다. 한 사람은 혈기왕성하고 덜렁대고 빨랐고, 신경이 예민하고 민감하고 의협심에 가득 차 있었어. 다른 한쪽은 침착했고, 아니 그보다는 사건과 자기 자신에 대한 통제 의지에 따라 움직여서 모든 행동을 조절하고, 재고, 헤아리고, 모든 결정을 평가하고 계산했지(어머니 : 내가 불공정한 것 같구나, 앞으로도 불공정할 것 같아). 호세의 감수성은 그를 약하게, 누구보다 약하게 만들었어. 감수성이 그의 살갗을 벗긴 거지. 디에고의 감수성은 그를 냉혹하게, 무감각하게 만들고, 그에게 철갑을 둘러주었지. 호세에겐 학교에서 배운 것도 아니고 가족의 유산으로 얻은 것도 아닌 앎이 있었어. 놀랍게도 신문에서 우연히 건진, 얼마 안 되는 독서에서 얻어낸 앎이었지. 디에고는 언제나 무언가나 누군가에 맞설 때 지성을 동원했고, 아버지의 앎을 격렬하게 거부했어. 그는 아버지의 앎은 자신의 계급적 오만을 키우는 데만 쓰인다고 말했어(어머니 : 내가 불공정한 것 같아). 한쪽은 정치인들이 흔히 부리는 간계와 저급한 술책들에 격분했지. 젊은 나이였지만 험한 경험을 한 탓에 늙은이처럼 변한 다른 한쪽은 사람들을, 예외 없이 모든 사람들을 경계했고, 느리고 용의주도한 술책을 부리는 데 필요한 타협을 받아들일 줄 알고 계산된 걸음으로 신중하게 나아갔고. 인용하길 좋아하는 취향의 충동에 이끌려 내가 말했다. 한쪽은 마음의 시를 구현하고, 다른 쪽은 현실의 산문을 구현했군요.

그런 셈이지, 어머니가 말했다.

한쪽은 레리다의 하늘이 불탈 때 얼핏 본 유토피아의 꿈을 위해 열광했다. 다른 한쪽은 아마도 내적 확신이 없어서였는지 질서정연한 원칙(졸개들의 가증스러운 질서지, 베르나노스의 글을 한 번도 읽은 적 없는 호세가 말했다), 분명하게 한정된 작은 계획, 명확하게 각 잡힌 생각들 위에 안전하게 자리 잡는 데 관심이 많았다. 우연히 호세와 한자리에 있게 될 때면 그는 자존심이 발동해 일부러 자신의 세속적 측면을 과장하려 애썼다. 아연할 정도로 실용주의적 고찰을 콧구멍 가득 담아 내뿜거나, 독단적인 교리의 망치를 들고 정치판에선 현실주의가 중요하다고 밀어붙였다(이 현실주의를 호세는, 베르나노스를 읽어본 적도 없었지만, 개자식들의 양식이라고 말했다). 그러나 내심 디에고는 (내 어머니의 겸허한 의견에 따르면) 호세를 부러워했다. 그의 무모함을, 그의 눈부신 아름다움을, 그의 눈에 불이 번득이게 하는 상상에서 비롯된 열광을, 그의 내면에 웅크리고 있으리라 짐작되는 무질서의 힘을 부러워했다. 그것은 그를 매혹하면서도 동시에 아연케 했다. 디에고는 (여전히 어머니의 겸허한 의견에 따르면) 호세를 질투했다. 그것은 모호하고 불가사의하고 야만적이고 어쩌면 애정이 담겼을지도 모를 질투, 그가 어떻게 헤어나야 할지 알지 못하는 질투였다.

연이어 일어난 사건들은 어머니의 가정을 확인해주는 듯했다.

수치스럽고 끔찍한 임신 소식을 곱씹으며 고민하던 어머니는 10월 말 몬세가 지내고 있는 다락방으로 올라와서는, 한 가지 계획이 있는데 아직은 아무 말도 할 수 없다고 기쁜 얼굴로 알렸다. 몬세는 멍한 눈길로 아무것도 묻지 않았고, 어떤 설명도 요구하지 않고 호기심조차 보이지 않았다. 그 순간 몬세는 언니와 내가 어린 시절부터 앙드레 말로라고 불렀던 사람만 생각하고 있었다. 그녀는 오직 그 사람 생각뿐이었고 나머지는 아랑곳하지 않았다. 이 진영 저 진영 사람들이 서로 죽이는 것도 아랑곳하지 않았고, 레옹 블룸이 에스파냐를 돕기를 거부한 것도, 영국이 남은 힘을 유지하는 데 급급해 프랑스와 똑같이 반응한 것도 아랑곳하지 않았으며, 그녀의 오빠를 절망에 빠뜨린 사실, 다시 말해 에스파냐 정부가 민간 기업에서 무기를 구매하지 못한다는 금지령이 내려져 전쟁 물자에 대한 대가로 에스파냐의 금을 받는 유일한 나라인 소련의 품에 뛰어들 수밖에 없게 된 상황에도 아랑곳하지 않았다. 어머니는 말했다. 그 모든 걸 난 개념치* 않았어. 말하자면 내겐 보이지도 않았지.

어머니의 알쏭달쏭한 통보가 있고 일주일 뒤, 슬픔을 배출시키기라도 하듯 광에서 몬세가 돌멩이를 요란하게 내리쳐 개암을 까고 있는데 현관문 두드리는 소리가 들렸고, 어머니가 황급히 계단을 내려가더니 디에고를 데리고 다시 올라왔다.

몬세는 처음엔 너무 놀라 한 마디도 못 했다.

그러나 그녀에게 감히 말 한번 건넨 적 없고, 일요일에 호타춤을 출 때 다가오거나 그녀 곁을 슬쩍 스치지조차 못하던 디에고는 사태가 괴상하게 돌아가는 도시가 아니라 이곳에서 개암을 까고 있는 그녀를 다시 만나게 되어 아주 기쁘다고 말했다. 그리고 몬세는 서서히 정신을 차렸다.

그녀는 디에고가 변했다고 생각했다. 그의 얼굴은 예전보다

---

* '괘념치'가 맞는 말. 에스파냐 출신인 어머니는 프랑스어를 자주 잘못 쓴다.

표정이 덜 모호했고, 덜 냉혹해 보였고, 덜 완고해 보였고, 뺨에 홍조가 번져 있긴 했지만 수줍음에 덜 마비된 듯했다.

그들은 상투적인 말들을 주고받았고, 그사이 어머니는 부엌으로 화주를 찾으러 간다며 두 사람만 남겨두었다.

어머니가 자리를 비운 틈을 타 몬세는 재빨리, 아주 집중해서 생각하기 시작했고, 자기 입에서 무슨 말이 나올지 미처 깨닫기도 전에 불쑥 디에고에게 알고 있느냐고 물었다.

디에고는 그가 아는 걸로 간주되는 것이 무엇인지 바로 알아들었다. 그는 그렇다고 말했다. 그리고 얼굴을 붉혔다. 두 사람은 침묵했다. 마음이 홀가분해진 몬세는 대화 주제를 바꾸어 그가 마을에서 가장 먼저 받고 있는 최근의 전쟁 소식을 물었다.

프랑코가 넓은 아량으로, 사천 명의 빨갱이를 도살한 바다호스의 도살자 야구에게 죄수의 거세를 금지한다는 명령을 내렸다. 배 가르기와 참수는 지금까지 허용되는 몇 안 되는 형벌로 남았다. 그러나 여전히 마드리드는 우리 손에 있어. 디에고는 근거 없는 풍문이 아닌 전화로 직접 그에게 도착하는 공식적인 공보를 통해, 마을에서 떠도는 소문보다 이삼 일 일찍 정보를 얻고 있다는 데 자부심을 느끼며 말했다. 그는 우리 군인들, 우리의 전쟁, 우리의 어려움, 우리의 승리 가능성 등등, 마치 개인의 일이라도 되는 것처럼 매번 '우리'라고 말했다. 그래서 몬세는 살짝 짜증이 났다.

어머니의 헌신적인 사절使節이 어떤 술책과 전략으로 엮었는지 알 길이 없는 이 짧은 만남 후, 몬세는 잠 못 이루는 몇 날 밤을 보냈다.

어머니의 바람에 동의해야 할까? 결혼을 받아들여야 할까? 디에고도 그녀도 단 한 마디도 언급하진 않았지만, 분명 결혼이 걸린 문제였다.

아무런 끌림을 느끼지 못하는 남자와의 결혼을 수락해야 할까? 눈길로 말고는 그녀를 한 번도 건드린 적 없는 남자, 무서운 표정에 소꼬리 색 머리카락을 한 남자, 사람들 앞에서 그녀를 불안에 빠뜨리는 모난 언어로 힘주어 연설하는 남자와의 결혼을. 그녀는 그의 입에서 나오는 효율성이니 조직이니 하는 언어가 왜 꼭 권총에서 나오는 것 같은지 알 수 없었다. 내가 좀 과장하긴 했지만, 내 말 이해하겠니? 어머니가 말했다.

프랑스인이 돌아온다면 목숨이라도 기꺼이 내놓을 그녀가 이 결혼에 동의해야 할까? 그 순간에도 몬세는 전선에서 돌아온 프랑스인이 자기를 다시 찾아낼 것이며, 자신을 고향에서 빼내어 그의 나라로 데려가 아이를 낳고 행복하게 살 거라는 가당찮은 희망을 키워가고 있었다.

그녀는 밤이고 낮이고 그를 생각했다. 급박한 상황 때문에 알 시간도 없었고 사진 한 장 갖고 있지 않은, 사랑하는 그 남자를 생각했다. 어린 시절에 대해서도, 취미도 약점도 모르고, 과거에 어떤 이들을 만났는지도 알지 못하는 그 남자를 생각했다. 거의 아는 게 없는 그 남자를, 성조차 알지 못하는, 따라서 탐정처럼 악착스레 덤벼들어도 흔적을 찾는 게 불가능한 그 남자, 그러나 자신에게 운명 지어진 사람임을 아는 남자, 사랑하는 만큼 슬퍼지게 만드는 남자를 생각했다. 그녀는 자기 얼굴 위로 숙인 그의 얼굴을, 그녀가 숨어든 그 눈을, 머리를 흔들어 이마 위의 머리카락을 쓸어올리던 그 동작을, 왼쪽 뺨에 패인 별 모양의 흉터를, 그 위에 자신이 살포시 얹은 부드럽기 그지없던 입맞춤을 줄곧 떠올렸다. 그의 부재는 그녀의 심장을 갉아먹었다.

오직 사랑에 골몰한 나머지 그녀는 다락의 추위도, 자신이 품고 있는 아이의 첫 발길질도 알아차리지 못했다. 심지어 연인이 그곳에 있다는 환각에 사로잡히기까지 했다. 그가 그녀 바로 곁에 몇 초간 나타났다가 사라지곤 했던 것이다. 날들이 흘렀고, 몬세는 여전히 앙드레 말로가 어느 날 불쑥 나타나 이 삶에서 자신을 구해주리라는 희망을 품고 있었지만, 그 희망은 점점 옅어져갔다. 하느님께서 그가 돌아오게 해주시길, 그녀는 중얼거렸다. 그러는 동안 그녀의 지성은 그런 바람이 미친 짓임을 엄중하게 선언했다.

그녀는 그런 절망적인 기다림 속에 석 달을 보냈고, 그 석 달 동안 그녀의 어머니는 불행해질 거라는 협박의 독을 조금씩 주입했다. 그녀는 프랑스인이 자신을 찾지 않으면 죽어야겠다고 생각했다.

그러나 점점 배는 불러오고 개암 껍질 더미는 쌓여갔지만, 프랑스인에게서는 아무 기별이 없었고, 그런데도 그녀는 살아 있었다.

어느 날 그녀는 결국 프랑스인은 절대 돌아오지 않을 거라는 사실을 받아들였다. 희망은 죽었다. 꿈속에서만 빼고. 왜냐하면 얘야, 나는 오랜 세월 동안 그 사람 꿈을 꿨거든.

그러자 그녀는 네 가지 해결책을 생각했다.

다락 창에서 닭장 쪽으로 뛰어내려 자살을 하든가.

아니면 미혼모로, 다시 말해 사생아로 취급될 불쌍한 아이를 키우며 불쌍한 여자로 살아갈 결심을 하든가(남자의 개입 없이 아이가 생겼다고 온 마을이 믿게 하라고 로시타가 은밀히 알려준 방법, 과학 논문들이 아직도 단성생식이라고 부르는 작용, 혹은 가톨릭 논문들에서 언급되는 성령의 작용을 주장하기는 어려워 보였다).

아니면 도망쳐서 도시로 가 아무 데서나 아이를 낳고, 아무 일자리나 찾아서 아무 유모에게 아이를 맡기든가.

아니면 결혼을 받아들이든가. 이 해결책은 앞에서 고려한 불행들보다는 덜 잔인하고 어쩌면 받아들일 수도 있을 것 같은 불행처럼 보였다.

어쨌든 삶에 대한 그녀의 욕구와 어머니의 은근한 압박에 못 이겨 그녀가 택한 것은 마지막 해결책이었다.

어느 날, 양심과 마음이 수백 번의 드잡이를 벌인 끝에 그녀는 눈물을 삼키고 정략결혼이라 불러야 할 결혼에 동의했다.

그녀는 결혼에 동의했다. 다시 말해 하나의 이름에, 확고한 입지에, 신망이라는 보증서에 동의한 것이었다. 그녀는 짧은 청춘과 사랑의 희망을 그것들과 맞바꾸었다.

어머니는 기쁨의 환호성을 질렀다. 전능하신 주님께서 도와주신 덕에(이번엔 자신이 꾸민 대단히 은밀한 술책의 도움을 톡톡히 받았지만, 그 일에 관해서는 한 마디도 없었다!) 딸이 세뇨리토와 정식으로 결혼하게 된 것이다! 하느님, 감사합니다. 모두가 부러워하는 생활수준을 갖춘 집안에 딸애가 시집을 가다니! **웬 행운이람! 웬 행복이야!**

못생긴 남자랑 결혼하게 된 거죠, 몬세가 찬물을 끼얹었다.

남자는 잘생길 필요 없어, 어머니가 응수했다.

그럼 남자는 어째야 하는데요?

남자면 되지, 그 이상은 필요 없어.

말문을 틀어막는 말이었다.

이제 딸이 부유층에 속하게 되고 수준 높은 사람들을 만나게 되리라는 생각에 모성의 섬유질이 모조리 자부심으로 부풀어오른 어머니는 자랑스레 이웃들에게 이 희소식을 알렸고, 이웃들은 입을 모아 탄성을 내질렀다.

운도 좋으시네요!

따님이 참 운도 좋네요!

부족한 게 없이 지내겠군요!

그 앤 이제 앞날이 창창하겠어요!

정말 잘 골랐네요!

몬세의 어머니가 돌아서자마자 이웃들의 열광은 금세 식고 저마다 이러쿵저러쿵 해설을 덧붙였다.

가련한 애가 고생하겠어!

그 성미 사나운 도냐 푸라와 함께 살아야 하다니 불쌍하기도 하지!

돌멩이처럼 불행한 도냐 솔은 또 어떻고!

무덤처럼 차가운 그 집에서 살아야 하다니, 나 같으면 사양이야!

불행한 부자보다야 차라리 가난하고 행복한 게 낫지!

이런 의견에 이웃들은 하나같이 동의했다.

이유는 모르겠지만 내 어머니가 인용해 이야기해준 이런 지적들은 오늘 아침 내가 읽은 베르나노스의 문장과 공명했다. 기억을 더듬어 인용해보자면 다음과 같다. 돈밖에 모르는 사람들은, 신념에 따라 혹은 어리석어서 그들을 섬기는 이들을 업신여긴다. 실제로 그들은 부패한 이들에게 보호받는다고 믿기에 부패한 사람들만 신뢰하기 때문이다. 그런데 곰곰 생각해보면, 이 문장들은 분명 나의 현재에 질문을 던지고 있다. 내가 어머니의 이야기와 베르나노스의 이야기에 쏟는 열정 어린 관심은 본질적으로 그것들이 오늘날 내 삶에 일으키는 반향과 관계된 것임을 나는 하루하루 깨닫고 있다.

몬세의 이야기로 돌아오자. 그녀에겐 가장 어려운 일이 남아 있었다. 호세에게 결혼 소식을 알리는 일이었다.

그런데 호세는 고향에 돌아온 뒤로 머릿속에 한 가지 생각뿐이었다. 스탈린 카드를 최대한 활용 중인 디에고의 정치를 방해해보자는 것. 가진 수단을 다 써서 그 길을 막아보자는 것이 그의 생각이었다. 그러나 그가 가진 수단은 보잘것없었고, 그는 그걸 인정하지 않을 수 없었다. 저울에 달아보면 디에고가 가진 수단이 한참 우세했다. 같은 편으로는 후안밖에 믿을 사람이 없었다. 너무 부족했다. 한 가지 출구가 남아 있긴 했다. 판을 깨는 사람이 되는 것, 다시 말해 물구나무서서 걷는 것. 다시 말해 디에고의 술책 안에서 걷기를 거부하는 것이었다. 그에게 한 대 보기 좋게 날리는 건 딸려오는 선택 사항이었다. 이 선택 사항도 배제하진 않았다.

호세는 디에고가 구현하는 권위, 파벌주의, 신중함, 완고함에 뿌리 깊고 생리적인 경멸을, 억누를 길 없는 경멸을 느껴 그와 접촉하기만 하면 엉뚱한 행동이 나올 정도였다. 디에고가 주관하는 회의 동안 꼬꼬댁 소리를 낸다든지, "룸바 라 룸바 라 룸바 라" 노래하며 바보짓을 한다든지, 아니면 초등학생처럼 손을 들고 "모든 지적 노력을 시도하기 전에 한 가지 조언을 하겠는데, 앵무새를 먹어봐요!"라고 선언하듯 말하고 어린아이처럼 즐거워했고, 마을 사람들은 그런 그를 격렬히 비난했다.

디에고는 자신의 권위에 흠집을 내려는 그런 짓거리들을 참지 못했다. 진지하고 대단히 치밀한 논의를 진행하던 때일수록 그는 그런 행동에 더 크게 상처 입었다.

그런 까닭에 12월에 비극적인 사건들이 일어났을 때 아무도 놀라지 않았다.

그러나 사건의 풍경*을 (어머니가 내게 말했다) 네가 잘 이해하려면, 디에고와 호세 사이에 존재하던 폭력이 두 사람의 어린 시절까지 거슬러 올라가는 거라는 걸 알아야 해. 내가 자세히 얘기해주마.

---

* '배경'이라는 말을 어머니가 잘못 말한 것.

1924년 디에고가 그 집안에 도착했을 때 (그는 일곱 살이었지) 돈 하이메는 아이를 마을 학교에 입학시켰다. 영국의 세련된 취향을 좋아하던 도냐 솔은 잘하는 일이라 생각했고, 입학식 날 아이에게 황금색 단추에 주머니엔 왕관 아래 느긋하게 쉬고 있는 사자 두 마리가 수놓여 있는 완벽한 재단의 감청색 능직 블레이저를 입혔다. 계제에 맞지 않게 우아한 이 옷은 여기저기 기운데다 깨끗한지 의심스러운 형편없는 옷차림을 한 남학생들의 적의를 대번에 불러일으켰다. 이미 그곳의 대장으로 자리 잡은 호세는 세뇨리토의 가장행렬 의상이 더러워질지도 모른다는 이유로 쉬는 시간의 구슬치기 놀이에서 그를 거칠게 쫓아냈다.

디에고는 이 일로 자존심에 큰 상처를 입었고, 평생 그 기억을 간직했다. 시간이 흐르면서 이 상처는 초기에 그가 견뎌야 했던 다른 모든 일들에 대한 기억을 되살려냈다. 그때부터 그는 자존심의 탑 속에 홀로 틀어박혔고, 자존심을 상하게 한 아이들과 섞여 놀기를 거부하고 쉬는 시간에 따돌림당할 위험을 무릅쓰느니 차라리 홀로 있는 편을 택했다. 왜냐하면 그는 아주 연약한 어린 시절부터 아니, 연약하다는 말은 맞지 않다, 유년기부터 슬픔과 굴욕에 되도록이면 실마리를 제공하지 않는 법을 터득했기 때문이다.

호세로 말하자면 그는 줄곧 냉혹하고 잔인한 태도로 디에고를 구슬치기에서 내쫓았고, 귀염둥이니 세뇨리타니 새우라고 불렀고, 그의 빨간 머리칼을 놀렸고, 온갖 방식으로 멸시를 드러냈다. 싫어할 특별한 이유도 없었건만 디에고에 대한 그의 혐오감은 언제나 그대로였다. 그것은 근본적으로 디에고라는 실제 인물에 대한 혐오감이라기보다는 그가 스스로 의도 없이 의인화한 것, 어쩌면 그 시절에는 의식도 못한 채 의인화한 것에 대한 혐오감이었을 것이다. 디에고가 엄청난 특권을 조금도 놓으려 하지 않는 오만한 부자 계급에 속한다는 것, 그것을 호세는 본능적으로 증오했다.

그 결과, 둘 사이에는 별것 아닌 이유로도 격렬한 주먹질과 발길질이 오가는 싸움이 잦았다. 싸움에 이유가 없을 때도 많았다. 그리고 디에고의 창백한 낯빛과 깡마른 엉덩이와 옷걸이 같은 어깨를 봐선 짐작이 불가능한 사나운 결의와 거세고 난폭한 주먹질을 만날 때마다 호세는 매번 아연했다. 그래서 그는 결국 언젠가 디에고가 저 광적이고 냉혹한 분노로, 근원을 알 수 없는 저 악의로, 그리고 둘이 뒤엉켜 운동장을 구를 때면 드러나는 저 맹렬한 의지로 어떤 식으로든 목적에 도달하리라고 확신하게 되었다.

누구의 도움도 받지 않고 슬픔을 이겨내는 데 길이 든 디에고는 학교에서 견뎌야 했던 슬픈 운명에 대해 부모에게 한 마디도 하지 않았고, 자신이 감내하는 모욕을 조금도 드러내지 않왔다. 그러나 그는 성체배령자 행세를 하는 것만큼은 격렬하게 거부했고, 매일 조금씩 더 말수가 적어졌고, 부모에게, 특히 그가 계모라고 부르던 사람과 단 둘이 있을 때 점점 더 공격적으로 변해갔다.

친구 없이, 부르고스 가문의 어둡고 차가운 집에서 디에고는 아버지가 선물한 작은 납 병정들과 작은 탱크들과 함께 고독에 파묻혀 살았다. 그리고 그 어둡고 차가운 고독 속에서 그는 가족들과 깐깐한 거리를 굳건히 지켰고, 그 거리를 평생 간직하게 되었다.

청소년기에 디에고는 또래 남학생들과 접촉해보려 시도했는데, 기이하게도 그중에는 호세도 있었다. 그 시절 마을의 모든 청소년들은 호세와 접촉하고 싶어 했고, 모두가 그를 닮고 싶어 했다. 모두가 그처럼 물구나무서서 걷고 싶어 했으며(1936년 7월 그가 고향 농민들에게 제안한 것도 일종의 물구나무서서 걷기였다), 모두가 그의 옷 입는(잘못 입는) 방식과 머리 모양을(엉망인) 흉내 내려 애썼고, 모두가 그의 자연스러운 고집을, 생래적 고집을, 어른들의 권위에 맞서 즉각 반응하는 고집을 흉내 내고 싶어 했고, 그에게 견진성사를 주려고 하지 않은 사제 돈 미구엘 앞에서 보인 오만함을 흉내 내고 싶어 했고, 이 뒤처진 마을과 이 뒤처진 농민들에 반대하는, 뻔뻔스럽게도 귀족 흉내를 내는 저 퇴물 부르고스 앞에서 질질 오줌을 싸는 바보 같은 아버지에 반대하는 연설에 실린 그의 단호하고 매서운 냉소를 흉내 내고 싶어 했다.

디에고는 호세와 함께하기 위해 그럴듯한 핑계를 대고 가까이 다가가려 시도했고, 그의 우정을 얻어내려고 말하자면 수작을 걸었다.

그러나 호세의 확고하고도 퉁명스러운 거부에 부딪쳤다. 타고난 가난으로 벼려진 자존심 때문에 호세는 그에게 경멸 어린 동정을, 혹은 더없이 부당하고 거친 거부를 드러냈다.

그 일로 디에고는 마음 깊이 상처 입었다. 어쩌면 공산당 입당도 그에겐 호세가 오해했음을 입증하기 위한 기회였는지도 몰랐다.

그러나 전쟁이 발발하자 그의 입당은 오히려 두 사람의 대립을 악화시켰을 뿐이다. 격렬하긴 했지만 심각한 영향을 미치지 않는 반감, 어린아이들 사이에 흔하게 생기는 반감이었던 것은 전쟁이 일어나면서 정치적 증오로, 모든 증오 가운데 가장 맹렬한 증오, 가장 광적인 증오로 변했다.

그래서 36년 11월 그들은 그저 서로 상대에 맞서 생각하고 행동하려고만 들었다.

한편 호세는 볼셰비키들이 수립하고 디에고가 혐오도 저항도 없이 받아들인 괴물 같은 질서보다 태동 중인 것의 혼돈과

취약함이 더 좋다고 수없이 주장했다. 그는 공유 농지에 대한 생각을 여전히 옹호했고, 여전히 두루티 민병대를 향한 신뢰를 부르짖었고, 스탈린에 격렬히 반대했다. 아나키스트 민병대가 군대 조직을 갖추는 데 동의만 한다면 그들에게 무기를 보내주겠다는 스탈린의 약속이 그의 눈에는 비열한 협박처럼 보였다.

　다른 한편 디에고는 질서를, 제도를, 정규군의 지원을, 유보 없는 소련의 가담을 몸소 구현했다. 시청에 자리 잡은 뒤로 그는 여러 중대한 일들 중 특히 상급 기관에 보내는 주간 보고서 작성에 몰두했다. 그는 자신이 쓰는 보고서를 무척이나 좋아했는데, 서류 작성에 대한 열정이 얼마나 격렬했는지 때로는 하루에 여러 개를 작성하기까지 했다. 그는 보고서에서 이곳 출신 농민들의 타고난 양식良識 덕에 유명한 소규모 선동자들이 협박을 가하는데도 불구하고 마을은 평온하다고 적었고, 선동자들에 관한 하찮고 무익한 세부 사실들을 잔뜩 덧붙였다. 시간표, 이동 내역, 옷차림, 주고받은 농담, 보고된 말들, 집어삼킨 음료수 등등. 그는 선전 책자들도 마찬가지로 면밀히 공들여 다듬었다. 적에게 매수된 음모자들을 맹렬히 비판하는 것도 서슴지 않았고, 문맹 퇴치 운동도 세심하게 조직했다. 그는 농민들을 시청으로 소집해 첫째, 그들에게 결집과 규율의 본보기가 되는 공산주의 민병대 조직을 찬양하고 둘째, 무질서를 퍼뜨리는 자들이 그들에게 미칠 위험에 대해 경고했다. 내 말 알아들었지.

그 자리에 참석한 농민들, 그럭저럭 신중하고 그럭저럭 비겁하고 그럭저럭 비굴한 농민들이 박수를 쳐야 할 것처럼 느꼈음은 물론이었다. 평화로운 시절에는 가면을 쓰는 공포와 복종은 전쟁 때 훨씬 잘 보이는 법이지, 어머니가 철학자처럼 논평했다. 내가 프랑스로 관광을 온 첫 몇 해 동안, 내 유머를 용서하렴(어머니와 언니 루니타가 강제수용소에서 수용소로 끊임없이 옮겨 다니던 39~40년의 이야기를 빗댄 농담이다. 어머니는 지리학적 지식을 얻은 것이 가장 큰 수확이었던 그 시절을 예외적으로 아직까지 기억하고 있다), 사람들이 퓌탱* 원수에게 환호 보내는 걸 봤어야 하는 건데.

자기 권력을 확고하게 다지기 위해 디에고는 **조국**이니 **인민**이니 하는 말을 엄숙하게 공들여 발음했고, 학교 식당 개업식에 참석해 자랑스레 리본을 잘랐고, 아이들의 식사를 위해 로시타가 벗긴 감자 껍질 두께를 경찰처럼 세심히 검사했고, 아버지가 아닌 다른 이의 통치에 복종하려 안달이 난, 그를 위해 봉사하는 네 청년에게 단호한 명령을 내렸고, 벤디시온 카페의 손님 수를 헤아리는 것 따위의 무익한 일들을 하라고 지시했고, 종교 축제들의 폐지를 선언해 고모를 경악에 빠뜨렸고, 주현절을 어린이날로 대체했고, 이런저런 사람들을 소환해 시간을 어

---

* 비시 괴뢰정부의 수장 페탱Petain 원수를 퓌탱pųtain(매춘부)으로 잘못 말하고 있다.

떻게 쓰는지 꼬치꼬치 물었고, 그들이 제대로 답하는지 확인했고, 책상 위에 번쩍이는 루비 권총을 놓는 습관을 들여 상대가 별로 대화하고 싶은 마음이 들지 않게 했다.

직무를 맡은 뒤로 디에고는 내면에 무자비하고 차갑고 적대적인 무언가가 깃든 것처럼 보였고, 그것은 결국 사람들에게 두려움을 불러일으켰다.

호세는 디에고의 호전적인 방식에도, 그가 과시하는 권총에도, 번쩍번쩍 광을 낸 군화에도, 그의 입에서 쏟아지는 일제사격 같은 말에도 당황하지 않는 몇 안 되는 사람 중 하나였다. 특히 태도가 눈에 띄는 사람 중 하나였다. 그는 누이인 프란시스카에게 전화를 걸기 위해 시청에 들를 때도 디에고의 명령이 아니라 소식을 들으러 왔다는 식의 태도를 보였다. 왜냐하면 애야, 우리 오빠는 말이다… 겁쟁이가 아니었단 말이죠, 내가 말했다. 그런 **멋진** 말로 네가 날 웃기는구나, 어머니가 내게 말했다.

디에고는 계산된 차가움으로, 아니 그보다는 차가운 열광으로 그를 맞이했다. 아마 그런 태도를 지도자의 속성이라고 여긴 모양이었다. 그리고 그는 지도자의 방식이라고 스스로 믿는 대로 간결한 문장을 썼고, 지도자들의 타고난 자질이라 생각하는 자질들을 과시했다. 성급함과 간결함, 괴팍한 기질을.

옛 시장의 집무실에 자리를 잡고 거대한 스탈린 초상화를 내걸게 한 그는 겉으론 무시무시해 보이려 애썼지만 전화기를 드는 데서 즐거움을 느끼는 것 같았다(그게 관료 오르가슴이라고 호세는 말했지, 어머니가 말했다). 시청이 전화교환국과 연결되어 있어 마을에서 전화를 사용할 수 있는 유일한 장소였기 때문이다. 그것은 부인할 수 없는 권력의 표지였다.

그 당시(1936년 10월이었고, 몬세와의 결혼식은 아직 날짜가 잡히지 않았다) 호세와 그의 관계는 몇몇 사람들이 "끝이 안 좋을 것"이라고 말할 정도로 격한 상황까지 이르러 있었다.

어느 11월 아침, 부엌에서 구운 피망과 토마토로 점심을 먹던 중 몬세는 호세에게 결혼 소식을 알리기로 결심했다.

오빠.

응?

할 말이 있어.

뭔데, 말해, 왜 그래?

오빠가 화낼 얘기야.

나 화내는 거 좋아하잖아.

나 디에고와 결혼해.

요번 건 아주 제대론데? 동생의 말을 믿지 못하고 호세가 외쳤다.

그러더니 웃으며 말했다. **거짓말하는 거 다 알아.**

그러나 여전히 심각한 동생의 얼굴 앞에서 호세는 갑자기 침울해졌다.

설마 진지하게 하는 얘기 아니지?

몬세가 당혹한 표정으로 고개를 끄덕이자 그가 소리쳤다. 무슨 이런 흉한 소리가 다 있어. 널 그 빨강 머리랑 묻어버리겠다고? 그 **성질 더러운 놈**하고?

그의 얼굴은 하얗게 질려 있었다.

그 빌어먹을 스탈린주의자하고?

그놈 맞아. 몬세는 분위기를 누그러뜨리려고 입 한쪽을 일그러뜨리며 짧은 미소를 지었지만 오빠의 화만 머리끝까지 돋워버렸다.

그가 외쳤다. 그 살아 움직이는 똥 덩어리, 배신자, 창녀 자식, **어른 흉내나 내는 새끼.**

호세는 제정신이 아니었다. 손은 떨렸고, 목의 핏대는 부풀어 올랐고, 얼굴은 새빨개졌다.

그 개자식은 네 엉덩이에만 눈독 들이고 있어. 놈은 쓰레기야. 심장 대신 회계장부를 가진 놈이라고(그가 홧김에 내뱉은 이 부당한 말은 몬세의 머릿속에 오래도록 남았다).

제발 부탁인데 일 망치지 마라, 어머니가 말했다.

누가 일을 망쳐요? 그가 소리를 꽥 질렀다. 일을 망치는 게 저예요? 아니면 어머니의 그 음흉한 술수예요?

디에고는 진지한 애야, 어머니가 아들의 화를 누그러뜨리고 싶다는 희망을 품고 힘없는 소리로 변호했다. 바탕은 선한 애야.

이 말이 호세를 폭발하게 했다.

그 **개자식**은 내가 세상에서 가장 싫어하는 놈이라고요. 그 놈은 아름다운 건 모조리 죽인다고요. 그놈은 혁명을 죽였어요. 그리고 내 동생도 죽일 거예요. 내 동생을 죽일 거예요, 저 앨 죽일 거라고요.

그러자 어머니가 하얗게 질려서 확고부동한 명령을 내세웠다. 네 동생은 결혼해야만 해. 그런 거야. 이미 끝난 얘기야.

삼가 조의를 표합니다! 호세가 끔찍한 웃음을 터뜨리며 외쳤다.

이 말에 몬세는 눈물을 쏟으며 달아나려 했다.

호세가 거칠게 동생의 소매를 붙잡았다.

창녀처럼 돈을 제일 많이 부르는 사람한테 널 팔고 우는 거야? 네가 옳아. 그건 비천한 짓이야.

동생에게 그런 식으로 말하지 마! 경악한 어머니가 명령했다.

포주 노릇을 한 어머니가 무슨 훈계예요! 그가 외쳤다.

어머니는 부엌으로 달려갔다.

몬세는 다락으로 피신해 침대 위에 쓰러져 흐느꼈다.

호세는 홀로 남아 마음껏 분노를 표출했다. 그는 미친 사람처럼 혼잣말을 했다. 아무 **개자식**이건 돈만 주면 아무 여자나 사서 제 매춘부로 삼을 수 있게 해주는 합법 매춘인 결혼을 혐오한다고, 인간 말종 쓰레기에게도 합법적으로 하녀를, 그것도 돈을 지불한 주인의 명령에만 따르면 평생이 보장되는 자원봉사 하녀를 구하도록 허하는 결혼제도를 혐오한다고 중얼거렸다. 빌어먹을, 이게 대체 뭔 얘기야, 완전 돌아버리겠네. 그는 어머니가 억지로 거실이라 부르는 방을 얼마간 더 서성이면서 혼잣말을 하다가, 그가 향하는 곳에 잘못 자리하고 있던 의자를 거칠게 차고는 벽이 떨릴 정도로 **빌어먹을!** 하고 고함을 쳤고, 계단을 네 개씩 달려 내려가 알아들을 수 없는 저주의 말을 중얼거리며 세풀크로 거리를 올라가 숨이 턱까지 차 헐떡이며 친구 후안의 집에 이르렀다. 그는 신문을 읽고 있던 후안에게 코빼기도 들지 않는다고 투덜거렸고, 곧 그의 동생 엔리케에게 뭘 봐, 사진이라도 한 장 주랴? 하고 쏘아붙였고, 후안의 어머니에게는 포주라고 비난했고(그녀는 그 자리에 없어 응수하지 못했다), 그런 다음 프랑코에게, 그리고 몰라*에게, 그리고 산후르호**에게, 그리고 미얀 아스트라이***에게, 그리고 케이포 야노****에게, 그리고 마누엘 팔 콘데*****에게, 그

---

* 파시스트 혁명 장군 에밀리오 몰라Emilio Mola(1887~1937).

** 세비야에서 봉기했다가 종신형을 선고받았으나 파시스트 정권이 들어선 후 사면을 받은 호세 산후르호José Sanjurjo(1872~1936).

*** 프랑코와 함께 쿠데타를 일으킨 미얀 아스트라이Millán Astray 장군(1879~1954).

**** 라디오 방송을 통한 심리전을 자유자재로 구사했던 국민군 장교 곤살로 케이포 데 야노Gonzalo Queipo de Llano(1875~1951).

***** Manuel Fal Conde(1894~1975), 가톨릭활동가이자 왕권 복권을 주장한 카를로스 당원.

리고 후안 마르치에게, 그리고 히틀러에게, 그리고 무솔리니에게, 그리고 레옹 블룸에게, 그리고 체임벌린*에게, 그리고 유럽 전체에, 그리고 디에고 부르고스 오브레곤이라는 이름을 가진 진짜 개자식에게 쏘아붙였다.

후안, 부탁인데 맥주 한 잔만 줘. 내가 그 쓰레기를 쏘러 가기 전에.

마요르카 데 팔마에서는 더이상 아무런 저항이 일지 않았다.

수천 명의 말살 앞에서, 끔찍한 야만 앞에서, 처형당한 이들의 유족에게 강요된 역겨운 근심 앞에서, 총살당한 이들의 배우자에게 상복을 금지한 비열한 금지령 앞에서 마요르카 주민들은 망연자실했다.

베르나노스는 썼다. 아무도 의혹을 제기하지 않았고 아무 저항도 불러일으키지 않은 이 사실들을 이해시키려면 많은 페이지가 필요할 것이라고. "이성과 명예는 그 사실들을 인정하지 않았다. 감수성은 경악으로 마비된 상태였다. 한결같은 체념이 희생자들과 형리들을 똑같은 망연자실로 한데 묶었다."

베르나노스는 두려움이 지배하면, 말들이 겁에 질리면, 감정

---

* 영국의 에스파냐 내전 간섭을 반대한 영국의 수상 아서 네빌 체임벌린Arthur Neville Chamberlain(1869~1940).

이 감시 아래 놓이면 꼼짝 않고 울부짖는 평온이 자리 잡고, 그 순간을 지배한 자들이 그 사실에 흐뭇해한다는 걸 발견하고 억장이 무너졌다.

　11월 10일, 몬세의 부모와 디에고의 부모가 만났다. 결혼식 날짜를 잡고 지참금(어머니 : 내 지참금은 정말 보잘것없었지)과 신랑 신부를 이어줄 계약서를 쓰는 게 관건이었다(아버지는 서명 대신 십자가를 그렸지). 이날 몬세는 형벌을 받는 느낌이었다. 아마도 자기 운명을 결정적으로 봉인한다는 생각 때문이리라 예상하겠지만, 그보다는 부르고스 집안의 화려한 거실에 잔뜩 주눅이 들어 부자연스럽게 굳어버린 부모를 보아야 했기 때문이었다.

　그녀의 아버지는 베레모를 벗어 무릎 위에 다소곳이 올려놓았는데, 하얀 이마와 그을린 얼굴을 선 하나가 선명하게 가르고 있었다. 편안하게 생각하시라, 우리끼리 예의 차릴 것 없지 않겠냐는 도냐 솔의 거듭된 말에도, 그는 윤을 낸 투박한 구두를 다소곳이 모은 채 얻어맞은 개처럼 어수룩한 표정과 무력하게 흔들리는 눈빛으로 회개하듯 의자에 앉아 있었다. 가녀린 그녀의 어머니는 눈을 내리깔고 붉은 손을 검은 치마폭에 묻은 채 사라지려 애썼고, 거의 그 경지에 도달했다.

　몬세는 말없이 생각에 잠겨 비통한 심정으로 유심히 부모를 바라보았다. 마치 처음 보기라도 하듯이 그들을 바라보았다. 그리고 마음속으로 혼잣말을 했다. 겸손해 보이기도 하셔라! 그들의 얼굴, 그들의 손, 특히 그들의 손, 빨래와 양잿물에 망가진 어머니의 붉은 손, 그리고 흙이 끼어 손톱이 시커멓고 군데군데 못이 박힌 투박한 아버지의 손, 그들의 망가진 손, 서투른 몸짓, 용서를 비는 듯한 표현 방식, 숨죽인 작은 웃음, 과도한 공손함, 끝날 줄 모르는 감사 인사, 이 모든 것이 그들의 보잘것없는 조건과 몇 세기 전부터 고스란히 전해내려온 가난의 유산을 드러내고 있었다.

그리고 그녀 자신도 정확히 그들을 닮았다는 생각이 들었다. 앞으로 화장을 하고 비싼 옷을 입고 값비싼 보석으로 치장하고 파리라도 쫓듯 손등으로 하녀들을 내쫓는 권위적인 몸짓을 배운다 해도, 자신은 저 겸손한 태도를 평생 간직하게 되리라는 생각이 들었다. 그것은 내적인 태도이자 통제 불가능한 태도, 지워지지 않는 태도였고, 온갖 악습과 온갖 굴종을 허용하는 태도, 가난한 농부의 긴 계보로부터 물려받은 태도였다. 얼굴과 육신에 새겨진 그 흔적은 명예롭지 못한 감수가, 위신 없는 포기가, 외침 없는 저항이, 이 땅에서 아주 적은 것밖에 갖지 못했다는 신념이 남긴 흔적이었다. 그 순간 그녀는 앞으로 시부모의 태연하고 자신만만한 태도 앞에서 자기 자신을 부끄러워하며 거북해하고 어색함에 몸을 비트는 자기 부모를 당당하게 보지 못할 것이며, 부활절과 크리스마스 때 흩어져 지내는 가족을 모으는 의례적인 모임을 되도록 피하게 되리라고 생각했다.

결혼식 이틀 전, 정확히 1936년 11월 21일 몬세가 결혼식 드레스를(빨간 꽃이 수놓인 흰 드레스인데 아직도 갖고 있단다) 마지막으로 손보고 있는데, 호세가 일그러진 얼굴을 하고 부엌으로 달려 들어왔다.

저들이 두루티를 살해했어!

두루티는 그의 이상형이었고, 그의 여자였고, 그의 문학이었으며, 그의 숭배 욕구였다. 불복종하는 두루티, 순수한 두루티, 인도자, 고결한 자, 은행을 공격하고 판사들을 납치하고 에스파냐 은행의 금을 실은 운송차를 탈취해 사라고사의 파업 노동자들을 지원한 두루티, 여러 차례 투옥되고 세 번이나 사형선고를 받고 8개국에서 추방당한 그가 이제 죽어서 전설의 차원에 들어선 것이다.

마음으로는 곧장 받아들인 그 소식을 머리로는 받아들일 수가 없는지 망연자실한 호세가 저들이 그를 살해했어, 라고 거듭 말하는 동안, 몬세는 자신이 결혼식 전에 무슨 사건이라도 일어나길 그토록 열렬히 기도했으며 어떤 교란이, 어떤 재난이, 7월의 혁명처럼 전대미문의 지진이 일어나 이 약속에서 자신을 해방시켜주길, 운명의 길을 바꿔주길 바라왔다는 생각이 들었고, 터무니없다는 걸 알면서도 자신이 그 죽음에 일정 부분 잘못이 있다는 가책이 들었다.

호세는 눈물을 흘리지 않으려고 자제했으나 곧 감정을 주체하지 못하고 어린아이처럼 울음을 터뜨리고 말았다.

오빠가 우는 걸 본 기억이 없던 몬세는 그 슬픔에 감염되었다. 느닷없이 호세가 제 슬픔을 물리치고, 속이고, 비우고, 자기 밖 어딘가로 날려버리기 위해서인지 눈물 젖은 분노 속에 이렇게 쏘아붙였을 때 그녀의 슬픔은 더욱 커졌다.

너 나한테 기대하지도 마! 내가 가장행렬 같은 네 결혼식에 참석하는 건 어림도 없는 일이야! 난 두루티를 살인한 자들과 한패인 놈과 섞여 날 더럽힐 생각 없으니까!

두루티의 사망 소식을 들은 바로 그날, 호세는 그걸 공산주의자들의 짓으로 전가하고 흥분해서 시청으로 달려갔다.

몬세를 만나고 그녀와의 정혼이 공개된 이후로(소식은 번개 같은 속도로 퍼졌다) 디에고는 아낙네들의 쑥덕공론에 한결 너그러운 태도를 보였다. 아낙네들은 그 변화를 익히 잘 알려진 사랑의 효과로 설명했다. 여자들은 말했다. 그가 모두에게 관대한 태도를 보이고, 심지어 증인들이 있는 앞에서 계모 도냐 솔을 **엄마**라고 부를 정도로(도냐 솔은 자기 귀를 믿지 못했다) 관대해졌다고. 그리고 몬세에게(어머니의 정성으로 이루어진 두 번째 만남 때) 자신의 매형이 될 사람에 대해 자기가 생각을 고쳐서, 호세 때문에 입은 체면 손상을 없던 일처럼 지우고 그를 따뜻하게 대하든지 아니면 적어도 덜 불친절하게 대하겠다고 약속했다.

따라서 1936년 11월 21일, 호세가 분노로 하얗게 질린 얼굴을 하고 시청으로 찾아와 디에고 밑에서 일하던 네 청년 앞에서 두루티 암살범들의 비열한 공범으로 그를 비난했을 때, 디에고는 당혹스러운 표정을 지었지만 모두가 예상한 반격은 하지 않았다.

결혼식은 이튿날 거행되었다. 호세 없이. 그리고 신부도 없이, 라고 나는 말할 뻔했다. 어쨌든 신부 화관도 없이, 신부 베일도 없이, 신부 부케도 없이, 신부를 따르는 행렬도 없이, 혼례를 알리는 종소리도 없이. 그리고 신부처럼 차려입은 어린 소녀들도 없었다. 그것은 이름뿐인 의식이었고, 전통에 따라 먼저 약혼식이 치러지지도 않은 의식이었고, 전통적인 신혼여행도 뒤따르지 않을 의식이었고, 얘기 한번 제대로 나눠보지 못하고 당시 사람들 말처럼 연애는 더더욱 해보지도 못한 두 사람을, 평생 같은 비밀을 간직한다는 서약만 한 두 사람을 결합시킬 의식이었고(디에고는 몬세에게 그가 아이의 아버지가 아니라는 사실을 세상 누구에게도 말하지 않겠다고 맹세시켰고, 몬세는 어머니의 머리를 걸고 맹세하면서 제 손가락을 셀 줄 아는 사람이라면 누구라도 그들의 거짓말을 알아차릴 거라고 말했다), 디에고의 보좌관 중 한 명이 오 분 만에 형식적 절차를 해치우고 두 사람이 혼인 관계로 죽음이 갈라놓을 때까지 하나가 되었다고 선언한 의식이었다(혼례의 간결한 성격을 상쇄하려고 마지막에 추가로 끌어들인 선언이었다).

디에고는 어머니와 고모가 입을 모아 권고했지만 정장 입기를 거부했다. 그는 빨간 머리를 한층 돋보이게 하는 검은 작업복을 입었고, 몬세는 이날 붉은 솜털이 그의 귓구멍을 막고 있다는 걸 발견했다.

몬세의 아버지는 팔 년 전 처형의 장례식 때 마련한, 나프탈렌 냄새를 희미하게 풍기는 검은 양복을 입었다. 모두가 펩 삼촌이라고 부르는 몬세의 삼촌도 자랑스레 똑같은 양복을 입었다. 화려한 의식을 제대로 갖춘 성대한 결혼식을 꿈꿨던 어머니는 성대한 잔치 때 입는 하얀 목주름장식이 달린 검은 타프타 드레스를 입었으나 실망을 감추지 못했다. 도냐 푸라는 얼굴에 만티야*를 썼다(훌륭한 생각이었지, 어머니가 말했다). 도냐 솔

* 에스파냐 여자들이 의례 때 머리에 쓰는 스카프 혹은 베일. 뒷머리에 꽂은 빗 위에 쓰고 얼굴은 가리지 않는다. 종교 행사 때는 검은색, 축제 때는 흰색을 쓴다.

과 돈 하이메는 평소처럼 완벽하게 기품 있는 모습을 보였다.

몬세는 마치 어디 한구석이 빈 사람처럼, 마치 그녀의 일부만이 반응하는 것처럼, 아니 그보다는 마치 그녀의 한 부분이 사건의 세세한 진행을 멀리서 지켜보는 것처럼 모든 의례를 따랐다. 그리고 반지를 교환하던 순간 몸이 불편해진 도냐 솔을 의자에 앉혀야 했고, 그녀의 베일을 들추고 아마도 불쾌감을 억누르느라 하얗게 질렸을 뺨을 토닥거려야 했던 일을 기억했다. 또한 예, 라고 말하던 바로 그 순간 이런 미친 생각이 머리에 스쳤던 사실도 기억했다. 만약 프랑스인이 그녀의 자취를 좇아 어느 날 찾아오면 그를 따라가기 위해 이혼을 요구해야 할 거라는 생각이었다. 그리고 그녀는 그 생각이 부끄러웠다.

결혼식 피로연은 부르고스가의 집 식당에서 치러졌다.

처음부터 이 결혼에 대해 생각하는 바를 전혀 드러내지 않고 아무런 반대 의사도 머뭇거림도 드러내지 않던 돈 하이메(그 소식을 듣고 신경발작을 일으킨 도냐 솔과 달리), 인간이 벌이는 어떤 기이한 행동에도 놀라지 않고, 아들의 기행에는 더더욱 놀라지 않던 돈 하이메는 신분에 맞지 않는 이 결혼을 또 하나의 기행이라 받아들이는 것 같았고, 샴페인 병을 따게 하더니 신랑 신부를 위해 평온을 비는 건배를 청했다.

초대받아 앉아 있는 이들은(증인들을 포함해 모두 열 명이었다) 박수갈채를 보냈고, 몬세의 아버지도 똑같이 하기를 기대하며 그를 향해 돌아보았다. 그러나 그는 눈을 내리깔고 식탁 위로 투박한 두 손을 맞잡은 채 고집스레 입을 다물고 있었다. 검은 비단 드레스를 입고 고고한 기품을 갖춘 도냐 푸라가 그의 옆자리에 앉는 바람에 갑작스러운 수줍음에 사로잡혀, 아침부터 준비해둔 장난기 어린 농담을 그만 집어삼키고 만 것이다. 식사 내내 몬세의 아버지는 사람들이 그의 오른편에 심어둔, 엄격하기 그지없고 차가운 도냐 푸라를 향해 단 한 마디 상냥한 말도 건네지 못했고, 어쩌면 말을 할 수 없는 그 불능 상태 때문에 술도 너무 마시지 말고 소매로 입도 닦지 말라고 한 아내의 권고를 무시하고 과음하게 된 건지도 몰랐다. 그래서 후식이 나왔을 때 그가 벌떡 일어나 수치심에 몸이 굳은 몬세 앞에서 외설스러운 노래 〈내 거시기가 어떻게 움직이는지 좀 보시오〉를 흥얼거리기 시작하자 도냐 푸라는 최고의 정치 연설가조차 입 다물게 할 싸늘한 미소를 던졌고, 그는 첫 소절을 내뱉고는 당황스러워 그대로 의자에 주저앉았다.

그가 냉정을 되찾으려 애쓰는 동안 몬세의 어머니가 남편을 도우러 나선답시고 말했다. 감정이 복받쳐서 저러는 거예요! '훌륭한 사람들' 앞에서 천박한 사람으로 여겨질 위험에 처한 남편의 행동에 그럴싸한 변명을 찾았다고 생각한 그녀는 거듭 말했다. 감정이 복받쳐서 그러는 거예요!

몬세는 이날 자신이 식인귀로, 폭군으로, 성마르고 폭력적인 아버지로, 가장 무시무시한 인간으로 여겨온 사람, 감히 다른 의견을 낸 호세에게 위협적으로 문을 가리켜 보이던 사람, 가족 앞에서는 세뇨르 돈 하이메 앞에서 결코 비굴하게 팬티를 내리지 않을 거라고, 기회만 되면 잘못된 점을 그에게 일러주겠다고 백 번도 넘게 고래고래 외치던 사람 아래에서 십오 년을 넘게 떨어온 딸로서, 당황해서 어찌할 바 모르는 아버지를, 말을 더듬고 수줍게 자기 접시만 내려다보는 전혀 무해하고 모든 걸 겁내는 아버지를 발견했다.

그곳에 자리한 모두가 초대받은 이들 중 누구라도 정치 얘기를 꺼내면 어쩌나 겁내고 있었다. 이런저런 기관이나 그 기관이 전쟁을 이끄는 방식에 대해 한마디라도 잘못 지적했다가는 언제라도 피로연의 평온한 진행이 심각하게 어그러질 수 있다는 걸 모두가 의식하고 있었다.

실제로 식탁엔 당시 에스파냐의 거의 모든 당을 대표하는 사람들이 자리하고 있었는데, 저마다 자기 대의의 정당성에 대해서는 대단히 깐깐했고, 저마다 고귀한 감정에 고무되어 있었고, 저마다 자기 경험의 한계와 이해관계의 작용 속에서 자신의 입장이 유일하게 올바른 것이라 믿었고, 저마다 상대의 신망을 흔들거나 파괴하려 애썼다. 그러니까 그 자리에는 이런 사람들이 자리했다. 국민군과 친분을 맺고 있다고 의심받는 그

집 주인 돈 하이메, 친한 사람들끼리 있을 때는 프랑코와 팔랑혜를 맹목적으로 지지하는 그의 누이 도냐 푸라, 소지주들의 사회주의 조합에 소속된 신부의 아버지, 얼마 전에 공산주의 사상으로 전향한 신랑, 그리고 끝없는 시적 욕망 때문에 어떤 노래나 어떤 얼굴에 반하듯 오빠의 절대자유주의 사상에 반한 몬세.

1936년 에스파냐의 주요 정치 경향들과 끝내 파탄에 이르게 될 그들의 알력이 그 자리에서 축소판으로 예시되고 있었다.

부르고스의 침울하고 차가운 대저택에서 보낸 몬세의 첫 몇 달은 그녀가 겪어야 했던 가장 힘든 시간이었다.

어머니는 말했다. 꿔다놓은 가구가 된 느낌이었어, 루이 15세의 살롱에 갖다놓은 절름발이 의자 같았지. 쥐구멍에라도 들어앉을 수 있었다면 그랬을 거다. 알겠지만, 아주 간단하잖니. 화장실에 있을 때만 편안했어.

몬세는 자신이 불협화음을 낸다고, 튄다고, 그 둘 다라고 느꼈다. 그리고 아주 불행했다. 가난한 농부들의 간소한 삶에서 중간 단계 없이 전혀 아는 바 없는 격식으로 가득한 부르주아의 삶으로 옮겨온 그녀는 천박해 보이지 않으려면 즉흥적인 모든 행동을 억누르는 게 좋다고 생각했고, 적게 먹으려고 자제했다. 그래야 고상하다고 생각한 것이다. 케이크 한 쪽 먹겠니? 아주 조금만 주세요. 먹고 움직이고 웃고 말하는 방식, 이력서보다 훨씬 더 확실하게 출신을 드러내주는 이 모든 것에서 천박하고 둔하고 볼품없어 보일까 두려운 나머지, 순진하게도 고양이를 고양이라 부르지 않는 것이 고상한 취향이라 생각하고 빙빙 돌려 말하려 애쓰느라 몬세는 더이상 몬세가 아니었다.

그녀는 전혀 뜻밖에도 그녀에게 의례적인 정중함을 보이는 부르고스 집안 사람들의 반응에 항상 촉각을 곤두세우고, 자로 잰 듯 정확하게 역할이 나뉜 것처럼 보이는 가족 일원들에게 "불편을 야기할까봐", 그리고 그들의 권한과 서로의 자리를 착각해 실수를 저지를까 늘 노심초사했다.

그녀는 자기 자리에, 아니 자기 자리라고 생각한 곳에 머무르려 애썼고, 사람들이 자신에게 기대할 것 같은 겸손한 행동을 하려고 애썼다. 겸손하게 집안일을 하고(혁명은 하녀라는 공식적인 직업을 없애고 훨씬 더 값싼 아내라는 지위로 그 자리를 대체했다), 겸손하게 바닥을 쓸고, 겸손하게 식탁을 치우고, 겸손하게 그릇을 정돈하고, 다양한 주방도구들이 정해진 자리에 놓여 있지 않으면 어쩌나 불안해했다. 하나라도 잘못 놓았다간 다른 것들과의 관계를 흐트러뜨려놓아 집의 영혼 전체를 어지럽힐 위험이 있었다. 도냐 푸라가 자리 잡아둔 살림살이의 질서는 그녀 영혼의 충실한 반영이요, 성취였다.

몬세가 도망갈 계획을 세우거나 허공에 몸을 던질 생각을 하며 몇 달 전에 동원했던 용기는 단숨에 고갈되고 말았다.

그녀는 금세 기운이 소진되었다. **걸레 같았지. 물걸레.**

1936년 12월 베르나노스는 다음의 사실을 알게 되었고, 그
것에 대해 《달빛 아래의 대 공동묘지》에서 이야기했다. 마요르
카 섬의 한 작은 마을의 공화파 시장은 자기 집 근처 저수지에
은신처를 만들어두고, 보복이 두려워 조금만 발소리가 나도 그
곳에 가 숨었다. 어느 날 애국자들의 고발로 숙청대가 그 사실
을 알게 되어 떨고 있는 그를 은신처에서 끌어냈고, 묘지로 데
려가 배에 총을 쏘아 죽였다. 그 성가신 작자의 숨이 빨리 끊어
지지 않자 살짝 술에 취한 형리들은 독주 한 병을 들고 와 병
주둥이를 그의 입에 쑤셔넣어 비웠고, 빈 병은 그의 머리를 후
려쳐 깨뜨렸다.

얼마 후 베르나노스는 고백했다. 내 심장은 부서졌다. 그것은
사람들이 내게서 부서뜨릴 수 있는 전부였다.

어떻게 견디지? 어떻게 살아가지? 부르고스의 차가운 저택
속에서 몬세는 줄곧 생각했다.

사실을 말하자면 몬세는 잘 지내지 못했다.

그녀는 돈 하이메와의 첫 접촉(그리고 그의 짧은 문장)에 대
한 기억을 머리에서 떨쳐낼 수가 없었다. 적어도 그가 썩 상냥

하지는 않았다는 건 사실이다.

이제 돈 하이메는 그녀에게 상냥하고 정중한 어조로 말했고, 그녀가 그에게 건네는 몇 마디에 조심스럽게 대답했다. 그가 모든 사람과의 관계에 적용하는 거리를, 자기 자신과의 사이에조차 적용하는 거리를 그녀와 자기 사이에 적용하면서(그녀는 돈 하이메가 그저 타고난 조심성 때문에 그녀에게 호감을 표현하지 못한다는 사실을 한참 나중에야 알게 되었다. 그는 가까운 사람들에게 자신의 호감과 사랑스러운 덕목들을 드러내는 걸 자제했다).

그의 앞에서 그녀는 바보가 되는 것만 같았다.

그는 그녀를 주눅 들게 했다. 마을의 모든 사람들을 주눅 들게 했듯이.

마을 사람들은 그를 특이하고 변덕스럽고 괴상한 사람으로 여겼다. 그러나 사실 그들은 그의 그런 면을 좋아했다. 그들은 그의 기행을 귀족의 변덕이라 여기고 재미있어하며 너그러이 받아들였다. 그의 신사 복장과(그는 당시 크게 유행하던 '작업복' 유행을 따르지 않았다) 가죽장갑, JBO라는 머리글자가 양가죽에 새겨진 검은색 펠트 모자, 책을 좋아하는 이해할 수 없는 취향(사람들 말로는 그가 책을 7000권도 넘게 소유하고 있다고 했지! 그런데 그 모든 걸 머릿속 어디다 집어넣는단 말이냐?), 그리고 엄청난 지식까지(사람들 말로는 그가 3개 언어를,

카탈루냐어까지 4개 언어를 말한다고 했어! 십여 가지 행성 이름도 알고, 무식한 사람들에게 시슈 콩을 가리키는 라틴어 치체르 아리에티눔도 알려주곤 했지).

쾌활하고 거침없고 세련되고 보기보다 덜 부자이고, 자기 아내를 포함해 모두에게 조금은 의례적으로 정중한 태도를 보이고, 누이 도냐 푸라가 광신적으로 빠져 있는 종교와 관계된 일은 소홀히 하고, 언제나 한결같은 기분에, 근심을 안겨주는 아들과 관계된 일만 빼고는 쾌활한 편인 그는 모든 마을 사람들을 상냥하게 대했고, 기회가 되면 그들과 농담을 주고받았으며, 올리브나 개암 농사에 대해 묻고 한 명 한 명에게 격려의 말을 건넸으며, 자신을 위해 일하는 모든 농민들의 자식들의 이름과 나이를 알았다. 농민들은 돈 하이메가 교육을 받아 그런 거라고 말했지만 그는 그렇게 생각지 않았다. 그는 순박한 사람이었다.

전쟁이 막 발발했을 때부터 그는 누이 도냐 푸라를 대할 때면, 짓궂은 장난을 치는 십대 아이들을 용서하려고 애쓸 때처럼 참을성 있는 너그러운 어조로 말했다. 그러나 이따금 웃고 싶은 기분이 들 때면 빈정거리는 투로 말했다. 누이 말이 빨갱이들 귀에 들어가면 그들이 누이를 강간하거나 그도 아니면 엉덩이를 뻥 차버릴 겁니다. 그러면 도냐 푸라는 화가 머리끝까지 나서 한 마디 말도 없이 억누른 분노로 떨리는 등을 돌려 가버리거나 경멸조로 어깨를 으쓱했다. 그날 아침 자신이 신문에서 읽은 정보를 굳게 믿은 채. 지붕에 나치 철십자가를 단 장갑차 뉘른베르크가 팔마 항구로 들어왔다는 그 정보는 그녀의 사기를 돋우는 정말 멋진 소식이었다.

영지 관리에 관해서라면 돈 하이메는 맹목적으로 관리인 리카르도에게 일임했다. 리카르도를 디에고는 종이라고 불렀다. 청소년일 때 고용된 이 관리인은 피골이 상접한 얼굴에 눈동자가 불안한 젊은이로, 돈 하이메에게 존경심 가득한 충성을 보였다(극단적인 비굴함이지, 디에고는 말했다). 똑같은 사랑과 똑같은 자부심을 갖고 마치 자기 밭이라도 되는 듯이 주인의 밭을 돌보고, 주인의 모든 요구에 싫은 기색 하나 비치지 않고 복종했으며, 주인의 배려에 내심 우쭐해했다. 게다가 청년은 주인의 누이에게도 헌신적이어서, 도냐 푸라의 안락함을 위해 일요일 미사 시간 동안 그녀가 발을 올려놓는 작은 나무의자를 들고 따라다녔다. 어원학적 의미로 굴욕적인humilitante 역할이어서(흙humus까지, 땅까지 자신을 낮춰야 한다는 말이지) 호세와 후안으로부터 무자비한 경멸을 받았고, '엘 페리토(강아지)'라는 진부한 별명까지 얻었다.

돈 하이메는 똑똑한 사람이었어, 어머니가 내게 말했다.

그는 도서관에 틀어박혀 몇 시간이고 보내곤 했는데, 오로지 혼자만의 즐거움을 위해 독서에 몰두하는 사람을 주변에서 본

적 없는 몬세의 눈에 그의 모습은 후광을 두른 듯 위엄 있어 보였고, 그런 그 앞에서 그녀는 꼼짝도 하지 못했다.

그는 정통 카스티야어로, 다시 말해 완벽한 순수 혈통의 언어로 말했다. 이따금 대단히 음악적인 욕설을 곁들이기는 했지만. 그리고 몬세는 그가 하는 자연스럽고 재치 넘치고 신랄한 말에서 자신을 그토록 주눅 들게 한 집 안 물건들에서 보이는 것과 똑같은 호사스러움을, 그리고 그의 정신의 탁월함에 대한 반박할 수 없는 증거를 발견했다. 그래서 그녀는 자신을 그의 수준으로 끌어올리려 노력하기 위해, 아니면 적어도 성실한 학생의 수준으로 끌어올리기 위해(그야말로 제 똥구멍보다 높이 방귀 뀔* 얘기지, 천박한 소리를 내뱉을 멋진 기회를 놓치지 않고 어머니가 한마디 했다) 서툴게 멋 부린 문장으로, 대단히 어색하고 대단히 낯간지러운 문장으로 그에게 말을 건넸다. 그리고 변소 대신 화장실이라 부르고, 죽는다는 말 대신에 하늘에 오른다고 말하고, 입 닥친다는 말 대신에 주님의 길을 따른다고 말하는 등 미묘한 가톨릭 식 완곡어법을 쓰는 마리아 카르멘 수녀 선생처럼 내숭 떠는 말투로 말했다.

몬세는 도냐 푸라가 있는 자리에서는 더더욱 편치 않았다.

* 제힘에 부치는 일을 한다는 의미.

도냐 푸라는 예의범절에 대해 그녀가 잘못 알고 있을 때마다, 다시 말해 항상, 일그러진 미소를 지어 보였다. 어느 날 내 어머니가 〈에스파냐 행동〉의 특별호로 낡은 신발 한 짝을 쌌을 때 (어머니 : **똥이나 닦을 신문이었지**), 그 신문을 성스럽게 여기는 도냐 푸라는 자기 동생에게 이렇게 논평했다. 가련한 저 아이는 가치에 대한 감각이 없어! 출신이 그러니 어쩌겠어!

도냐 푸라가 더없이 기독교적이면서 어떤 폭력보다 폭력적인 우아함으로, 얘야 네 집처럼 편하게 지내거라, 라고 거듭 말했음에도 몬세는 그녀 곁에서 결코 제 집에 있는 것 같지 않아 줄곧 다른 곳으로 가고 싶은 마음뿐이었다. 그러나 다른 곳 어디로? 이곳은 추웠다. 다른 곳은 생각할 수도 없었다. 나는 발이 틀에 끼어 있었지, 어머니가 내게 말했다. 틀에요? 내가 말했다. 그래 틀에, 어머니가 말했다.

그러나 도냐 푸라에게도 미덕은 있었다. 그녀는 자기 집에 그 가련하고 촌스럽고 돈 한 푼 없는 여자아이를 받아들였다. 마늘에 문지른 빵을 먹고! 쓰고 난 칼을 혀로 핥고! 브리지게임조차 할 줄 모르고! 개암을 깨고 양젖 짜는 일 말곤 아무것도 할 줄 모르고! 작업복 차림의 상스러운 패거리를 이끌고 일종의 현대적 적敵그리스도를 표방하는 오빠를 둔 여자아이를! **이나라 꼴이 가련도 하지!**

도냐 푸라는 편두통에도 불구하고 일부러 시간을 내어 그녀와 수다를 떨기까지 했다. 물론 그 어린 것은 멍청한 소리 말고는 대화거리가 없었다. 그러나 도냐 푸라는 자비를 베푼다는 마음으로 시간낭비 따위 신경 쓰지 않았다. 그녀는 그리스도의 사랑으로 모든 희생을 감내할 준비가 되어 있었다. 어쨌든 이 가련한 촌뜨기와 그녀의 조카를 결합시킨 법률혼은 그다지 중요하지 않으며, 틀림없이 멀지 않을 그들의 이혼 날까지 이 여자아이의 존재로 괴로워할 건 없다는 생각으로 그녀는 기운을 추슬렀다.

그러다가 서서히, 어떤 몽상적인 마음의 신비스러운 작용 때문인지 모르겠지만, 도냐 푸라는 디에고와 이 가난한 여자아이의 천리에 어긋나는 관계에 열중하게 되었다. 그녀는 사랑이 사회적 장벽을 비웃는 소설, 소설이라고 불리는 소설, 기분 전환이 되고 시원하게 전개되고 게다가 교육적이기까지 한 소설, 그녀가 눈물을 글썽이게 할 만큼 덤불 같은 그녀의 마음속에서 길을 찾을 줄 아는 소설, 매일 밤 잠들기 전 신약성서와 〈에스파냐 행동〉과 번갈아 읽던 소설 《아름다운 바람둥이 여인》에서 본 감정의 우여곡절을 둘의 관계에서 발견한 것 같았다. 그때부터 그녀는 세련되지 못하고 투박하지만 선량한 이 여자아이에게 적선하는 걸 임무로 여기게 되었다. 그녀에게 중요한 예의범절을, 혹은 적어도 정확한 예의범절과 훌륭한 교육의 기초를 가르치려 한 것이다. 적어도 두 단계 아래인 그녀 남편의 수준까지는 올려놓고자 했다.

　그러나 이때부터 그녀 정신의 일부를 사로잡은 이 고귀한 임무도 낙담한 그녀의 육신을 공격해오는 숱한 통증을 무력화하지는 못했다. 그래서 몬세가 진정한 호감을 느끼진 못해도 배려를 보여야 할 사람을 대하는 어조로 그날의 몸 상태에 대해 물었을 때, 몸이 불편한 도냐 푸라는 뇌를 짓이기는 편두통을 가라앉히기 위해 초산을 적신 손수건을 이마에 댄 채 다 죽어가는 얼굴에 잔뜩 암시를 실어 끔찍하게 부드러운 어조로 대답했다. 아무 말도 안 하는 편이 낫겠다고.

　그렇게 그녀는 자신이 느끼는 통증의 강도와 주변을 불편하게 하지 않으려는 주의 깊은 배려를 동시에 넌지시 알렸다. 그러나 자신이 말없이 고통받고 있다는 사실을 아무도 잊지 않도록 간간이 저 깊은 곳에서 올라오는 듯한 한숨을 내쉬었고, 보란 듯이 강장제 병을 열어 한 숟가락을 따라 오만상을 찌푸리며 삼켰다.

　몬세는 요구되는 대로 동정 어린 표정을 지어 보이는 것이 적절하리라 판단하면서도 속으로는 이렇게 외쳤다. 닥쳐, 닥치지 않으면 묵사발을 만들어버릴 거야!

　내 부탁 좀 들어주겠니? 어머니가 불쑥 내게 말했다. 냉장고에 넣어둔 기침약 좀 치워주겠니? 그것만 보면 도냐 푸라가 떠올라 불쾌해.

부르고스가에서 살기 시작한 초기에 몬세는 시어머니인 도냐 솔 곁에서 어느 정도 위안을 얻곤 했다. 그녀에게서 기대하지 않았던 동맹을 발견하고 몬세는 기뻐했다. 도냐 솔은 갖고 싶었던 아이를 얻은 것처럼 금세 그녀를 아끼기 시작했다.

도냐 솔은 옛날 표현대로 자기 배 속에서 나온 아이를 미칠 듯이 바랐었다. 그래서 성모에게 기도했고, 수십 개의 초를 태웠다. 여덟 종류의 탕약도 들이켰다. 토끼 고기를 먹는 식이요법도 따랐다. 목에 스카풀라*도 여러 겹 둘러보았다. 도시의 의사들과 마을의 산파도 만나보았다. 그러나 그 모든 것이 아무 결과도 낳지 못했다. 옛날에 아이를 낳지 못하는 여자들이 겪었던 수치와 슬픔이 어땠는지 넌 상상도 못할 거다, 어머니가 말했다.

도냐 솔은 디에고가 옴으로써, 부부의 침상에서 가장 소중한 열매를 앗아가버린 그 끔찍한 오점으로 고통스러워하는 자신이 위로받으리라 생각했다. 그러나 어떤 면에서 디에고는 그 오점을 더욱 끔찍한 것으로 만들었다.

---

* 라틴어 scapula는 어깨를 의미하며, 수도사들이 어깨에 걸치는 띠를 가리킨다. 스카풀라는 가톨릭교회에서 성사聖事의 의미를 가지는데, 영국 카르멜 수도회 총장 성 시몬 스톡에게 발현한 성모 마리아가 손에 들고 있던 갈색 스카풀라는 이후 일종의 부적과 같이 그것을 지닌 이를 보호해주고 천국에 이르게 할 것이라는 의미를 띠게 되었다.

따라서 젊고 아름답고 아침 햇살처럼 싱그러운 몬세가 이 집에 도착했을 때, 모성애를 박탈당한 도냐 솔은 마음으로 낳은 딸이 생긴 것 같아 그녀에게 애정을 넘치도록 쏟았다.

더 정확히 말하자면 애정을 홍수처럼 쏟아부었다.

그녀가 몬세에게 이런저런 방식으로 애정을 드러내지 않는 날은 없었다. 직접 만데카도 과자를 만들어주고, 숟가락을 꽂으면 설 정도로 진한 초콜릿 음료를 간식으로 만들어주고, 갈망하는 눈빛으로 그녀가 함께 있어주길 구걸하고, 그녀가 일하는 소리가 들리면 바로 부엌으로 달려오고, 쓸데없는 질문으로 그녀를 거실에 붙들어두고, 표현하지도 않은 욕구들을 짐작해 서둘러 그것들을 채워주고, 결핍의 시간을 만회하기 위해 과도하게 애정을 쏟고, 최신 유행의 뾰족구두니 반짝이는 목걸이니 여자들이 착용하는 온갖 장신구들을 안겨주고(몬세는 그것들을 장 속 깊이 던져두고 꺼내지 않았다), 질투 어린 관심으로 그녀의 미세한 감정 변화를 지켜보고, 그녀의 찬사를 갈구하고, 그녀의 조심스러운 태도를 일종의 거부로 받아들이고 불만을 품기도 했다…. 도냐 솔은 스무 해가 넘도록 고통스레 억눌렀다가 이제야 터져나오는 모성애의 폭발에 몸을 내맡긴 것이다.

그리고 몬세는 한동안 기뻐했지만 결국엔 숨이 막혔다. 그 다정한 말, 폭풍처럼 쏟는 그 헌신, 불안한 열정으로 떠안기는 그 모든 선물은 그만큼의 굶주린 사랑의 요구였고 그만큼의 말

없는 애원이어서, 그녀는 거기서 아무런 기쁨을 느낄 수가 없었다. 심지어 그것들은 그녀를 불안에 빠뜨렸다. 바라지도 않은 그 선물들을 받을 때 그녀는 고마워요, 정말 친절하세요, 라고 말하면서 청구된 미소를 지어 보여야 한다는 의무감에 시달렸고, 자신이 느끼지 않는 기쁨을 가장하기가 힘들었다.

정말이지 나는 그분을 속일 수가 없었어, 어머니가 내게 말했다. 슬퍼하는 어머니를 기쁘게 해줄 필요가 있다고 느낄 때 아이들이 어머니에게 그러듯, 그분이 만든 케이크가 세상에서 최고로 맛있다고, 그런 기분 좋은 고백을 나는 해줄 수가 없었지.

몬세는 나약하고 욕구불만으로 피폐해지고 상처입고 아마도 절망했을 이 여자에 대한 연민을, 너그러움을 마음에서 되살리려 애썼다. 그러나 그 시절 내 마음은 도냐 푸라의 음부처럼 메말라 있었지. 이런 농담을 용서하렴, 어머니가 말했다.

때로는 지쳐서 연기를 하기도 했다.

또 어떤 때는 더 참지 못하고 그녀를 냉대했다.

어느 날, 슬픈 얼굴을 하고 있는 몬세를 보고 도냐 솔이 위로를 한답시고 말로 다할 수 없고 헤아릴 수 없는 모성의 행복을 느끼며 달려들었을 때 그녀는 더없이 차가운 어조로 대답했다. 하이에나도 제 새끼를 낳고는 잡아먹지 않아요. 이 말에 도냐 솔은 울음을 터뜨렸다. 내 어머니는 이 상황을 완벽하게 기억했고, 문득 슬픔을 이용해 애정의 부스러기를 조금이라도 건져보려 한 여자에게 자신이 너무 가혹했음을 느꼈다. **아냐! 아냐! 아니라고!**

제 이야기가 아닌 남 이야기에 휘말리길 거부하는 한편, 어쩔 수 없이 멀어지고 싶다는 생각을 자꾸만 불러일으키는 이 여자 앞에서 거짓 애정을 꾸며낼 순 없었지만 그래도 몬세는 상처를 주지 않으려 조심했다. 그러자면 계산된 거리와 친절을 지혜롭게 조절할 필요가 있었다. 그러나 그녀가 고심하는 내적 타협은 종종 거짓말 이외의 다른 해결책을 찾지 못했다. 그러면 그녀는 상황에 맞는 표정을 짓고 적절한 핑계를 댔다. 급히 로시타 언니를 만나러 가야 한다든지, 아니면 아픈 어머니를 긴급히 찾아뵈어야 한다든지. 그렇게 말하고 그녀는 마치 쫓기기라도 하듯 시골길을 최대한 빨리 걸어 도망쳤다. 실제로 그녀는 죄책감에 쫓겼고, 양심의 가책에 쫓겼고, 제 손으로 자기 우리를 세웠다는 감정에 쫓겼고, 그녀에게 이렇게 말하는 목소리에 쫓겼다. **이건 사는 게 아니야, 이건 사는 게 아니야, 이건 사는 게 아니야.**

또 어떤 때는 갑자기 두통이 생겼다는 핑계를 대고, **정말 미안합니다만,** 커피를 마시고 난 뒤 두 사람의 오후 시간을 채우는 수다에서 면제받고 부부 침실로 물러났다. 그곳은 그녀에게 일종의 감압실이었다. 커다란 마호가니 침대 위에 누워 그녀는 몇 시간이고 생각에 잠겼다. 머릿속을 바람처럼 스쳐가는 흐릿한 상념, 순간적인 이미지, 흩어지는 조각, 아무 흔적도 남기지 않고 흩어지는 단편들을 생각이라고 부를 수 있다면 말이다. 말로 다할 수 없이 마음이 답답한 그녀는 보랏빛 햇살이 올리브 밭 위로 내려앉는 걸 바라보거나, 창문에 머리를 박는(**나처럼 말이다**, 어머니가 말했다) 길 잃은 파리의(**나처럼 말이다**, 어머니가 말했다) 비행을 눈으로 좇았다.

이따금 그녀는 슬픈 이야기를 지어냈다. 어머니가 계단에서 넘어져 죽는다거나 오빠가 자동차에 치여 죽는 상상이었다. 마을 도로엔 단 두 대의 자동차, 돈 하이메의 이스파노 수이자와 후안 아버지 소유의 작은 고물 트럭밖에 돌아다니지 않으니 가능성은 희박했지만. 그리고 그녀는 묵념에 잠긴 상복 차림의 행렬 사이에서 울면서 운구차를 따르는 자기 모습을 상상했다. 또 어떤 때는 외로운 아이들이 하듯 혼잣말을 하곤 했는데, 거실에서 무슨 소리가 들리면 얼른 입을 다물었고 그제야 자신이 혼잣말을 하고 있었다는 걸 알아차렸다.

아니면 그녀는 이런 일에 몰두했는데, 덜 중요한 순서대로 적어보면 이렇다.

―태어날 아들을 위해 하늘색 양말을 안뜨기로 뜨개질하기.

―직업가수가 되는 몽상 같은 꿈꾸기. 마을에서 멀리 달아나 그녀가 좋아하는 가수 후아니토 발데라마와 만나는 시나리오

구상. 들리는 말로 공화군에 지원했다는 이 가수와의 만남을 가로막는 숱한 장애들.

—7월에 오빠에게 받아 방 장롱 속 시트 사이에 숨겨둔 바쿠닌의 책 읽기. 둘도 채 세기 전에 그녀를 잠들게 하는 힘을 가진 독서였다.

—어머니를 방문하는 일. 어머니는 아이 기저귀 가는 방법에 대해 듣기 거북한 조언들을 해주었다. 똥 색깔과 점도를 살피고 나서 엉덩이를 씻기고 닦은 뒤 크림을 바르고 분도 발라주라면서, 그 밖의 역겨운 일들도 설명했다.

—또 한 가지 짜증나는 일인 성생활에 관해 로시타 언니에게 털어놓기. 이게 정상이야? 자극제 같은 것 없을까? 좋은 척 거짓으로 신음 소리라도 내야 할까? 이 말에 로시타는 대답했다. 장 가뱅이라고(〈반데라La Bandera〉을 본 뒤로 두 사람의 이상형이 된 배우) 상상해, 아니면 그냥 손으로 해주든지.

—마루카의 식료품 가게로 찾아가 우유부단해서 사람을 답답하게 만드는 마누엘 아사냐 공화국 대통령에 대한 갑갑한 마음 털어놓기. 대체 부자들이 내야 마땅한 세금을 거두지 않고 뭘 기다리는 거지?

—남매 간의 불화 말고 호세 오빠를 괴롭히는 것들에 관해 생각하기. 그의 저항은 어디서 비롯된 걸까? 그리고 그의 절망은? 그 원인이 그의 내면에 있을까, 아니면 외부에 있을까?

─그리고 그녀의 남편을 그렇게 극단적인 강박증에 사로잡히게 한 이유들에 관한 주제넘은 탐색. 그녀가 이해할 수 있다고 가정한들, 그런 병적 증세의 원인을 이해하기엔 많은 요소들이 부족하다는 걸 알면서도.

어느 날 어머니와 나는 텔레비전에서 테니스 선수 나달이 페더러와 게임하는 걸 보았는데, 나달이 줄곧 바지를 잡아당기는 걸 보더니 어머니가 웃으면서 디에고의 온갖 기행과 그의 끈질긴 기벽들, 괴로운 틱장애들, 기이한 욕망들을 나열하기 시작했다. 그의 기이한 욕망 가운데 으뜸은 청결 욕망으로, 모든 점에서 독재적인 이 욕망 때문에 그는 하루에 스물다섯 번이나 손을 씻었고, 먼지가 한 톨이라도 있는지 보려고 책상 위를 손가락으로 훑었고, 매일 아침 셔츠를 갈아입었고(그 시절에 이 증세는 정신장애에 속했다), 매일 저녁 발을 씻었다. 발을 일주일에 한 번 씻는 것이, 심지어 한 달에 한 번 씻는 것이 명문화된 규정처럼 되어 있고, 물이라는 원소를 싫어하는 것이 남성성의 부인할 수 없는 기호로 간주되어 발 고린내를 풍겨야 진짜 사내로 여겨지던 시절이었다.

청결만큼이나 정돈에도 까다로운 그는 자기 전에 바지를 벗어 편집광적으로 세심하게 두 가랑이의 길이를 완벽하게 맞춘 뒤 완벽하게 둘로 접어 의자 위에 단정하게 놓았다(몬세는 이런 행동에 짜증이 나서 무언의 저항인 양 아무 데나 옷을 집어 던졌다). 그리고 그는 자기 물건을 정리할 때와 마찬가지로 엄격하게 자기 감정도 통제했는데, 놀라운 인내력을 발휘해 이를테면 몇 달 전부터 입술이 달싹일 정도로 몬세에게 던지고 싶은 질문을 참았다. 한시도 머릿속을 떠나지 않아 문자 그대로 그를 갉아먹는 그 질문은 이것이었다(한참 후에야 그는 그녀에게 털어놓았다). 아이를 갖게 한 남자를 아직도 사랑해?

디에고의 그 모든 강박증, 질서를 좇는 기질, 위생에 대한 광적인 강박, 정신적·육체적 변비, 화장실에 오래 머무는 습관 때문에 그녀가 그에게 느꼈던 조심스러움과 거리낌과 머뭇거림은(이 모든 말이 조금 과장 같긴 하구나, 어머니가 내게 말했다) 더욱 커졌다. 스스로를 설득하기 위해, 명예를 구해준 빚을 그에게 지고 있음을(그녀 어머니의 표현이었다), 다시 말해 영원히 그에게 고마워해야 한다는 사실을 거듭 상기했음에도 말이다.

그러나 그녀가 가능한 한 물리치려 애썼던 그 머뭇거림은 그 같은 노력에도 불구하고 더욱더 눈에 띄었는데, 그것은 놀랍게도 디에고가 대중과의 관계에서 차갑고 과묵한 만큼 그녀에겐 다정하고 사랑스런 태도를 보였기 때문이다(디에고는 말로 다할 수 없이 사랑하는 몬세가 곁에 있어 행복했고, 그녀가 자기에게 삶을 맡겼다는 생각에 자부심을 느꼈다).

종종 그는 그녀의 길을 가로막고 다정하게 손목을 잡아 멈춰 세우고는 붉은 수염으로 뒤덮인 뺨을 내밀어 **뽀뽀**를 요구했다. **통행료를 내야 보내줄 거야.** 그러면 몬세는 어떤 급한 집안일을 핑계대고 그의 포옹에서 빠져나가곤 했다.

그러고 나면 몬세는 죄책감을 느꼈다. 그녀를 불명예에서 구해준, 어쩌면 목숨을 구해준 것인지도 모르는 남편이 바라는 대로 그를 사랑하지 않는 데 대한 죄책감, 그녀의 어머니와 이모가 그렇게 떠들어대던 역할에 자신이 적합하지 못하다는 데 대한 죄책감, 이제 겨우 열여섯 살이었지만 다른 남자를 사랑하기에는 너무 지치고 너무 나이가 든 것 같다는 데 대한 죄책감이었다.

그래서 그녀는 속으로 중얼거렸다. **이건 사는 게 아니야, 이건 사는 게 아니야, 이건 사는 게 아니야.**

팔마에 있는 베르나노스에게도 그건 사는 게 아니었다. 《달빛 아래의 대 공동묘지》를 읽으면서 나는 그렇게 상상하고 짐작한다.

1937년 3월, 그는 팔마를 떠나 가족과 함께 프랑스행 배를 타기로 결심했다. 에스파냐 땅에선 추악한 일이 너무 많이 저질러졌고, 너무 많은 범죄로 공기에서 악취가 진동했다.

그는 추악함의 바닥에 닿았다고 생각했다.

그는 팔마 대주교가 이탈리아제 기관총 위로 거룩한 손을 추잡하게 흔드는 걸 보았다. 내가 정말 봤던가, 아니었던가? 그는 썼다.

그는 "죽음 만세"를 외치는 소리를 수없이 들었다.

그는 "그 섬의 패인 길들에 생각이 불온한 이들의 주검이 널린 걸 수시로 보았다. 노동자, 농민, 부르주아, 약사, 공증인들이었다".

그는 학살자들의 편에 섰던 것으로 생각했던 어떤 이가 눈물이 그렁그렁해서 그에게 고백하는 소리를 들었다. 이건 너무합니다. 더는 못하겠어요. 이게 저들이 저지른 짓입니다, 라며 끔찍한 살인을 묘사하는 고백이었다. 그리고 프랑코 파들의 폭정 앞에서 철저히 입 다물었던, 추악할 정도로 비겁한 어떤 신문을 읽은 적도 있었다. 그는 말했다. 짐승들의 잔혹함보다 천 배 더 지독한 것이 있다. 그것은 비겁한 자들의 잔혹함이다.

그는 "열광과 눈물을 가득 머금은 눈으로" 숙청자들을 향해 고결한 찬양의 말을 부르짖는 폴 클로델*의 시를 읽었다. 셰익스피어라면 그런 클로델을 대놓고 개자식이라 불렀을 것이다.

그는 선량한 사람들이 증오를 향해 돌아서는 걸 보았다. 그

---

* Paul Claudel(1868~1955), 프랑스의 외교관이자 시인이자 극작가. 에스파냐 내전에서 국민 진영을 지지했다.

들에게는 다른 이들보다, 자신들과 마찬가지로 비참한 처지에 놓인 사람들보다 자신이 우월하다고 생각할 기회가 주어졌다. 그리고 그는 우리의 현재에도 적용이 가능할 정도로 바로 오늘 아침에 쓴 듯한 이런 글을 썼다. "내가 저들(선량한 사람들)에게 해줄 수 있는 최고의 봉사는 오늘날 파렴치하게도 그들의 두려움을 악용하는 얼간이들이나 너절한 놈들을 조심하라고 경계시키는 일일 것이다."

오랫동안 그는 버티려고 애썼다. 그건 허세도 아니었고, 희망을 품어서도 아니었다. 오히려 그가 새파란 두려움과 불안을 공유하던 팔마 주민들과의 깊은 연대감 때문이었다.

그러나 그는 3월에 인간적으로 받을 수 있는 고통의 한계에 도달했다.

그래서 베르나노스는 불길한 예감을 품은 채 프랑스로 떠났다. 그가 팔마에서 무력하게 목도한 공포는 앞으로 닥칠 다른 공포들의 전조에 불과했는지도 모른다. 틀림없이 그럴 것이었다. 그래서 그는 이렇게 썼다. "우리 프랑스도 언젠가는 주교단의 축복을 받은 에스파냐 숙청을 모델로 숙청을 감행할 수 있으리라는 말을 거듭 반복하지 않을 수 없다. (…) 예하들은 내 귀에 대고 속삭인다. 걱정하지 마십시오, 일단 일이 시작되면 우리는 눈을 감을 테니. 하지만 내가 바라는 건 당신들이 눈을 감지 않는 겁니다, 예하."

여전히 빠져나갈 구멍을 찾을 수 있으리라는 희망을 품고 사실들을 확인하기보다는 바람의 방향을 바꾸고 싶어 했던 낙관주의자들, 베르나노스의 말대로라면 인간에 대한, 그리고 인간이 감내하는 불행에 대한 연민을 떨어버리고 세상을 장밋빛으로 보려 애쓰던 낙관주의자들에게 야유받을 각오를 하고 베르나노스는 다가오는 악惡을 명명했다.

그는 다가오는 악을 명명했고, 그 대가를 비싸게 치렀다. 그러나 우리가 알다시피 미래는 그의 손을 들어줄 것이다. 왜냐하면 삼 년 뒤, 유럽에서 다른 모든 공포를 능가하는 공포가 맹위를 떨치게 될 것이기 때문이다.

그러기 전, 자유롭지 못한 세상에서 자유로이 말한 그의 머리에는 프랑코가 내건 현상금이 붙었다(그는 두 번의 테러 기도에서 간신히 빠져나왔다). 그리고 프랑스에서 〈세트〉지에 실린 그의 마지막 에스파냐 전쟁 기사는 도미니크 수도회로부터 공산주의 이념을 전파한다는 비난을 받고 삭제되었다.

동시에, 에스파냐 공화국을 위해 바로 뛰어든 앙드레 지드 역시 《소련 기행》(1936년 출간)에서 소련 체제를 비판했다는 이유로 배반자라고 비난받았다는 사실도 특기할 만하다. 결국 모든 맹신은 서로 닮아 우열을 가릴 수가 없다.

에스파냐에서도 공산주의자들의 방식에 이의를 제기한 사람들에게는, 그저 입만 벙긋했을지라도, 똑같은 비난이 가해졌다.

루이스 세르누다,* 레온 펠리페,** 옥타비오 파스***만 해도 그들의 탈선을 교정하려고 안달하는 러시아 경찰들에게 감시당하고 심문당하고 미행당했다.

베르나노스에게는 더러운 시간이었다.

어떤 종류의 것이건 종속을 경계하고, 이편 혹은 저편의 독선주의자들에게 복종하지 않고 자기 양심에 복종하는 사람들에게는 더러운 시간이었다.

몬세의 하늘이 조금 갰다. 그녀는 새 삶에서 약간의 색채를, 온기를, 평온을 찾기 시작했다. 두 마리 제비가 열린 곳간에 둥지를 틀었고, 그녀는 그것이 좋은 전조라도 되는 듯 기뻐했다. 봄이 그렇게 아름다웠던 적이 없었다.

어느 저녁, 술도 담배도 하지 않고 과식도 하는 법 없고 스파르타 식 절제를 지켜온 디에고가 불안한 걸음으로 위스키 냄새를 풍기며 돌아왔다. 침실에서 그는 몬세의 목에 붉은 팔을 다정하게 둘렀고, 그녀의 눈을 뚫어지게 바라보며 자신이 남편

---

* Luis Cernuda(1902~1963), 에스파냐의 시인. 에스파냐 전쟁 때 영국으로 건너가 그때부터 평생 망명생활을 했다.

** León Felipe Camino Galicia(1884~1968), 에스파냐의 반파시스트 시인.

*** Octavio Paz Lozano(1914~1998), 멕시코의 시인이자 외교관. 에스파냐 전쟁 때 반파시스트 작가회의에 참가했다.

인 게 기쁘냐고 물었다. 그녀는 한순간 모르겠다고 말하고 싶은 욕구가 들었다. 그러나 그렇게 진지하고 애원하다시피 하는 그를 보고 생각을 고쳤다.

괜찮아, 괜찮아요.

그는 그 말을 다시 듣고 싶은 욕구를 느꼈다. 정말?

괜찮아, 괜찮아요.

그러자 디에고는 그 이상 듣고 싶어 하지 않았다.

당신이 괜찮으면 나도 괜찮아.

내심 몬세는 자신이 확신을 갖고 있지 않은 감정을 탐색하려 들지 않는 그가 고마웠다.

차츰 그녀는 그에게 관대해졌고, 그를 더 사랑하리라 다짐했고, 자기 자신에게도 더 관대해지리라 다짐했다. 그녀는 기운을 소진시키는 슬픔을 오래도록 끌고 가는 천성이 아니었기에, 불행에는 전혀 소질이 없었고 불행을 드러내는 데는 더더욱 소질이 없었기에 곧 활력을 고스란히 되찾았고, 시간개념도 되찾았다. 눈부셨던 달 이후로, 그러니까 내 말은 1936년의 매혹적인 8월 이후로 잃었던 시간개념을 말이다. 그리고 그녀는 돈 하이메가 일 년 전에 겸손(선량함의 겁에 질린 형태일 뿐인)으로 혼동한 선량함(선의를 바보들의 덕목으로 깎아내리려는 사람들이 흔히 범하는 혼동이다)을 되찾았고, 그녀가 되찾은 선량함은 샤를 페기가 베르나르 라자르에 대해 썼듯이* 사정을 잘 아는 선량함, 다시 말해 아무것도 모르는 우둔한 사람들의 선량함도 아니고, 천사들의 선량함도 아니고, 정숙한 체하는 성녀들의 선량함도 아닌 각성한 선량함, 명민한 선량함, 인간의 어둠을 알고 그것을 뛰어넘는 선량함, 적어도 그것을 뛰어넘으려 애쓰는 선량함이었다.

따라서 1937년 봄에는, 전쟁은 여전히 끝나지 않았지만, 디에고와 그의 아버지 사이에 정기적으로 말다툼이 일어나긴 했어도 모든 것이 나아지는 듯했다.

디에고는 아버지에 대해 (유감 섞인) 존경심을 느끼면서도 애써 감췄고 돈 하이메 역시 언제나 아들에게 묵묵한 애정을 품고 있었지만, 두 남자 사이에 어떤 벽이 있었다는 사실은 짚고 넘어가야겠다.

두 사람은 오랜 세월 동안 서로 말을 나누기 불가능한 비장한 분위기에 갇혀 지냈고, 오래전부터 그걸 깨려고 노력하지 않아 하루 종일 세 마디 이상을 나누지 않았고, 아침인사와 저녁인사를 주고받는 버릇만큼이나 그들 사이에 굳건하게 자리잡아버린 몰이해 속에 빠져 있었다.

---

* 샤를 페기는 《우리들의 젊은 날Notre Jeunesse》에 유대인 드레퓌스를 최초로 옹호한 기자이자 아나키스트였던 베르나르 라자르에게 바치는 글을 쓴 바 있다.

그러나 전쟁이 발발한 뒤로 아버지와 아들 사이에 흔히 있게 마련인 그 몰이해는 폭력성을 띠게 되었다. 돈 하이메의 평온하고 무심한 성격에도 불구하고 두 남자 사이의 긴장은 불꽃이 튈 듯 격해졌고, 공격이 오갈 때가 잦았다. 몇 년 동안 그들이 겪어온 말없는 대립은 이제 걸핏하면 폭발했고, 아주 사소한 일조차 격렬한 논쟁을 불러일으켰다. 관리인을 믿어야 하나, 말아야 하나? 식사 후에 이쑤시개를 쓰는 게 맞는가, 아닌가? 에스파냐 민족의 날인 10월 12일을 기념해야 하나, 말아야 하나? 견해차의 진짜 이유가 다른 곳에 있으리라고 둘 다 직감하고는 있었지만 두 남자 사이의 갈등, 대치, 대립의 이유는 참으로 많았다.

식탁 위의 대화가 전쟁 영역으로, 전쟁을 이기기 위해 이끌어야 할 정책 영역으로 넘어가면(왜냐하면 그때는 전쟁이 모든 토론의 주된 주제였거든, 어머니가 내게 말했다), 남들이 자기 방식이 아닌 다른 방식의 일탈을 택할 수 있으리라 상상하지 못하는 디에고는 아버지가 정치적으로 이 세기에 등을 돌린 채 여전히 늙은 에스파냐라는 흙탕물에 발을 담그고 있다고 비난했다. 그는 아버지에게 거칠게 쏘아붙였다. 세상은 변했어요, 아버지 젊은 시절의 세상이 아니라고요. 이제 아버지의 농민들은 노예 취급당하는 걸 원치 않아요. 곧 아버지 같은 사람들을 영지에서 내쫓을 거라고요.

돈 하이메가 고개를 절레절레 젓고 그의 양모와 고모가 질겁한 표정을 지었지만, 디에고는 그들을 도발하는 데서 은근히 기쁨을 맛보았다.

아들의 말을 들으면서 돈 하이메는 자신이 늙고 있음을 서서히 의식했다. 정치에 관심을 쏟았던 스무 살 시절 찬양했던 이념들의 유효성을 이젠 전혀 자신할 수 없었다. 사회주의를 조금 아는 젊은 부르주아였던 그는 한마디로 고상한 휴머니즘을 주장했었다. 그 고상한 휴머니즘이란 민중의 억압과 분별없는 돈의 힘을 개탄하지만 그렇다고 돈을 포기하지는 않으며, 자신을 대신해 세상에 횡행하는 비참에 대해 심오하고 진지하게 개탄하는 수고는 지식인과 시인들에게 남겨두고, 자신이 누리는 특혜는 조금도 훼손하지 않는 이점을 지닌 휴머니즘이었다.

오늘날 그는 학생 때 신봉한 진보주의적 입장의 무력함과 누이 도냐 푸라가 구현하는 집안 전통의 무거운 짐, 그리고 스탈린이라는 작자가 주장하는 이론의 강경성과 거기서 야기되는 극악무도함 사이에서 선택을 거부하고 있었다. 그의 지성과 통찰력은 이 세 가지 입장과 충돌했다(절대자유주의 입장은 그 근처까지도 오지 못했다). 세 입장 모두 그에게는 속임수와 맹목을 뿌리는 것처럼 보였다. 심지어 그는 하나의 도그마에, 하나의 신조에, 하나의 체계에 가담하고, 그 도그마, 그 신조, 그 체계 이외의 다른 것을 고려하지 않는 것은 한 인간을 언젠가

범죄자로 만드는 최고의 수단이라고 생각했다. 그는 그렇게까지 생각했다. 그리고 이에 대해 디에고는, 전쟁이 각 개인에게 가담하기를 요구할 때 어느 편에도 서지 않는 것은 전형적으로 반동 진영에 선 것으로 간주될 뿐이라고 거듭 말했다. 그건 고급스러운 비겁함이고, 그저 회의주의라는 유리한 말로 옷을 입힌 포기일 뿐이라고 했다.

따라서 아들의 신랄한 비난(그가 털어놓지는 않았지만 충격받은), 몇몇 사람들의 허위 비방(그가 물질적 신념밖에 갖고 있지 않다는), 모두가 가하는 간접적인 압박(그가 이쪽인지 저쪽인지 명백하게 선언하도록 내모는)에도 불구하고, 돈 하이메는 마을에서 한쪽 진영을 정해서 택하지 않은 유일한 사람, 마음 졸이며 사람들의 광기와 시대의 광기를 지켜본 유일한 사람으로 남았다.

그의 처지 때문이기도 하고 그의 성격 때문이기도 한 이 거리 둔 입장은 아들을 격분시켰다. 그의 이런 입장 때문에 디에고는 험악한 말들을 쏟아냈다. 그리고 그 말들은 돈 하이메의 근사한 초연함을 풍비박산냈다.

내 어머니는 이 아버지와 아들이 어느 날 계란 프라이에 관한 하찮은 문제로 거의 주먹질까지 갈 뻔했다고 기억했다. 돈 하이메는 계란 흰자가 바삭하게 익도록 프라이팬에 기름을 듬뿍 둘러야 한다고 주장했고, 디에고는 화를 내며 전쟁이 앞으로 어떤 불확실한 상황을 초래할지 모르니 기름을 아껴야 한다고 주장하며 (아버지를 향해) 물론 당신이야 그딴 건 아랑곳하지 않겠지만, 하기야 당신 연금이 손에 들어오는 이상 아무것도 신경 안 쓰겠지만⋯ 그때 돈 하이메가 벌떡 의자에서 일어섰고, 디에고도 즉각 똑같이 했다. 두 사람은 서로 노려보며 마주 섰다. 두 마리 수탉처럼.

평소엔 그토록 침착하던 돈 하이메가 엄격한 얼굴로, 그리고 평소 그의 마음을 누그러뜨리는 것을 향해 지어 보이던 미소 띤 냉소 없는 얼굴로 말했다.

분명히 말하겠는데⋯

도냐 솔,

왜들 이래요, 자, 자⋯.

디에고는 아버지의 용납할 수 없는 태도에 대한 증인으로 삼기 위해 몬세를 향해 돌아서며 말했다.

도대체 진실만 말하면 화를 낸다니까.

그리고 몬세는 아무 말도 않고 아무 표현도 하지 않았지만, 마음속으론 망설임 없이 돈 하이메의 편에 섰다.

시간이 흐를수록 몬세는 아버지와 아들이 대립할 때 자신이 마음속으로 거의 언제나 돈 하이메의 편에 선다는 걸 깨달았다. 그녀와 돈 하이메 사이에는 은밀한 호감이 싹트기 시작했다. 어떤 면에서 가족 관계로 보호받으면서 두 사람은 서로에게 조금씩 자유를, 몬세가 자기 같은 처지의 사람은 시아버지에게 무관심이나 멸시밖에 불러일으키지 못하리라고 확신한 채 몇 달 전까지만 해도 결코 가능하리라 믿지 않았을 신뢰를 허용했다.

어느 날 거실에서 두 사람이 함께 커피를 마시고 있는데 돈 하이메가 몬세를 향해 돌아보더니 그녀의 팔 위에 손을, 부자들의 손이 그렇듯이 여자처럼 새하얀 손을 올리고는 물었다. 몬시타, 내 시가레토(작은 시가)에 불 좀 붙여줄 수 있겠니? 가벼운 손의 접촉에 덧붙여진 그 몬시타라는 호칭은 몬세에게 좋은 향기 같은 효과를 냈다(어머니 : 그게 무슨 상관인지 모르겠다만!). 이날부터 그는 그녀를 그 다정한 애칭으로만 불렀다. 그녀의 아버지도 오빠도 남편도 부끄러움 때문인지, 수줍음 때문인지, 아니면 나약한 사람으로 보일까 겁나서인지 한 번도 시도하지 않은 일이었다. 에스파냐 남자는 말이다, (어머니가 말했다) 여자의 영역에만 속하는 것처럼 보이는 다정한 말을 쓰면 우습다고 여기지. 얘야, 에스파냐 남자는 자기 남성성에 대해 대단히 삐죽한, 말하자면 대단히 돌출된 생각을 품고 있어서 자신이 정력 넘치고 그걸로 즐기고 있다고 떠벌이는 데 인생의 상당 부분을 보낸단다. 피곤한 일이지. 리디아, 에스파냐 남자는 절대로 피해야 한다. 내가 백 번도 더 얘기했지.

돈 하이메에 대해 몬세가 품고 있던 마지막 머뭇거림은 순식간에 녹아버렸다.

그리고 몬세는 그가 자신의 특성인 양 치장하는 초연함 뒤로 타인에 대한 애정이, 부드러움이, 디에고가 갈망하면서도 줄곧 거부해온 다정함이 감춰져 있으며, 그것이 이제 껍질 아래에서 모습을 드러내고 있음을 발견했다. 세월이 상처는 입혔지만 파괴하지 못한 다정함이었다.

몬세와 돈 하이메는 결코 서로에게 말하지 않았지만 각자 상대가 있을 때 행복을 느꼈다. 그들은 아직까지 누구를 위해서도 느껴보지 못한 상냥함과, 한 번도 느껴보지 못한 기분 좋은 공모 의식과, 사기를 북돋워주는 호의를 느꼈다.

몬세는 기업을 파괴하는 프롤레타리아 빨갱이 무리를 비난하는 도냐 푸라의 격한 연설을 예전보다 훨씬 잘 견뎠다. 게다가 무슨 속셈으로 그러는 줄 아느냐? 빈둥거릴 속셈이지! 암! 그리고 대단히 민감하고 가톨릭적인 그녀의 신체기관들이 야기하는 끈질긴 신음 소리도 훨씬 잘 견뎠다.

온갖 이유로 집을 비우고 친구 파브레가트와 함께 근처 마을에서 소다수를 섞은 베르무트 술을 마시며 저녁시간을 보내곤 했던 돈 하이메는 "그의 세 여자"와 함께 집에서 미친 사람처럼, 아이처럼, 해전 게임이나 시슈 콩이나 말린 강낭콩을 가지고 로토게임을 하는 데서 즐거움을 느끼게 되었다. 그리고 마음속으로 전쟁의 우여곡절과 아들의 인품 덕분에 며느리 몬세가 그에게 오게 된 것을 기뻐했다.

이 시기에 돈 하이메는 내심 다시 젊어진다고 느꼈고, 몬세는 내심 도냐 푸라의 말마따나 "승격된" 듯한 느낌을 받았다.

돈 하이메에게서 몬세는 정중한 배려가 인간관계를 부드럽게 해주며, 그것이 꼭 계집애들의 내숭 떠는 행동도(그녀의 아버지가 주장했듯이) 아니고, 부르주아의 위선적인 행동도(호세가 주장했듯이) 아니라는 걸 배웠다. 돈 하이메는 말하곤 했다. 전쟁이 우리를 야만인으로 바꿔놓아선 안 되지. 이 말에 역시나 그의 아들은 가난한 농민들을 착취하는 자들이야말로 야만인이라고 무뚝뚝하게 응수했고, 그러면 거실 분위기는 순식간에 먹구름으로 뒤덮였다.

그녀는 시아버지를 따라 정성들여 옷 입는 법을 배웠다(돈 하이메는 마을에서 우아하게 옷을 차려입는 유일한 남자였다. 왜냐하면 7월 사건 이후로 모두가 가난하게 차려입으려 애썼고, 계급의 적이라는 의심을 받지 않으려고 더러운 셔츠를 며칠이고 계속 입었기 때문이다. 빨갱이들은 그 정도로 좀스럽게 신경을 썼다). 그녀는 그녀 앞에서 누구도 써본 적 없는, 그녀의 머릿속 공간을 크게 넓혀주는 것 같은 느낌을 주는 축하하다, 쇠약해지다, 정도를 벗어나다 같은 고상한 단어들을 배웠다.

그리고 아름다운 것들에 대한 취향도 갖게 되었다. 탁자 위에 놓인 달리아 꽃다발, 완벽하게 대칭으로 정돈된 식기, 예술적으로 파슬리를 곁들여 내놓는 요리. 그것은 그녀가 평생 간직한 취향으로, 프랑스로 망명한 시절에는 저항의 방식이 되었다(향수鄕愁에 저항하고, 슬픔에 저항하고, 무엇보다 툴루즈의 미르 회사에서 건설노동자로 일자리를 찾은 디에고의 보잘것없는 임금이 몰아넣은 가난에 저항하는 방식이었다).

종종 몬세와 돈 하이메는 함께 웃음을 터뜨렸는데, 대개는 이유 없는 웃음이었고, 혹은 그저 그토록 서로 닮지 않은 그들이 서로 그렇게 가깝다고 느끼는 것이 기뻐서였다. 우리는 아주 잘 웃는 성격이었지, 어머니가 말했다. 그리고 어떤 철학적인 유사성도 있었어. 네 말마따나 쿨했지. 그는 높은 사람이었고, 나는 낮은 사람이었지만 말이다. 몬세와 돈 하이메는 둘 다 그들의 세계가 무너지는 걸 보았다. 그는 항구적인 것으로 여기도록 배웠던 세계, 양질의 사회주의로 살짝 먼지를 떨어낸 옛 전통의 세계가 무너지는 걸 보았고, 그녀는 열다섯 살 시절을 매혹했던 꿈과 몽상의 세계가 매일 오빠의 눈 속에서 해체되는 걸 보았다. 그러나 두 사람은 아무런 향수도 연민도 느끼지 않았고, 거의 언제나 가벼운 어조로 말했고, 폭발할 지경이던 가정의 비극들을 정치적 중립지대 쪽으로 이끌어(특히 음식 쪽으로 : 시슈 콩을 샐러드로 먹을까요, 아니면 삶아서 먹을까요?) 폭발물의 뇌관을 제거했고, 디에고의 엄격한 교리를 시들게 할 희망을 품고 다정하게 조롱했고, 도냐 솔의 더욱 엄격한 교리들 역시 조롱했지만 그것들이 시들 거라는 희망은 결코 품지 않았다. 의자에 대고 말하는 것이나 다름없었기 때문이다.

실로 오랜만에 처음으로 몬세와 돈 하이메는 마음에서 온기와 신뢰와 안심과 깊은 친화력을 느꼈고, 두 사람의 차이점에도 불구하고 그들이 느끼는 감정은, 태를 부리지 않는 걸 뭐라고 하더라? 그들은 서로에게 '아미스타드(우정)'를 느꼈지(어머니는 '우정'이라는 단어는 에스파냐어가 훨씬 근사하다고 했다. 그렇다 치자).

디에고가 시청에서 당직을 서던 어느 저녁, 도냐 솔은 자기 방으로 물러가고 도냐 푸라는 이미 잠자리에 들어(때마침 두 사람 모두 아팠다) 저녁식사 후 돈 하이메와 몬세만 거실에 남게 되었다.

몬세는 오래전부터 이 대면을 바랐다. 여러 차례 그녀는 그에게 고백을 하고 싶은 충동을 느꼈는데, 그 충동은 가족 중 누군가의 갑작스런 출현으로 저지되곤 했다.

이날 저녁, 코냑 한 잔을 가져다주자 돈 하이메는 미소를 지으며 "코냑 한 잔을 위한 내 왕국!"(왜 내 왕국이라고 했을까? 어머니가 내게 물었다. 정말 수수께끼 같은 말이야!)이라고 외쳤고, 그녀는 그의 맞은편에 자리 잡고 앉아 용감하게 고백했다. 이런 말씀 실례가 될지 모르겠지만, 1936년 7월 18일 아침 열 시에 그녀가 하녀 자리 때문에 찾아왔을 때 그가 했던 말을 아주 나쁘게 받아들였었다고. 겸손해 보이는군. 이 문장에서 그녀는 견디기 힘든 멸시의 뉘앙스를 감지했고, 그것이 아버지에게 혁대로 맞을 때보다 더 자신을 아프게 해서 혁명이 일어나길 갈망했을 정도였다고.

돈 하이메는 당황했다.

잠시 후 냉정을 되찾은 그는 그녀에게 자신의 사려 깊지 못했던 행동을 용서해달라고 청했다.

몬세는 즉각 자신의 예민함에 대해 그에게 용서를 구했다.

그리고 두 사람은 경쟁하듯 사과를, 알아들을 수 없는 웅얼거림을, 무고함을, 무한한 안타까움을 쏟아냈다. 그러지 말았어야 했는데. 아니에요. 아냐, 맞다. 내가 어떻게 그럴 수 있었는지. 그러지 마세요. 아냐, 아니에요. 내가 그러지 말았어야 했다. 아니에요. 맞아. 그러다 두 사람은 함께 웃음을 터뜨렸다.

그런 다음 둘은 그림자 가득한 거실에서 한동안 평화롭게 침묵을 지켰다. 침묵이 길어지자,

돈 하이메가 몽상에 잠긴 눈길로 창문 너머 먼 곳을 응시하는 것 같은 몬세에게 물었다. 무얼 생각하니?

그들의 관계를 그렇게 참담한 방식으로 연 순간을, 그로 인해 그녀가 품었던 수치심 섞인 분노를 용기 내어 그에게 털어놓아서였을까, 여러 차례 수줍은 접근을 시도했으나 무산되곤 하

다가 마침내 그의 우정과 신뢰를 얻어서였을까, 아니면 전혀 다른 이유 때문이었을까. 이날 저녁 몬세는 우리가 알고 싶어 안달하는 것만 빼고 모든 것에 대해 이야기하게 만드는 기이한 원칙 때문에 두 사람이 그간 은근한 암시만 주고 받았을 뿐 얘기해보지 못한 주제에 용기를 내어 다가갔다. 바로 디에고의 어린 시절이라는 주제였다. 그의 어린 시절은 이랬다.

스무 살에 돈 하이메는 바르셀로나로 법학 공부를 하러 떠났다. 그 시절 그는 볼테르와 미겔 데 우나무노를 읽었고, 어머니의 편협한 신앙을 비웃었고, 사회주의 이념을 옹호하면서 여전히 부르주아 살롱을 드나들었고, 아침에는 골프 시합에 참가하고 저녁에는 노동자 집회에 참석했으며, 밤에는 몇몇 부자 친구들과 함께 차이나타운의 술집들을 전전했다.

그곳 치링기토라는 술집에서 그는 종업원으로 일하는 팔로마를 만났고, 미칠 듯이 사랑에 빠졌다.

두 사람은 함께 그의 아버지가 아들을 위해 세낸 아파트에 정착했고, 둘의 관계를 세상에 감춘 채 동거했다.

동거생활 초기에 돈 하이메는 팔로마가 온갖 모욕과 수모와 학대를 당했다고 오래도록 한탄하는 이야기를 그대로 믿었다. 그녀가 엉덩이를 씰룩이는 금발 여자, 더 솔직히 말하자면 바람둥이 이웃 여자에게 모든 걸 감시당한다고 하는 말도 믿었다.

그는 그 이웃 여자가 위협적이고 석연찮은 목적으로 그녀를 미행한다고, 온 건물 사람들에게 그녀가 문란하다고 떠들어대어 그녀의 신망을 떨어뜨리고 있다고 믿었다.

이성을 벗어나는 일이었지만 그는 팔로마를 믿었다. 단지 그녀를 사랑하기 때문이었다.

심지어 그는 못된 이웃 여자를 찾아가 수작을 끝장내라고 호되게 질책하고 엄중하게 설명을 요구할 생각까지 했다. 왜 그렇게 그녀를 염탐하는지? 왜 추악한 비방을 퍼뜨리는지?

그는 팔로마를 믿었다. 그가 부엌에서 겁에 질린 얼굴로 꼼짝 않고 망을 보는 그녀를 발견하던 날까지는.

느껴져.

누가?

이웃 여자.

벽 너머로?

느껴져.

말도 안 되는 일이야.

내 말 안 믿어? 왜? 그 여자와 한패야? 두 사람이 합세했어?

돈 하이메는 그날 팔로마의 행동에 극도로 당황했다. 그는 그 행동이 특이하다고 판단했다. 곧 이상하다고, 불안하다고, 솔직히 말해 병적이라고 판단했다. 온갖 의혹과 불안한 의문을 곱씹은 뒤 그는 그녀가 정신착란을 일으킨다는 결론에 이르렀다. 실제로 몇 달 전부터 팔로마는 자신에게 육감이 있다고 믿었고, 거의 온종일 이웃집에서 나는 소리를 염탐하며 시간을 보냈다. 그녀는 소스라치며 말하곤 했다. 그 소리는 이웃 여자가 그와 몰래 접촉하려고 보내는 암호화된 소리라고, 불안한 암시가 담긴 호출이라고, 해독할 수 없는 신호라고. 이제는 사태가 명명백백해졌다고 말했다. 그녀의 연인이 다른 여자를(그녀는 이웃 여자를 이렇게 불렀다. 다른 여자 혹은 갈보, 창녀, 혹은 천한 년이라 불렀다) 사랑한다는 것이었다. 불을 보듯 뻔한 일이라고 했다.

그 여자가 벽을 세 번 두드렸다고, 팔로마는 미친 사람의 얼굴과 눈빛을 하고 돈 하이메에게 말했다. 어서 가서 그 여자에게 덤벼들지그래? 그 여자 때문에 흥분되지, 말해!

그런 생각 좀 머리에서 없애. 돈 하이메는 논리적 추론을 통해 그 말이 얼마나 터무니없는지 보여주려 애쓰며 그녀에게 대답했다.

그러나 그녀는 굽히지 않았다. 가봐! 그 여자한테 가라고! 뭘 기다려? 가라고! 가!

그녀는 절망의 비명을 지르며 욕설을 퍼붓고 주먹으로 그를 때리기 시작했다. 그 동안 돈 하이메는 정말로 달아나 홀로 지낼까 생각했다. 홀로, 홀로, 홀로, 홀로, 홀로.

어느 날, 팔로마는 임신했다는 사실을 그에게 알렸고, 돈 하이메는 아이가 태어나면 그녀의 망상이 끝나리라는 희망을 품었다. 그러나 1917년 6월 12일 디에고가 태어났지만 팔로마의 정신착란은 더 심해졌다.

팔로마와 디에고는 이 년 동안 서로에게 완전히 묶인 채 분리되지도 구분되지도 않은 채 살았다. 그런 그들의 눈에 돈 하이메는 성가신 존재로 비쳤고, 투박한 구두를 신고 그들의 완벽한 무균실에 끼어드는 이방인으로 느껴졌다. 둘은 돈 하이메가 주는 돈 덕에 그럭저럭 생활했고, 돈 하이메는 결국 근처에 방을 얻어 그다지 열정 없이 법학 공부를 계속했다.

그러나 이웃 여자가 자신을 괴롭힌다는 망상에 시달리던 팔로마는 결국 광적인 범행을 저지르고 만다. 인간의 정신은 그렇게 지옥의 고통보다 훨씬 잔인한 고통의 장소가 될 수 있다. 자신이 주술의 희생양이고 죽을 위험에 처했다고 생각한 그녀는 어느 날 저녁 가위를 들고 적의 집으로 급습해 들어가 이웃 여자의 눈을 찌르겠다고 위협했다. 비명 소리가 났다. 싸우는 소리. 달려가는 소리. 이웃들이 몰려왔다. 신고를 받고 경찰들이 들이닥쳤다. 팔로마는 우는 어린 디에고를 품에 안은 채 경찰서로 끌려갔다. 그 후 심각한 정신착란과 카프그라 증후군*이라

---

* 자기 주변의 사람들이 똑같은 외모를 한 다른 이들로 바뀌었거나 자신이 겪은 일에 대한 기억이 왜곡되었거나 다른 기억으로 바뀌기 당했다고 믿는 망상적 동일시를 가리키는 질환.

는 수수께끼 같은 진단을 받고 그녀는 정신병원에 감금당했다.

절망한 돈 하이메는 어린 디에고를 사회복지사가 지정해준 가정에 맡기기로 결심했다. 프랑스에서는 보호아동수용가정이라고 부르는 가정이었지만, 시간이 흐르면서 아이를 그다지 따뜻하게 수용하지 않는 가정임이 드러났다.

푸엔테스 가정은(이것이 그 가정의 이름이었다) 아이를 먹이고 씻기고 재우고 입히고 학교에 보냈다. 흠 잡을 데 없이.

그들은 아이에게 감사합니다, 똑같이 주세요, 나중에요, 부탁드립니다, 안녕하세요, 안녕히 가세요 같은 말을 하도록 가르쳤고, 바른 자세로 앉고, 발을 닦고, 입을 다물고 먹도록, 어른들에게 말대답하지 않도록, 그리고 어른들에게 질문을 하지 않도록 가르쳤다.

그래서 어린 디에고가 그들의 금기를 무시하고 버림이니 죽음 같은 아이들을 사로잡는 절박한 주제에 관해 물었을 때, 그들은 그에게 바른 예절을 가르쳐야 한다는 염려에서 입 다물라고, 흠 잡을 데 없는 태도로 명령했다. 질문도 안 되고, 거짓말도 안 돼.

그가 엄마가 아직도 얼마나, 열흘? 이십 일? 백 일?(그가 백까지 셀 줄 알았기 때문이다) 동안 아플 거냐고 물었을 때, 그들은 그런 바보 같은 생각은 하지도 말고 숙제나 하라고, 흠잡을 데 없는 태도로 대답했다.

한 달에 두 번 돈 하이메가 방문할 때면 푸엔테스 가정은 그들이 아이에게 먹이는 좋은 음식에 관해, 그들이 아이에게 사준 좋은 옷에 대해, 매일 그들이 아이에게 해주는 몸단장에 대해 긴 논술을 늘어놓느라 진을 뺐다.

그러나 흠 잡을 데 없이 먹이고, 흠 잡을 데 없이 입히고, 흠 잡을 데 없이 윤을 냈다는 아이는 왠지 모를 결핍을, 원인을 지목할 수 없는 슬픔을 느꼈다. 이런 멜로드라마가 또 없네요, 내가 말했다. 그러게 말이다, 어머니가 내게 말했다, 비웃지 마라. 한 마디 애정의 말도 애정의 몸짓도 없이, 애정의 미소도 없이 어둠 속에 무방비로 그림자들에 맡겨진 채 홀로 누웠을 때면 절망이 아이를 엄습해왔고 그 절망은 공포라는 형태로 변했다. 그러면 아이는 살려달라고 외쳤고, 울먹였다. 그는 무엇이 무서운 건지 알지 못했지만 죽도록 무서웠고, 그 한계 없는 두려움은 무서운 상상을 열 배로 키웠다(그는 평생 이 무시무시한 불안을 떨치지 못했다. 그의 말년에는 그 불안이 모든 걸 뒤덮어 그 역시 정신병원으로 보내졌다).

그러면 그 가정의 어머니는 조용한 걸음으로 아이의 방으로 찾아와 집안 식구들을 다 깨우지 않도록 좀 덜 크게 울어달라고 흠 잡을 데 없는 태도로 부탁했다. 그래도 아이가 울면 아버지가 등을 켜놓아도 좋다고 흠잡을 데 없는 태도로 허락해주었다.

그래도 계속 울면 아버지가 다시 와서 자기가 보기엔 겁쟁이들이야말로 가장 형편없는 인간들이라고, 흠 잡을 데 없는 태도로 지적했다.

그래서 아이는 차츰 삼촌과 숙모라고 부르는 사람들 앞에서 모든 감정을 억누르게 되었다. 그것은 대개 사람들이 다 자란후에 자신에게 부과하는 제약이었다. 아이는 이를 악무는 법을, 고통스러워도 침묵하는 법을, 고통의 날에 대고 자신을 단련하는 법을 터득했다. 그래서 아이의 얼굴은 그 나이 소년치고는 놀라울 정도로 냉혹한 표정을 갖게 되었다. 전쟁의 참상을 겪고 살아남은 아이들에게서나 볼 수 있는 그 표정은 방문 때마다 아버지의 가슴을 찢어놓았다. 디에고와 둘만 남게 되면 돈하이메는 걱정이 되어 묻곤 했다. 디에기토, 너 잘 지내니? 뭐슬픈 일 있는 거냐? 슬픈 일 있으면 아빠한테 얘기해야 돼. 아빠한테는 모든 걸 얘기해야 돼.

그러면 디에고는 고개를 저었고, 모든 게 괜찮다고 무겁게 말했다. 아이는 무엇이 문제인지 알 능력이 없었기에 그건 맞는말이었다.

그러나 헤어질 때가 되면 아이는 미친 듯이 아버지의 다리에 매달리며 가지 못하게 막았다. 가지 마, 가지 마, 가지 마. 그래서 두 주 후를 기약하고 아이 곁을 떠나는 순간에 돈 하이메는 놀랄 만한 힘으로 그에게 매달리는 자식의 작은 주먹을 눈물을 머금고 떼어내야만 했고, 아이의 포옹을 풀기 위해 거칠게 대하지 않을 수 없었다. 돈 하이메는 백 번도 더 아이를 함께 데려가고 싶었다. 그러나 독신자인 그로서는 그것이 불가능한 일로 보였기에 백 번 모두 포기했다. 도냐 솔과 결혼하자마자 그는 아이를 데리러 갔다.

그때 디에고는 일곱 살이었다.

내전의 일곱 달을 겪고 나서 베르나노스는 마요르카 섬에서 죽은 사망자 수를 헤아렸다. 이백십 일인 일곱 달 동안 삼천 명이 말살당했으니 하루에 열다섯 명이 처형된 셈이었다.

절망적인 냉소를 실어 계산을 해보니, 이쪽 끝에서 저쪽 끝까지 두 시간이면 가로지를 수 있는 섬에서 호기심 많은 사람이 자동차를 몰고 가면 하루에 불온한 머리 열다섯 개가 터지는 걸 볼 수 있다는 결론이 나왔다. 엄청난 수치였다.

추악한 짓거리로 잔뜩 오염된 그 공기 속에서 마요르카의 아름다운 아몬드나무들이 어떻게 다시 꽃을 피울 수 있을까?

1937년 3월 28일, 몬세는 딸아이를 낳았다.

전쟁이 선언된 이후로 마을에서 참으로 많은 일이 일어나,

몬세가 3,820킬로그램이나 되는 건강한 아이를 조숙아라며 낳았는데도 누구 한 사람 동요하지 않았다.

아이는 루니타라고 불렸다.

루니타는 나의 언니다. 언니는 지금 일흔여섯 살이다. 나는 언니보다 열 살이 적다. 그리고 나의 진짜 아버지인 디에고는 언니에겐 가짜 아버지다.

루니타의 탄생은 모두의 행복이었다.

도냐 푸라는 홀딱 반해서 자기 품위에 어긋나는 오만 가지 행동을 했고, 정신이 어떻게 됐나 싶을 정도로 다정해졌다. 아이가 울기만 하면 앙상한 품에 안고는 바보 같은 미소를 지으며 아이에게 중얼거렸다. 궁둥이를 빵빵 때려줄 거야. 그리고 아기의 궁둥이를 마치 과자라도 다루듯 사랑스럽게 토닥이며 파우더를 뿌렸고, **아고 예뻐라, 우쭈쭈 예뻐라, 내 새끼, 내 예쁜 새끼, 내 사랑** 등등 바보처럼 말하며 잡아먹을 듯 황홀한 입맞춤을 그 궁둥이에 퍼부었다.

도냐 솔은 넋 나간 얼굴로 무릎 위에 아이를 얹고 **이랴, 이랴, 나귀야, 이랴, 이랴 작은 나귀야, 이랴, 이랴 나귀야, 내일은 휴일이니 자장자장**, 자장가에 맞춰 얼렀고, 그러면 아이는 숨이 넘어갈 듯 자지러지게 웃었다.

아들을 원했기에 아이가 태어난 날 실망을 감추지 못한 채 불만스러운 불신 속에 쪼글쪼글한 아이의 얼굴을 보았던 디에고 역시 애정이 가득한 얼굴로 아이에게 우유를 먹였고, 작은 트림을, 세상에서 가장 매력적이고 가장 섬세하고 가장 서정적이고 가장 영적이고 가장 음악적인 트림을 사랑스레 기다렸고, 그 예술적인 기품을 칭찬했고, 바보처럼 혀 짧은 말과 다정한 말을 마구 쏟아냈다. 아빠 보고 웃는 거야? 내 새끼, 웃는 거야? 몬세는 아이가 자라는 걸 보는 게 너무도 행복했다. 아이는 아주 명민하고 고집이 무척 셌으며, 온화한 표정 아래 굳은 의지를 감추고 있어 몬세는 1936년의 혁명이 뜻밖의 결과를 냈다고 생각지 않을 수 없었다. 가족의 DNA를 바꿔놓는 결과였다. 루니타의 얼굴에는 세대에서 세대로 게놈의 지배적 특징처럼 전해지던 겸손의 표정과 수모를 부르는 호소의 흔적이라곤 남아 있지 않았다.

고 녀석 성격 참! 젖꼭지를 주지 않자 화를 내며 발을 구르는 아이를 보고 돈 하이메가 감탄하며 말했다.

몬세에게는 오직 거기 있는 루니타뿐, 나머지는 모두 부차적이었다. 디에고가 와서 참담한 얼굴로 나치 독일의 콘도르 사단이 게르니카와 그곳 주민들에게 쉼 없이 폭격을 가했다고 알렸을 때도 그녀는 제대로 듣지 못했다. 한 달 된 사랑하는 딸의 입술에서 쉬야 라는 말을 들은 것 같았고, 그건 그야말로 평범함을 뛰어넘는 지적 능력을 짐작게 하는 사실이었기에 너무도 들떠서 그 소식을 듣고도 그저 인상을 찌푸렸을 뿐이다.

몬세는 아이에게 미쳐 있었다. 남편의 붉은 머리를 한 번도 좋아한 적 없었던 그녀는 루니타의 빨간 머리에는 감탄했다. 넌 내 작은 다람쥐야, 그녀는 아이에게 속삭였다. 넌 내 작은 여우야, 넌 내 새끼 비버야, 내 빨간 암탉이야, 내 빨간 머리, 내 귀여운 수달, 내 새끼 박쥐, 내 캐러멜이야. 그리고 그녀는 아이에게 노래했다.

사람들은 말하지,
하루가 스물네 시간이라고.
내게 스물일곱 시간이 있다면
너를 세 시간 더 사랑할 텐데.[*]

호세도 아이의 매력에 무너졌고, 그 덕에 그의 고통도 한동안 가벼워졌다. 몬세는 오빠에게 루니타의 세속 대부가 되어달라고 청했고, 그도 마음이 누그러져서 부르고스 집안에 들르는 것을 받아들였다. 그러나 그가 방문할 때 디에고가 없다는 조건 하에서였다. 그는 맡은 역할을 대단히 진지하게 수행했고, 아이에게 〈인터내셔널〉가를 불러주며 얼렀고, 마흐노와 라스

---

[*] Dice la gente que tiene veinticuatro horas el día. Si tuviera veintisiete tres horas más te querría.

네르가 주인공인 이야기들을 들려주었다.* 그리고 격정적인 입
맞춤 틈틈이 격렬하게 프랑코에 반대하는 연설을 했고, 그러면
어린 루니타는 홀린 듯 옹알거리며 들었고, 도냐 푸라는 질겁
해서 자기 방으로 달려가 피신했다. 온 가족 모두가 아이에게
사족을 못 썼다.

세례 문제와 관련해 몇 번 논쟁이 벌어졌지만 집안은 크게
흔들림이 없었다. 도냐 솔과 도냐 푸라는 아이가 죽은 후에 영
원히 고성소를 홀로 떠돌게 될지 모르니 아이에게 세례를 줘야
한다고 생각했고, 디에고는 그런 희극에 반대한다고 딱 잘라
말했다.

돈 하이메는 부모들이 내리는 결정에 따르겠다고 했다.

호세는 사랑하는 조카가 말할 줄도 알기 전에 개종하는 불
행을 저질러서는 안 된다고 협박했다.

그리고 몬세는 그 말에 공감하고 생각할 시간을 달라고 했다.

루니타가 태어나기 아흐레 전인 1937년 3월 19일, 교황 비오
11세는 세상을 위협하는 본질적으로 타락한 위기에 관한 침묵
을 깨뜨리고자(인용하자면 그렇다) 교서 〈디비니 레뎀토리스(구

---

* 마흐노는 우크라이나 혁명군을 창설한 아나키스트 공산주의자 네스토르 마흐노
Nestor Makhno(1888~1934)를, 라스네르는 도스토옙스키와 발자크 등에게 문학적 영
감을 준 희대의 사기꾼이자 살인자인 피에르 프랑수아 라스네르Pierre François Lace-
naire(1803~1836)를 가리킨다.

세주 하느님))를 펴냈다.

이 위협적인 위기, 이 사악한 재앙(인용), 그것은 바로 사회 질서를 전복시키고 기독교 가정을 토대까지 무너뜨리려는 무신론적 볼셰비키 공산주의였다.

이 공산주의는 양식을 벗어나는 여러 가지 주장 외에도 여성해방이라는 원칙을 부르짖었는데, 여성을 가정생활과 아이들을 돌보는 일에서 끌어내어 박테리아들이 숨어 있고 온갖 간악한 영향력들이 득실거리는 공공생활로 끌어들이자고(인용) 제안하는 것이었다.

그러나 무엇보다 심각한 위험은, 인간 사회가 볼셰비키 물질주의 원칙에 토대를 두게 되면 명백히 경제 체제가 만들어내는 가치 이외의 다른 가치들은 제시하지 못한다는 데 있었다. 교황 비오 11세 성하께서 하느님에 대한 사랑에 너무 몰두한 나머지, 안타깝게도 실수로 공산주의 경제와 자본주의 경제를 혼동하셨던 걸까? 아마도 그런 모양이다.

인정할 건 인정하기 위해 1939년 2월에 그가 참으로 바티칸다운 능란한 수완을 발휘해, 나치가 저지른 박해와 이탈리아 파시스트들이 교회의 담화를 조종한 사실을 고발하는 교서 작성을 시도했다는 사실은 짚고 넘어가도록 하자. 그러나 그는 그 교서가 배포되기 전날 밤 사망했다.

1937년 5월 3일 호세는 라디오를 통해 알게 되었다. 공산주의자들의 부추김에 따라, 마치 교황 비오 11세 성하의 뜻이 옳았음을 보여주려는 듯, 한 무리의 습격자들이 아나키스트들과 POUM 당원들을 완전히 제거할 목적으로 그들이 장악하고 있던 도시의 한 건물에 침입했다는 소식이었다.

며칠간의 싸움 끝에 공산당 민병대는 상당수의 아나키스트들과 POUM 당원들을 체포 수감했고, 살해했다. 히틀러에게 매수된 변절자라는 것이 그들의 죄명이었다(일리야 에렌부르크는《노 파사란No Passarán》*을 쓰면서 자신을 이 죄명에 뒤집어씌워진 시인 중 한 사람으로 그렸다. 기이하게도 이 책은 훗날 그의 공식 전기에서 사라진다).

공산주의자들은 오래전부터 정치판을 통제하고 혁명에서 절대자유주의적인 내용을 제거하고 싶어 했다. 그들은 오래전부터 중상모략을 써서 그런 주장을 하는 사람들의 신용을 떨어뜨리려 애썼다. 하지만 중상모략은 젠 체하는 여자들이나 쓰는 방법이다. 이젠 진지한 방법을 써야 했다. 어떻게? 제기랄, 총살을 하는 거지. 그리고 그들은 그렇게 했다.

호세는 절망했다.

---

* No passarán은 '통과하지 못한다'라는 의미로, 에스파냐 내전에서 프랑코의 국민군에 맞서는 공화군의 구호로, 반파시스트 저항을 상징하는 슬로건으로 자리잡았다.

한 달 뒤 그는 지방 정부에서 아나키스트 그룹을 축출한 사실, 동료들에게 가해진 난폭한 탄압, POUM을 해체하고 그 활동가들을 야만스럽게 체포한 일, 그리고 특히 스탈린이 지휘하고 합법 정부가 공모한 '니콜라이'라는 이름의 작전에서(모든 인간을 합친 것보다 스탈린이 더 박식하다고 네루다는 썼다. 호세는 네루다를 더없이 비굴한 스탈린주의자 시인이라고 말했단다, 어머니가 내게 말했다) 그들의 지도자 안드레스 닌(모스크바의 재판들을 공개적으로 비난하는 몹쓸 생각을 한)을 고문하고 살해한 사실을 알고서 더욱 절망했다. 화룡점정으로 1937년 8월에는 공산주의자들의 지휘 아래 군대가 동원되어 수백 개의 단체를 해체한 모양이었다.

이 모든 것에 대해 유럽 언론은 일절 언급이 없었다.

반면 1936년 12월 17일자 〈프라브다〉* 지가 이렇게 예고했다는 사실은 짚고 넘어가자. "트로츠키 파와 아나코-생디칼리스트**들에 대한 숙청이 시작되었고, 이 작업은 소련에서 벌어진 것과 똑같은 기세로 이루어질 것이다."

호세는 매일 듣는 절대자유주의 라디오를 통해 이 사건들을

---

* 소련의 공산당 기관지.

** 아나코-생디칼리슴anarcho-syndicalisme이란 아나키스트들의 노동조합운동으로, 사회주의 체제의 노동자 국가를 지향하지만 정부 구성은 부정한다.

알게 되었다.

그 소식을 듣고 그는 피가 거꾸로 솟아 시청까지 내처 달려갔다. 꼭 미친 사람 같았다. 광적인 분노가 그를 사로잡아 앞으로 내몰았고, 그의 다리를 달리게 했다. 눈에 아무도, 아무것도 보이지 않았다. 관자놀이에서는 피가 펄떡였고, 두 다리는 질주했다. 분노한 피가 다리를 질주하게 한 것이다. 그는 디에고의 집무실로 뛰어 들어갔다. 얼굴은 새하얗게 질리고 숨을 헐떡이고 머리칼은 잔뜩 헝클어지고 심장은 두방망이질치고 분노에 숨이 막혀, 그는 네 청년이 디에고와 얘기 나누고 있는 것도 보지 못했다. 아무것도 보이지 않았고, 아무것도 들리지 않았고, 아무것에도 주의를 기울이지 못했고, 아무 생각도 떠오르지 않았다. 그저 살해 욕구뿐이었다.

그리고 그는 디에고 앞에 버티고 섰다. 똑바로 마주보았고, 그리고 외쳤다. 이 더러운 배신자 새끼야.

디에고가 아무 말 없이 차갑게 바라보자, 다시 소리쳤다.

네 친구들이 어제 사건과 아무 관련 없다고 어디 발뺌해보시지그래!

무슨 얘긴지 설명 좀 해줄래? 디에고는 무슨 일인지 완벽하게 이해했으면서도 흥분하지 않고 한결같이 침착하고 초연한 목소리로 말했다.

넌 더러운 배신자야, 호세가 외쳤다, 역겨운 놈이라고. 조심하시지, 디에고가 목소리를 높이지 않고 차갑고 침착하게 위협했다, 지금 한 말 후회하지 않으려면.

두 남자는 서로를 노려보았다.

네가 몬세의 오빠만 아니었다면 내가 널….

디에고는 문장을 끝내지 않았다.

사무실에 있던 청년들 중 둘은 일곱 달 뒤 두 사람 사이의 비극이 온갖 방식으로 해설될 때 디에고가 이 말을 내뱉었을 당시 그 어조에 실렸던 위협과, 그 말에 담긴 전조적 경고를 기억해낼 것이다.

다시는 내 앞에서 내 동생 이름 입에 올릴 생각 하지 마. 호세가 고함쳤다.

그러곤 디에고를 보좌하는 네 청년의 아연한 얼굴을 보지도 않고 성큼성큼 사무실 밖으로 나갔고, 그와 마주친 사람들이 그의 얼굴에서 절망적이고 야만적이고 광기 서린 표정을 보고 질겁하는 모습을 보지 못하고 세풀크로 거리를 달려 내려갔다. 그는 힘겹게 집으로 올라갔고, 계단 위에서 걱정스럽게 그를 기다리고 있던 어머니의 겁에 질린 눈빛을 보지 못했고, 거세게 밀쳐 어머니가 뒤로 자빠지게 할 뻔했다.

호세가 떠난 뒤 디에고는 무표정한 얼굴로(입가가 살짝 떨렸을 뿐) 보좌관들에게 혼자 있고 싶다고 말했다. 깊이 생각해보고 싶었다. 결혼한 뒤로 그는 호세를 자기 진영에 합류시킬 계획을 막연히 품고 있었다. 호세의 저항을 치유될 수 있는 미열로 여겼던 것이다. 모든 저항은 치유 가능한 미열이라고 그는 생각했다. 보리수 차 한 잔, 상처에 살포시 내려놓는 입맞춤, 혹은 제대로 맞춘 발길질 한 번, 그리고 엄마 집으로 돌아가! 같은 말로. 그런데 아니다, 아니었다. 이제 그는 그게 아니라는 걸 깨달았다. 호세의 경우는 전혀 문제가 달랐다. 그의 저항은 말하자면 참여였다. 뭐라고 말해야 할까? 그의 의지와 그의 결정을 뛰어넘는 참여, 억누를 수 없는 참여, 사랑만큼이나 위험하고 많은 조건이 따르는 참여, 그의 모든 피와 그의 모든… 뭐랄까, 모든 것이 연루되는 참여라는 걸 디에고는 비로소 이해한 것이다.

그는 한 가지 확신이 들었다. 그와 호세 사이의 단절이 이제는 돌이킬 수 없는 것이라는 확신이었다. 그러나 인정하기 힘든 사실이었지만, 어느 면에서 이 단절은 그를 해방시켰다. 그는 이 단절이 줄곧 그를 못마땅해하는 호세의 시선에서 마침내 그를 해방시켜줄 거라고, 빈정거리는 호세의 정신에서 그를 자유롭게 놓아줄 거라고, 더없이 명명백백한 교리들에 대해 호세가 드러내는 불신에서 그를 자유롭게 해줄 거라고, 무엇보다 지옥 같고 도무지 지칠 줄 모르고 돌이켜지지 않는 그의 순수성에서 그를 해방시켜줄 거라고 생각했다.

그리고 어쩌면 그의 마음을 여전히 짓누르고 있는 어린 시절의 오래된 질투에서도 그를 해방시켜줄지 몰랐다. 왜냐하면 기이하게도, 몬세와 결혼한 뒤로 이 해묵은 질투는, 그가 정치적 논거들을 덧씌워 감추는 데 어느 정도 성공했음에도 점점 더 커졌기 때문이다. 그는 호세가 자기보다 훨씬 사랑스럽고 훨씬 매력적이고 사람들의 마음을 훨씬 더 사로잡고 훨씬 에스파냐인답고, 매력이라고 불리는 여성적이고 불가사의한 무엇을 지녀서, 아내 몬세가 만약 비교라도 한다면 그에게 불리한 결과가 나올 수밖에 없으리라는 느낌을 지우지 못했다.

어떤 이들은 이 질투가, 자신에게 없는 매력을 가진 호세 앞에서 디에고가 입은 이 상처가 얼마간 그들 이야기의 참담한 결말이 될 비극의 원인이 되었다고 주장했다.

사랑해, 어머니가 내 손을 잡으며 말했다.

1937년 7월, 에스파냐 주교단의 공동서한이 발행되었다.

서한에는 투표를 거쳐 프랑코 독재에 찬성을 표명하고 가능한 모든 수단을 이용해 악의 힘에 대적하기 위해 하느님의 힘을 끌어들일 의지를 천명한 모든 주교와 대주교들의 서명이 실려 있었다.

서명한 이들은 다음과 같다.

† 이시드로, 고마 이 토마스 추기경, 톨레도 대주교

✝ 에우스타키오, 일룬다인 이 에스테반 추기경, 세비야 대주교

✝ 프룬덴시오, 발렌시아 대주교

✝ 마누엘, 부르고스 대주교

✝ 리고베르토, 사라고사 대주교

✝ 토마스, 산티아고 대주교

✝ 아구스틴, 그라나다 대주교, 알메리아와 과딕스와 하엔의 교구 행정관

✝ 호세, 마요르카 주교-대주교

✝ 아돌포, 코르도바 주교, 시우다드 레알 주교구의 교구 행정관

✝ 안토니오, 아스토르가 주교

✝ 레오폴도, 마드리드와 알칼라 주교

✝ 마누엘, 팔렌시아 주교

✝ 엔리케, 살라망카 주교

✝ 발렌틴, 솔소나 주교

✝ 후스티노, 우르헬 주교

✝ 미구엘 데 로스 산토스, 카르타헤나 주교

✝ 피델, 칼라오라 주교

✝ 플로렌시오, 오렌세 주교

✝ 라파엘, 루고 주교

✝ 펠릭스, 토르토사 주교

✝ 알비노, 테레리페 주교

✝ 후안, 하카 주교

✝ 후안, 비크 주교

✝ 니카노르, 타라소나 주교, 투델라 교구 행정권

✝ 호세, 산탄데르 주교

✝ 펠리시아노, 플라센시아 주교

✝ 안토니오, 크레타 섬의 케르소네소스, 이베코 교구 행정관

✝ 루시아노, 세고비아 주교

✝ 마누엘, 쿠리오 주교, 시우다드 로드리고 교구 행정관

✝ 마누엘, 사모라 주교

✝ 리노, 우에스카 주교

✝ 안토니오, 투이 주교

✝ 호세 마리아, 바다호스 주교

✝ 호세, 지로나 주교

✝ 후스토, 오비에도 주교

✝ 프란시스코, 코리아 주교

✝ 벤하민, 몬도녜도 주교

✝ 토마스, 오스마 주교

✝ 안셀모, 테루엘-알바라신 주교

✝ 산토스, 아빌라 주교

✝ 발비노, 말라가 주교

✝ 마르셀리노, 팜플로나 주교

✝ 안토니오, 카나리아스 주교

일라리오 야녠, 시구엔사 사제대리 참사원

에우제니오 도마이카, 카디스 사제대리 참사원

에밀리오 F. 가르시아, 세우타 사제대리 참사원

페르난도 알바레스, 레온 사제대리 참사원

호세 수리타, 바야돌리드 사제대리 참사원.

에스파냐의 모든 사제들, 대개는 겸손하고, 대개는 권력에서 멀고 대개는 민중과 가까운 사제들은 기꺼이 혹은 마지못해 프랑코 장군에 대한 무조건적 지지를 선언한 이 편지가 장려하는 원칙들을 따랐고, 그들의 양심 위로 사제복을 입어야 했다. 그리고 많은 이들이 죽음으로 그 대가를 치렀다.

1937년 8월 27일, 한 프랑스 신문을 통해 폴 클로델은 이 공동서한에 열렬한 찬성을 표했다. 이미 전에도 그는 프랑코와 그의 숭고한 십자군 전쟁에 대한 지지를 똑같은 열정으로 천명한 바 있었다. 뛰어난 지성들이 그 음산한 인물 프랑코에 동조했다는 사실은 베르나노스에겐 상상조차 할 수 없는 일이었다. 그는 썼다. "만약 여러분이 그 끔찍한 갈리페*를 프랑스의 기독교 영웅으로 만들겠다고 주장하지 않았다면 나는 프랑코에 대해 결코 말하지 않았을 겁니다. (…) 자신을 정당화하기 위해 제 주인들에게 두 번이나 거짓 맹세를 할 정도로 흉포한 장군이라는 작자를 왜 날더러 숭배하라 강요하는 겁니까?"

이미 말했듯이 클로델은 유대인들을 증오할 때나, 프랑스의 재앙은 히틀러나 무솔리니보다는 항거하는 노동자들에게서 온다고 주장할 때와 똑같은 열정으로 에스파냐 주교단의 공동서한에 찬동했다.

어떤 이들은 그의 논거에 넘어갔다. 베르나노스는 아니었다. 그는 썼다. "건전한 생각을 가진** 사람들의 말을 믿자면, 프랑스 노동자는 복에 겨워 행복해 죽을 지경이어야 할 것이다." 그리고 그는 프랑스 노동자들의 끔찍한 삶의 조건을 환기했다.

베르나노스는 클로델과 그 밖의 몇몇 사람들이 프랑스 노동자들을 향해 짖어대는 소리에 두 독재자의 군홧발 소리가 덮히고 있음을 깨달았다. 그래서 그는 체제 실패의 책임을 오직 프랑스 노동자들에게 지우려는 고약한 시도에 가담하길 거부했다.

혁명은 죽어서 태어난 사산아였을까? 호세는 양수기 주변을

* 프랑스-프로이센 전쟁에 참가했다가 포로가 되었고, 그 후 파리코뮌을 진압한 프랑스 군인.

** '보수적인 생각을 가진'이라는 의미다.

뱅뱅 돌고 있는 자신의 검은 노새를 바라보며 생각했다. 내가 레리다에서 그토록 꿈꿨던 삶이 죽었다는 걸 받아들여야 하는 걸까? 성숙해진다는 게 이런 걸까? 이런 실패가?

검증된 선전술에 따라 디에고의 입을 통해 되새김질되는 공산주의자들의 주장, 절대자유주의자들이 프랑코의 명백한 동맹이라는 그 주장이 마을 사람들에게 단단히 주입된 듯했다. 그 때문에 호세는 마을 사람들 사이에서 평판이 점차 추락해 모두가 지탄하는 대상이 될 정도였다. 옴 걸린 양 신세가 되었다.

소지주들은 (그가 없애고 싶어 한) 지주의 이름으로, 날품팔이 노동자들은 (그가 인정하지 않는) 노동 조직의 이름으로, 독실한 신자들은 (그가 성모의 왕관을 빨간색으로 칠해 모독한) 종교의 이름으로, 세련된 남녀들은 (그가 생생한 욕설과 갖은 저주로 모욕한) 세련미를 내세워, 그리고 디에고는 어린 시절의 오랜 (그러나 때맞춰 정치적 증오로 개종한) 경쟁심을 내세워 그를 비난했다.

처음에 호세가 보인 반응은 논리적이면서 모순된 것으로, 그는 자신의 자유주의 이상향이 격렬하게 비난받는 만큼 더욱 격렬하게 그 이상을 좇았다.

무엇도 결코 그 이상향을 없애지 못할 거라고 그는 말했다, 그것은 희망이라는 저 깊은 우물 속에서 흔들리는 불빛이라고, 위선적인 세상 속의 고귀한 숨결이라고. 그는 잠시나마 그것을 받아들임으로써 자신이 영원히 다른 사람이 되었다고 말했다. 에스파냐는 그 이상향이 자랄 수 있는 유일한 땅이라고 말했다. 그리고 영감에라도 사로잡힌 날이면, 그는 그것을 수천 년간 씨앗이 땅에 묻혀 있었으나 꽃 피울 능력은 그대로 간직한 꽃이라고 말했다. 개들은 디에고를 따르고, 나는 내 몽상을 따르는 거예요! 그는 어머니에게 외쳤다. 어머니는 깜짝 놀라 심히 불안한 마음으로 아들을 바라보았다.

그 후, 서서히, 그의 신념은 흔들려갔다. 그는 환상에서 깨어났다. 더 정확히 말하자면, 자신의 꿈을 완전히 믿을 수도 없고 완전히 단념할 수도 없는 시기를 지났다. 요컨대 그는 인간이 원래 그런 존재라고 말하기 시작했다. 다시 말해 불완전한, 다시 말해 아주 불완전한, 다시 말해 아주 아주 불완전한 존재이고, 인간들이 이루는 사회는 욕망과 환상의 변화무쌍한 유희에 좌우된다고. 이제 그가 옹호하는 것은 세상 물정에 밝아진 이상향에 대한 생각이었다. 피처럼 붉고 영혼처럼 검은 이상향, 연기를 내뿜는 환상을 제거한 명철하고 사정에 정통한 이상향, 달리 말해 불가능한, 달리 말해 도달할 수 없는 이상향, 그러나 해방의 궁극에 이를 때까지 쉼 없이 지향해야 할 이상형이었다. 이것이 그의 담론이었다.

그러나 그의 안에 벌어진 틈은 이런 담론으로도 메워지지 않았다. 그가 람블라스의 한 카페에서 같은 진영 살인자들의 증오를 목격하고 느꼈던 슬픔, 그를 얼마 동안 꼼짝 못하게 묶어두는 데 성공한 그 슬픔이 엄습해왔다. 그리고 씁쓸한 회한이 일기 시작했다. 이 모든 것이 안 좋게 끝날 수밖에 없었어, 그는 말했다. 뻔한 일이었어. 나는 헛되이 분투한 거였어. 꼴좋다. 기대는 물거품처럼 사라졌어. 빌어먹을!

돌이킬 수 없이 꿈을 잃어버린 이 돌이킬 길 없는 몽상가는 애도에 빠져들었다. 그것은 자신의 저항에 대한 애도, 어린 시절에 대한 애도, 순수함에 대한 애도였다. 그리고 그는 유일한 죄인으로 디에고를 지목했다. 디에고는 그의 강박관념이 되었다.

그의 이상적인 적이 되었다.

5월 사건* 이후 그에게 디에고는 증오할, 더욱 증오할, 전보다 더 용서하지 못할 인간이 되었다.

그는 경멸을 디에고에게 쏟아부었다.

그 개자식이 혁명을 배반했다고 하루에 백 번도 더 말했다. 그는 혁명이 자기 연인인 것처럼 말했는데, 실제로 혁명은 그에게 연인이었던 것 같다. 그 개자식이 혁명을 더럽혔어. 그 개자식이 혁명을 타락시켰어. 그 개자식이 혁명을 자살로 내몰았어. 그 개자식이 혁명에 봉사한다며 똥칠을 했어. 혁명을 내세우기

---

* 공화파 내부의 공산주의자들과 아나키스트들이 1937년 5월 3일에서 5월 8일에 걸쳐 바르셀로나 시내에서 시가전을 벌인 사건.

전에 먼저 자기 안에 혁명이 일어나야 한다는 사실을 그놈은 알지 못했어. 그는 이걸 자기 어머니에게 논증했고, 어머니는 아연한 체념 속에 한숨을 내쉬며 말했다. 또 시작이냐. 그리고 그는 그걸 식료품 가게 여주인 마루카에게도 논증했다. 여주인은 어른이 아이 이야기를 들어주듯 인내심을 갖고 귀를 기울여 주었다. 그런 다음 그는 그것을 백 번째로 후안에게 논증했는데, 후안은 그의 주의를 딴 데로 돌리려고 벤디시온 카페로 호세를 데려갔다.

베르무트 한 잔요, 호세가 주문했다.

두 잔요, 후안이 말했다.

카페에서 사람들이 나누는 대화는 올해 올리브 수확량에 관한 것이었다.

저들이 관심 갖는 건 그저 저런 것뿐이지, 호세가 말했다.

올리브와 엉덩이, 후안이 말했다.

그리고 성모, 호세가 말했다.

그게 다 한통속이야, 후안이 말했다.

그런 다음 두 사람은 울적한 침묵에 빠져들었다. 참 로시타는? 문득 호세가 물었다.

로시타가 뭐? 후안이 말했다.

아직도 식당에서 일해? 호세가 물었다.

아니, 파리에서 잘나가고 있어, 그는 침울한 웃음을 지으며 말했다.

그리고 둘은 다시 침묵에 빠졌다.

저 바보들 좀 봐! 호세가 별안간 외쳤다. 그가 형이상학을 펼치는 순간이었다. 인간은 말이지…. 그가 이마에 고랑을 두 줄 패며 말했다. 인간은 점점 미망에 빠지고 자신을 속이는 경향을 보이고 있어. 이것도 진보는 진보지만 거꾸로 된 진보지. 저들은 가장 높은 목소리를 내고 지도자를 따르라고 말하는 이에게 희열을 느끼며 속아 넘어가지. 인간은 겁쟁이에다 비굴해서 언제든지 굴종할 준비가 되어 있어. 비굴한 두려움이 그들에게는 도덕 구실을 하지. 그들은 재산을 잃었을 때보다 배우자의 죽음을 훨씬 빨리 털고 일어나지. 여러 차례 확인한 일이야. 비겁하다고 말하는 걸론 부족해. 저들이 불행이라 부르는 건 그들이 자신들의 비겁함에 붙이는 이름일 뿐이야. 나약하고, 따라서 복수심 강한 저들은……………………………………………
………………………………………………………………………
………………………………………………………………………
………………………………………………………………………
………………………………………………………………………
………………………………………………………………………
………………………………………………………………………
………………………………………………………………………

···
···
···그가 침울하게 나열하
는 인간의 저급함과 흉악함의 목록은 역시나 침울한 후안 앞에
서 이런 식으로 몇 시간이고 이어질 수 있었다. 후안이 주문했다.

　베르무트 한 잔 더 주세요.

　급히 강장제가 필요했던 것이다.

　호세의 삶은 격렬한 자책과 함께 새로운 국면으로 접어들었
다. 그 자책은 너무도 격렬해 그의 어머니를 질겁하게 만들었다.

　그는 자기 자신을 저주했다. 자신을 매질했다. 자신을 증오
했다.

　그는 자신이 흠모했던 것을 혐오했다.

　그리고 자기 자신과 이혼했다.

　그는 말했다. 범죄나 다름없는 어리석은 생각으로 천국에 들
어섰다고 믿었다고. 그런데 그것은 개들을 위한 천국이었다. 어
쩌면 그토록 어처구니없게 미숙했을까? 순수함, 무한한 유년기,
젖과 꿀, 형제애 넘치는 초원, 영혼의 숭고한 열망들. 모조리 어
리석은 말일 뿐! 바보들을 낚는 속임수일 뿐! 세상에 상처 입
고 막연한 공상을 통해 세상으로부터 자신을 지키려는, 그 같
은 하찮은 인간들이 만들어낸 초라한 위로들일 뿐이었다.

속죄를 해야 했다. 빨리. 그리고 눈물 없이.

저 성城들을 파괴해야 한다. 이 마시멜로를 토해내야 한다.

이때부터 그는 어두운 생각들을 되새기고, 모든 것에 죽음의 재를 뿌리고, 에스파냐가 무덤으로 갈 거라고, 이제 파멸뿐이라고 말하기 시작했다. 모든 게 끝장이야, **시팔**, 이제 난 아무것도 희망하지 않아, 마을 일 따윈 상관 안 해, 이젠 싸울 것도 없어, 무엇과도 싸울 일 없어.

그리고 예전에는 죽은 사자가 되느니 살아 있는 개가 되는 편이 낫다고 자랑스레 단언했던 그는 이제 자신이 개처럼 살고 있다고 투덜거리기 시작했다. 살아 있긴 한 거야? 그는 스스로에게 물었다.

그의 성격은 까탈스러워졌다.

입가엔 씁쓸한 주름 하나가 패었다.

그는 걸핏하면 화를 냈다. 어머니를 괴롭히는 걸 즐겼다. 그리고 어머니에게 무례하게 굴었다. 험악한 말들을 쏟아냈다. 언제나 화난 어조로 말했다.

그는 개의 배를 발길로 찼다. 설명할 수 없는 분노에 사로잡혔다.

사람들은 그가 돌이킬 수 없고 결정적인 뭔가를 찾고 있는 것 같다고 느꼈다.

마을에서는 그를 지겹도록 똑같은 말만 해대는 놈이라고 말했다. 아주 사람을 피곤하게 한다니까. 똑같은 소리 좀 그만 할 수 없나!

그의 고립은 불안했다. 그의 험악한 말은 반감을 샀다. 사람들은 그를 피하기 시작했다.

사람들은 줄곧 그를 비방했다.

그가 나쁜 패자라고 생각했다.

그의 약점들을 늘어놓았다.

고작 그의 인사를 받는 게 전부였다.

내가 뭐라 했어요, 라고들 말했다.

그 거창한 이념 때문에 저렇게 된 거죠, 라고 말했다. 그 이념들이 저 애 머리를 돌게 만든 거예요.

초여름에 떠돌던 그에 대한 해괴한 소문들이 신뢰를 얻었다. 그를 비난하는 게 유행이 되었다. 그리고 모두가 가담했다. 가장 무심한 사람들까지도. 다른 사람들보다 어리석어 보이지 않기 위해서였다.

사람들은 그의 추락에 기뻐했다.

그리고 차 사고나 처형 장면을 구경하듯 그가 추락하는 모습을 지켜보던 디에고는 누구보다 기뻐했다.

1937년 12월 초, 마을엔 관리인 리카르토가 이끄는 소규모 팔랑헤 당원 무리가 시청을 접수할 거라는 소문이 돌았다(돈 하이메의 일꾼 중 한 사람이 경솔하게 내뱉은 얘기였다).

디에고가 한 첫 번째 소임은 그 사실을 지역 당국에 알리는 것이었고, 당국은 그에게 혹시라도 있을지 모를 공격을 막아내도록 방어용 교통수단을 두 대 보내주겠다고 약속했다. 그 소리를 듣자마자 호세와 후안은 끔찍한 무기력에서, 죽은 듯한 마비 상태에서 벗어났고, 그들이 막 익숙해지고 차츰 편안해지던 깊은 무력감에서 벗어날 기회가 거기 있음을 발견했다. 몇 달째 그들은 무기력과 씁쓸함에 빠져 기분 전환 삼아 못되게 굴고 냉소적으로 낄낄거리며(그들 천성에는 아주 낯설지만) 권태로워하고 있었다. 그들은 돼지처럼 살고 생각하는 또래의 청년들과 어울리길 거부하면서, 절망은 누구나 손닿는 곳에 있지 않다고 말하곤 했다.

싸우겠다는 생각은 그들에게 예기치 않은 안도감을 안겨주었다. 그들은 싸울 것이다. 심상치 않은 일이 벌어질 것이다. 두고 보라. 그들의 영웅 심리가 다시 불타올랐다. 그들의 비탄이 타오른 게 아니라면.

그들은 디에고에게 그의 투쟁에 합세하겠다고 알렸고, 예정된 날 협조하겠다고 했다. 불화를 뛰어넘고 상황에 대처해야 했다.

디에고는 받아들일 수밖에 없었다.

그래서 그들은 서로 어떤 협의도 없이, 분별 있는 사람이라면 엄중하게 반대해야 했을 치기 어린 행동에 뛰어들었다.

아무도 어떻게 일이 벌어진 건지 정확히 말하지 못했다. 나중에 전해진 모든 이야기는 모호하고 단편적이었고, 대단히 모순됐다. 그러나 대략 다음과 같이 재구성해볼 수 있었다. 12월 16일, 리카르도가 이끄는 팔랑헤 당원들이 페케의 집 뒤에다 어디서 어떻게 구했는지 알 수 없는 무기를 설치했다. 그 무리는 돈 하이메를 위해 일하는 다섯 명의 농민 노동자들이었다. 중세의 영주를 대하듯 돈 하이메에게 존경심과 깊은 애정을 품고 있던 그들은 변절자 아들에게서 권력을 빼앗기 위한 공격의 정당성을 이야기하는 관리인에게 설득당한 것이었다. 관리인은 셰익스피어처럼 말했다. 악의를 가진 사람들이 나중에 넌지시 암시한 것과는 달리, 그는 돈 하이메와는 전혀 상관 없이 계획을 구상했던 것이다.

호세와 후안은 각각 사냥총으로 무장하고 높은 곳에, 무르시아네 밭 근처 돌담 뒤 풀밭에 엎드려 보초로 자리 잡고 그들이 공격해오길 들뜬 채 기다렸다.

디에고와 평소 그를 보좌하던 공산주의자 청년 네 명은 모두 총과 수류탄으로 무장한 채 아스나르네 집 뒤에 몸을 숨기고, 팔랑헤 당원들이 매복해 있는 페케의 집을 포위할 준비를 하고 있었다.

돌격대 차량이 팔랑헤 당원들이 있는 곳에 도착하면서 공격이 시작되었고, 곧 호세와 후안, 그리고 디에고가 지휘하는 작은 무리가 합세했다.

비명과 외침, 소란과 야단법석이 있었다고 한다. 포탄이 터졌고, 사방에서 총알이 날아들었고, 명령과 명령 취소가 내려졌고, 짙은 화염 때문에 누가 누구에게 쏘는지 보이지조차 않았다고 한다. 한마디로 엄청난 혼란이었다.

여섯 명이 쓰러졌다.

관리인과 그의 부하 둘이 포로가 되었다.

후안과 디에고, 그리고 디에고의 보좌관 셋은 흩어졌다.

돌격대 차량은 훼손된 곳 없이 다시 떠났다.

호세는 가슴 한가운데 총 한 발을 맞았다. 어디서 쏜 것인지는 알 길이 없었다. 갑자기 땅에 쓰러진 그는 가슴에 생긴 통증 없는 상처를 더듬다가 피투성이가 된 제 손가락을 보았고, 절망에 찬 분노로 중얼거렸다. 저놈들이 나한테 무슨 짓을 한 거야? 다리를 움직이려 했으나 꼼짝도 하지 않았고, 후안을 부르려고 했으나 힘이 없었고, 자신이 좋아한 이미지들을 호출했으나 결코 오지 않았다. 총성이, 짧은 일제사격이, 고통에 찬 비명이, 욕설이, 멀리서 개 짖는 소리가 들렸다. 그러더니 총소리가 점차 희미해졌고, 모든 소리가 점차 희미해졌다. 그는 천천히 미지근하고 흐릿하고 마구 몰려드는 듯한 어떤 것 안으로 미끄러져 들어간다고 느꼈고, 홀로 광활한 하늘을 마주하고 있었다.

친구의 손길 하나 없이. 사랑의 눈길 하나 없이. **오직 홀로** (이렇게 말하고 나의 어머니는 눈물을 훔쳤다).

총소리가 그쳤을 때 디에고는 여러 차례 호세를 불렀고, 끔찍한 불안에 휩싸여 그를 찾았고, 얼음장 같은 땅에 쓰러져 꼼짝 않는 그의 시신을 발견했다.

그는 호세 위로 몸을 숙였다. 그의 머리 아래로 가만히 팔을 넣었다. 그를 들어올렸다. 그리고 힘없이 그를 다시 내려놓았다.

집으로 돌아오기 전 그는 한순간 호세의 죽음을 몬세에게 감출까 생각했다.

그는 문을 열었다.

그의 얼굴은 납빛이었다.

몬세는 남편의 얼굴에서 곧장 뭔가 끔찍한 일이 벌어졌음을 알아차렸다.

무슨 일이에요?

디에고는 아무 말이 없었다.

미칠 듯이 불안해진 몬세가 그에게 거듭 물었다.

길어지는 디에고의 침묵 앞에서 몬세는 텅 빈 목소리로 말했다. 오빠가….

디에고는 그녀를 쳐다보지 못한 채 그렇다고 말했다.

몬세는 쓰러지지 않으려고 벽에 기댔다.

사흘 후 호세는 땅에 묻혔고, 마을 사람 모두가 장례 행렬을 따라갔다. 전날까지만 해도 그들이 미친놈, 머리가 돈 놈, 비현실주의자, 불안정한 놈이라 규정하던 이의 죽음은 모두에게 회한과 다양한 종류의 탄식을 불러일으켰다. 마을에서 호세는 애석하게도 고故 호세가 되었다.

몬세는 엄청난 슬픔에 빠졌다. 슬픔은 그녀의 넋을 빼놓았고, 끔찍이도 무감각하게, 너무도 무감각하게 만들어 그녀는 전쟁 소식에도, 루니타의 미소에도, 가족들이 그녀에게 아낌없이 쏟는 애정 어린 몸짓에도 반응하지 않았다.

그녀는 어머니를 방문하는 것도 그만두었다. 어머니는 줄곧, 호세가 있었다면 이 무화과를 얼마나 잘 먹을까! 그 애가 있었다면 이럴 텐데! 그 애가 있었다면 저럴 텐데! 하고 한탄했고, 걸핏하면 슬퍼하며 훌쩍여서 이웃 여자들이 은근히 좋아했다.

그녀는 카를로스 가르델과 후아니토 발데라마의 노래를 부르는 것도 그만두었고, 실의에 빠져 자기 방에 틀어박힌 채 하루를 보냈고, 남편에게 질문을 던지는 것도 그만두었고, 그가 그녀 앞에 있을 때마다 '사건'에 대해 묻는 듯한 수수께끼 같은 표정을 지었다. 그녀의 슬픔은 헤아릴 수 없는 것이었다. 로시타가 마을에 도는 소문을 그녀에게 전했을 때 그 슬픔은 광기로 돌변했다. 디에고가 그녀의 오빠를 죽였다는 소문이었다.

마을 사람들이 두 남자 사이의 적의를 너무도 잘 알았기 때문이다. 어떤 방법을 쓰는지는 알 수 없었지만 마을 사람들은 언제나 가장 비밀스럽고 가장 내밀한 일들을 찾아냈고, 그 발견에서 출발해 소설 같은 이야기들을 쌓아올렸고, 결국 그것을 믿었다.

12월에 있었던 공격은 그들이 지어낸 이야기들의 고삐를 풀어주었다. 그들의 허구는 모든 것에서 죄인을 찾으려는 고질적인 욕망과 결합했고, 그들은 아무 증거가 없는데도 결국 만장일치로 호세의 살인자로 디에고를 지목했다.

이 비방은 몬세에게 미칠 듯한 고통을 안겼고, 디에고를 헤아릴 길 없는 깊은 절망에 빠뜨렸다. 그는 처음엔 부인하다가 자신이 용의주도하지 못해 청년들을 죽음으로 내몰았다고 자책하게 되었다.

매일 어김없이 그는 술에 취했다.

매일 저녁 잠자리에 들기 전 엄청난 양의 독주를 들이켜고 침대에 쓰러져 곧바로 돼지처럼 코를 골며 잠드는 버릇이 들었다. 그러나 이따금, 잠에 빠지기 전에 아내와 사랑을 나누고 싶은 욕망에 사로잡히면 그는 애원했고, 그녀는 거부했다. 그러면 그는 무지막지한 힘으로 그녀의 팔을 붙들어 꼼짝 못하게 했고, 그녀는 그에게 제발 놓아달라고 말했고, 그는 온몸의 무게를 실어 그녀를 짓눌렀다. 그녀는 머리를 사방으로 흔들며 저항했고, 그는 무릎으로 그녀의 가랑이를 벌리려 애썼지만 그녀는 오므린 다리를 풀지 않고 그에게 말했다. 날 건드리지 마, 날 건드리지 마, 그러지 않으면 소리칠 거야. 그는 그녀의 얼굴 위에서 취기 실린 숨을 거칠게 내뿜었고, 그녀는 야생동물처럼 발버둥 쳤다. 그는 그녀에게 중얼거렸다. **사랑해**. 느릿느릿 슬픈 주정뱅이의 목소리로. 그러면 그녀는 혐오스럽다는 듯 그를 밀쳤고, 그의 포옹에서 벗어나려고 세차게 발길질을 했다. 그러곤 온 집안을 깨울 정도로 크게 고함치기 시작했다. 그만해! 그만해! 그만해! 그리고 결국 그에게서 벗어나 옆방으로 피신한 뒤 이중으로 문을 잠갔다.

디에고는 곧바로 짐승처럼 곯아떨어졌고, 식은땀을 흘리며 잠에서 깨어나 몬세를 향해 몸을 돌리고 더듬어 그녀를 찾았지만 자리는 비어 있었다. 그는 일어났다. 머리가 지끈거렸다. 방바닥이 울렁거렸다. 그는 비틀거렸다. 눈 뜨기 무섭게 고통이 고스란히 되살아났고, 회한이 전날과 똑같이 맹렬하게 공격해 왔다. 그러면 그는 그것들을 물리치려고 자기변호를 끝없이 반복했다. 간혹 호세가 가능한 한 멀리 떠나길 바란 적은 있었지만, 호세의 존재를 계속되는 도발처럼 느끼긴 했지만, 호세의 얼굴이 종종 자신에게 질책처럼 느껴지긴 했지만, 말로 표현할 수 없는 음험한 만족을 느끼며 호세의 추락을 지켜보긴 했지만, 결코, 결코, 결코 호세의 죽음을 바란 적은 없었다. 이것이 그가 자신에게 되뇌는 말이었다.

어느 날 무기력하게 시청으로 가던 중 그는 벤디시온 카페에 들르기로 마음먹었다.

그가 들어서자 적막이 내려앉았다.

그는 바로 자리를 뜨고 싶었으나 아무 기색을 드러내지 않았다.

그는 아니스 술 한 잔을 주문했고, 단숨에 들이켰고, 도미노 게임을 하고 있던 노인들에게 고갯짓으로 인사한 뒤 그를 향한 적대감 때문에 벙어리가 된 카페를 다시 가로질러 나왔다.

그는 자신과 마을 사람들 사이에 무언가가 돌이킬 수 없이 깨졌음을 깨닫고 황망한 마음으로 집에 돌아갔다. 그를 보좌하는 청년들 중 한 사람이 그 사실을 확인해주었다. 사람들이 이제는 잘 안다는 미소를 지으며 시청에서 역한 냄새가 난다고 한다는 것이었다.

그때부터 그는 달라졌다.

외모에 그토록 신경 써서 언제나 완전무결하게 차려입던 그가 이제 옷차림에 신경이라고는 쓰지 않았다. 작업복도 잠그지 않았고, 주머니가 밖으로 비죽 나오고 셔츠가 바지 밖으로 삐져나와도 내버려두었다. 도냐 푸라는 말했다. 꼭 거지같구나.

그와 동시에 옛 신념들에 대한 확신도 흔들리기 시작했다.

호세의 시신이 그의 머릿속에 누워 있어 사태를 전혀 다르게 바라보게 했다. 그는 자신이 완고하게 자기 것으로 옹호해온 당의 노선을 규탄한 호세의 말이 맞았는지도 모른다고, 점점 더 자주 혼잣말을 했다. 금단의 열매처럼 슬쩍 맛본 절대자유주의 사상이 그의 안에 의심의 독을 조금씩 퍼뜨렸고, 그 의심은 점점 커졌다. 그런데 모든 것이 흔들리면 무엇에 매달려야 하지? 그는 혼잣말을 하곤 했다. 무엇을 믿고, 어떤 표본을, 어떤 체계를 믿어야 하지? 어떻게 계속 싸우지?

그토록 자부심을 가지고 맡아온 마을 책임자의 역할이 이제는 부담으로 다가왔고, 정치 문제도 혐오감을 불러일으켰다. 그는 심지어 직무를 그만두자고 생각했고, 이기든 지든 전쟁이 끝나기를 바랐다. 그래야 일에서 해방될 것이기 때문이었다.

그는 별안간 늙어버렸다.

그는 스무 살이었다. 그러나 서른 살처럼 보였다.

불안한 그의 영혼에 첫 강박적 두려움이 끼어들기 시작한 것이 이 즈음이었다. 그는 가족들조차 대놓고 그를 비난하거나 적어도 원망한다고 느꼈고, 아버지가 그를 경멸하고 몬세가 그를 역겨워한다고 상상하기 시작했다. 그리고 누명을 벗기 위해 스스로 머리를 터뜨려야겠다고 생각했다.

모든 사람과 모든 것을 그토록 경계하던 그는, 경계심이 성격에서 가장 두드러지는 특징이라고 말할 수 있었던 그는 마을 전체가 자신의 반대편에 섰다고 상상하기에 이르렀다. 자신이 음모의 대상이 되었다고 믿을 정도였다. 그는 사람들이 자기를 고약한 눈으로 바라본다고, 등 뒤에서 어떤 일이 꾸며지고 있다고, 사람들이 오만 가지 방식으로 자기를 해치려 한다고 믿기 시작했다.

이때부터 그는 지독한 긴장 속에서 지냈고, 사무실 문을 삼중으로 걸어잠근 채 틀어박혔고, 조그만 소리에도 소스라쳤고, 조그만 징후에도 늘 혁대에 차고 다니는 권총부터 꺼내들었다.

몇 년 동안 그는 전쟁이 정당성을 부여해준 이 음모 위협과 그럭저럭 괜찮게 지냈다. 그가 진짜 피해망상에 사로잡히고 그 때문에 두 차례나 정신병원에 가게 된 건 훗날 프랑스로 이민한 뒤였다.

돈 하이메도 변했다.

점령당한 마을에서 국민군이 보인 행태에 그는 역겨움을 느꼈다. 가족도 그에게 짐이 되었다. 아들은 그에게 걱정을 안겼다. 그리고 몬세의 슬픔도 그에겐 견디기 힘든 것이었다.

이제 그는 동네 농민들과 어울리는 것만 좋아했다. 그들이 그를 상대로 타산적이지 않았던 건 아니다. 그들은 그가 쓰는 후한 인심의 혜택을 언젠가 누리길 희망했다. 그러나 그는 영지 관리조차 소홀히 해서 이제는 한 청년에게 완전히 맡겨버린 상태였다. 페르민이라는 이름의 그 청년은 거의 오후 내내 벤디시온 카페에서 또래 청년들과 함께 도미노게임을 하며 지냈다. 어쩌면 이것이 어느 날 갑자기 그의 배에 낀 군살을 설명해주었는지도 모른다.

이어지는 몇 달 동안, 그때까지는 어쨌든 일상적인 비방과 몇 번의 열띤 논쟁을 통해서만 드러났던 마을의 잠재적 폭력성이 달月의 작용 때문만은 아닌 무시무시한 힘으로 갑자기 다시 활성화됐다.

모두가 저마다 조심했다.

저마다 상대를 잠재적인 적으로 바라보았다.

사람들은 누가 숨어 있다가 총질을 할까 두려워 주변을 살피고 나서야 거리로 나섰다.

유감스러운 행위가 저질러지거나 어떤 미친 자들이 매복하고 있을 가능성도 배제할 수 없었다.

사람들은 특히 전에 일어난 것 같은 비극적인 매복이 다시 있을까 두려워했다.

모두가 모두를 두려워했다.

쓸쓸함과 경계심이 모든 이들의 마음을 잠식해들어갔다.

그리고 어떤 이들은 증오에 잠식당했다.

1937년의 끝은 내가 기억하는 가장 암울하고 가장 슬픈 끝이었지, 어머니는 말했다. 몬세의 슬픔은 전쟁이 패배를 향해 간다는 공화파 쪽의 예감과 맞물렸다.

3

프랑스로 돌아오자마자 베르나노스는 집요하게《달빛 아래의 대 공동묘지》의 마무리 집필에 매달렸다. 눈빛 맑은 이 늙은 사자는 툴롱에 자리를 잡고서, 술꾼으로 비칠 위험을 무릅쓰고 매일 오토바이를 타고 라드 카페로 갔다. 그곳에서 그는 그의 전 작품을 통틀어 가장 암울한 작품을 완성했다.

1938년 4월 16일, 〈르 피가로〉지는 그 발췌 텍스트를 실었다. 4월 22일, 책이 서점에 깔렸다. 좌파 신문은 갈채를 보냈다. 우파 신문은 불만을 드러냈지만 격렬하게 적대적인 태도를 보이지는 않았다. 마드리드에서 에스파냐 주교단은 사탄에게 영감을 받아 쓴 이 작품을 바티칸이 금서로 지정해야 한다고 주장했다. 이제 막 철학교수 자격을 취득한 시몬 베유는 베르나노스에게 감탄을 전하는 편지를 보냈고, 그는 그것을 생애 마지막 날까지 지갑 속에 간직했다.

에스파냐에 대한 생각을 떨칠 수 없었던 베르나노스는 곧 멀리 떠날 계획을 세웠다. 멀리, 멀리, 자신을 부인한 고국에서 아주 멀리, 전체주의 체제로 변해버린 유럽에서 멀리 떠나기로. 그곳에서 계속 살아간다는 건 그의 능력을 벗어나는 일이었다.

그의 아내와 호세 베르가민과 함께 프랑스에서 마지막 저녁을 보낸 뒤 베르나노스와 그의 가족은 7월 20일 마르세유에서 배에 올랐다. 그들은 다카르를 경유해 브라질을 향해 갔다. 그리고 다시 파라과이로 향했다.

1937년의 그 음산한 겨울을 보낸 뒤 몬세는 차츰 삶의 맛을 되찾았다. 오빠를 생각하다가 그녀는 결국 그 죽음이 어쩌면 막연히 그가 갈망하던 것은 아니었을까 생각하게 되었다. 이미 오래전부터 그의 것이 아닌 세상, 그가 닮지 않으려고 격렬하게 거부한 세상, 그녀처럼 삶에서 나쁜 것을 좋은 것으로, 악을 선으로 받아들이지 않으려고, 그녀처럼 삶과 화해하고 그렇게 화해한 것을 기뻐하지 않으려고 세상에 던진 거만한 작별 인사가 아니었을까 생각했다. 그러자 호세의 죽음이 조금은 덜 부조리해 보였다. 여전히 모든 것이 받아들이기 힘들고 덧없었지만, 그래도 조금은 덜 부조리했다.

나의 어머니는 1938년을 잊었고, 그 뒤로 이어진 모든 세월을 잊었다. 어떤 책을 읽어도 나는 그 세월에 대해 결코 알아내지 못할 것이다.

어머니는 작은 사건들을(역사의 시각으로 보면 작고 영원히 잊힌 사건들), 그리고 큰 사건들을(내가 발견할 수 있었던 사건들) 잊었다.

그녀는 1938년에 에스파냐의 하늘이 나쁜 소식들로 어둡게 뒤덮였던 것을 잊었고, 공화군이 매일 전장에서 졌다는 것을 잊었다.

그녀는 같은 해 3월에 세계 각국에서 온 유대인 지원병들로 구성된 보트원 여단이 완전히 말살되었다는 걸 잊었다.

그녀는 자신이 생애 가장 아름다운 여름, 틀림없이 단 한 번뿐인 여름을 보낸 그 대도시가 풍비박산 났고, 그곳에 걸려 있던 찬란한 플래카드들이 갈가리 찢겼고, 그 붉은 벽보들도 산산조각 났고, 황량한 거리들도 산산조각 났고, 주민들의 사기를 비롯한 모든 것이 산산조각 났다는 걸 잊었다.

그녀는 9월에 뮌헨 협정이 체결되었고, 그걸 체결한 달라디에*가 박수갈채를 받았다는 걸 잊었다(장 콕토는 외쳤다. 수치스러운 평화 만세! 베르나노스는 절망에 빠져 선언했다. 수치스러운 평화는 평화가 아니다. 여기선 우리 모두가 수치를 입안 가득 마시고 있다. 돌이킬 수 없는 수치다. 우리는 역사 앞에서 그 책임을 지게 될 것이다).

그녀는 4월 30일, 후안 네그린 총리가 이제는 이기는 것이 관건이 아니라 프랑코 장군과 협상하는 게 관건이라는 생각으로 거국내각을 구성했다는 걸 잊었다. 프랑코는 물론 거절했다.

1938년 8월에 전쟁은 위험하게도 몬세가 살고 있던 지역까지 번졌다. 그곳에서 공화군의 마지막 반격이 있었다. 그리고 그녀의 마을에서는 두 진영 사이에 죽음을 건 싸움이 벌어졌다.

1939년 2월, 도로 보수 인부였다가 하급 관리로 승진한 엘 페케가 프랑코 진영의 승리를 알렸을 때, 증오가 다시 타올라 말 그대로 광기로 변했다.

노선 변경은 급격했다. 보복은 무시무시했다.

후안은 처형당했고, 디에고를 보좌하던 열여덟도 채 되지 않은 두 청년 역시 고문 끝에 처형당했다. 로시타와 시청 여비서 카르멘은 무릎이 잘린 뒤 네 발로 기어 삼 년 전부터 사람 출입이 없었던 예배당 바닥을 청소해야 했다. 그 전날 개종한 사람들이 자랑스레 팔을 뻗으며 **"프랑코 만세, 에스파냐 만세"**를

---

* 급진 좌파 사회당 총재를 역임한 프랑스 정치가 에두아르 달라디에Édouard Daladier(1884~1970).

외치며 웃고 침 뱉고 욕설을 퍼붓는 가운데.

마누엘은 재판 없이 안달루시아 아나키스트들과 함께 R. 감옥에 갇혔고, 그들에게 가슴을 에는 선율의 안달루시아 민요 카르셀레라를 배웠다.

벤디시온과 그녀의 남편은 그들 카페에 이렇게 적힌 벽보를 내걸었다. 우리는 조국을 외국인들에게 팔지 않습니다. 디에고는 달아나서, 프랑스 국경을 향해 후퇴 중이던 리스테르 대령의 11사단에 합류할 수 있었다.

내 어머니는 남편의 조언에 따라 보복이 더 극악해지기 직전에 마을을 떠났다.

그녀는 1939년 1월 20일 아침에 루니타를 유모차에 태우고, 시트 두 장과 딸아이를 위한 옷가지 몇 점을 넣은 작은 가방 하나를 들고 걸어서 떠났다.

십여 명의 여자들과 아이들이 그녀와 함께 걸었다. 이 작은 무리는 공화군 11사단의 호위를 받으며 에스파냐를 떠나는 긴 행렬에 합류했다. 이것을 완곡한 말로 '철수'라고 불렀다. 여자, 아이, 노인들로 이루어진 끝없는 대열이 지나고 나면 터진 가방, 죽어 널브러진 노새, 진흙탕에 뒹구는 가련한 개떼, 저 불행한 사람들이 집안의 가보家寶라고 부랴부랴 가져왔다가 내 집이라는 생각마저 머리에서 완전히 사라지고 심지어 모든 생각이 사라지자 길에 버린 잡다한 물건들이 긴 항적처럼 남았다. 몇 주 동안 어머니는 아침부터 저녁까지 걸었고, 진흙이 묻어 뻣뻣한 똑같은 치마와 똑같은 상의를 입었고, 시냇물로 씻었고, 풀로 닦았고, 길에서 주운 것을 먹거나 리스테르 사단 군인들이 나눠주는 한 줌의 쌀을 먹었고, 그저 한 발 앞에 다른 발을 내딛고 자신이 이 고난의 길로 끌어들인 딸아이를 돌보는 것 이외에 다른 생각은 하지 않았다.

곧 그녀는 성가신 유모차를 버리고 어깨에 시트를 둘러 루니타를 위한 포대기를 만들었고, 딸아이는 그녀 몸의 일부가 되었다. 그렇게 그녀는 앞으로 나아갔다. 딸아이를 몸에 달고 있으니 한결 힘이 나고 한결 자유로웠다.

배가 고프고 춥고 다리가 아프고 온몸이 아팠고, 상의를 베개처럼 접고 온 감각을 곤두세우고 자느라 자면서도 잠들지 못했고, 맨땅에서 자거나 잔가지를 모아 바닥에 깔고 자거나 버려진 헛간이나 차갑고 황량한 학교에서 잤다. 여자들과 아이들이 어찌나 빽빽이 붙어 잤던지, 다른 사람에게 부딪치지 않고는 팔 한 짝도 움직일 수가 없었다. 그녀는 바닥의 축축한 한기가 스며들어오는 얇은 밤색 담요 하나로 몸을 감싸고 잤다(어머니 : 너 그 담요 알지, 다림질할 때 쓰는 담요 말이다). 가슴에 꼭 끌어안은 딸아이와 그녀는 하나의 몸처럼, 그리고 하나의 영혼처럼 붙어 있었다. 루니타가 없었더라면 내가 계속 길을 갈 수 있었을지 모르겠구나.

젊은 나이에도 그녀는 이루 말할 수 없이 피로를 느꼈지만 매일 한 발 앞에 다른 발을 내딛는 일을 계속했다. 전진! 오직 살아남을 수단을 찾는 데 정신을 집중하고, 파시스트 전투기들이 나타나면 납작 엎드리거나 고랑에 몸을 던지고 바닥에 얼굴을 묻고 아이를 꼭 끌어안았다. 겁에 질리고 너무 울어 숨이 막힐 것 같은 아이에게 그녀는 속삭였다. 애야 울지 마라, 내 병아리야 울지 마라, 내 보물아 울지 마라. 흙투성이가 되어 다시 일어나면서 그녀는 딸아이에게 이런 처참한 지옥을 겪게 하는 게 잘하는 짓인지 생각하곤 했다.

그러나 나의 어머니는 열일곱 살이었고, 삶에 대한 욕구가 있었다. 따라서 그녀는 몇 날 며칠 아이를 등에 업고 저 산만 넘으면 상황이 나아질 것 같은 지평선을 향해 걸었다. 그녀는 12월의 풍경 속에 매일매일 걷고 또 걸어서 1939년 2월 23일 국경 마을인 페르튀에 도착했다. 그리고 어떤 곳인지 익히 잘 알려진 아르쥘레 쉬르 메르의 수용소에서 보름을 보냈다. 그 후 모자크 수용소로 보내졌고, 그곳에서 나의 아버지 디에고와 재회했다.

숱한 우여곡절을 겪은 뒤 어머니는 마침내 랑그도크의 어느 마을에 떨어지게 되었다. 그곳에서 그녀는 새 언어와 살아가고 (이 언어를 그녀는 상당히 훼손했다) 행동하고 울지 않는 법을 새롭게 배워야 했다.

지금까지 그녀는 그곳에서 살고 있다.

1939년 4월 24일, 막 선출된 비오 12세 예하께서 선언하셨다. 더없이 기쁜 마음으로 우리는 여러분을 위해 하느님께 구원을 청합니다. 참으로 가톨릭에 충실한 에스파냐의 참으로 소중한 아들들이여. 평화와 승리라는 하느님의 선물에 대해 우리의 각별한 축하의 말씀을 여러분께 전합니다. 여러분의 신앙과 자비에서 비롯한 영웅 행위에 하느님께서 왕관을 씌워주셨습니다.

2011년 2월 8일. 내 어머니는 학교 운동장으로 난 창가에 놓인 커다란 초록색 안락의자에 앉아 쉬고 있다. 찬란했던 그녀의 여름을 이야기하느라 지쳤다. 그것을 이야기하는 기쁨에 그녀는 지쳤다.

그 모든 기억에서 어머니는 앞으로도 가장 아름다운 기억만, 상처처럼 생생한 기억만 간직할 것이다. 다른 모든 기억들은(나의 탄생을 비롯해 몇 가지만 제외하고) 지워졌다. 무거운 기억의 짐은 모두 지워졌다. 랑그도크의 어느 마을에서 끝없는 겨울을 살았던 일흔 해는 지워져 영원히 말이 없다. 내가 알아내기 어려운 어떤 이유들, 어쩌면 의학적인 이유 때문인지도 모르고, 아니면 그 세월들이 전혀 중요하지 않았기 때문인지도(이 가설이 나로선 가장 당혹스럽지만) 모른다.

그녀의 기억 속에는 이 1936년의 여름만이 남아 있다. 삶과 사랑이 그녀의 허리를 끌어안았던 여름, 자신이 온전히 존재한다고 느꼈던, 그리고 세상과 하나가 된 것 같았던 그 여름, 파졸리니라면 온전한 젊음의 여름이라고 말했을 그 여름만이. 어쩌면 그녀는 그 여름의 그늘 아래에서 나머지 생을 살았는지 모른다. 짐작건대 아마도 그녀의 회상으로 미화되었을 그 여름, 추정컨대 회한과 잘 싸우기 위해서, 그게 아니라면 내 마음에 들게 하기 위해서 그녀가 전설로 재창조한 그 여름. 눈부신 그 여름을 나는 이 글 속에 안전하게 담아두었다. 책이란 그러려고 만드는 것이 아니던가.

내 어머니의 눈부신 여름, 그리고 그의 기억 속에 두 눈을 후벼 파는 칼처럼 박힌 베르나노스의 참담한 해年. 하나의 역사에 대한 두 개의 장면, 두 개의 경험, 두 개의 비전이 몇 달 전 나의 밤과 낮들에 들어왔고, 서서히 우러나고 있다.

어머니가 그토록 순수한 기쁨을 만끽하며 창문 너머로 지켜보는 운동장은 이제 막 아이들이 떠나 텅 비어 있다.

문득 큰 평온이 깃든다.

어머니가 나를 향해 돌아본다.

얘야, 우리 아니스 술 한잔 할까. 기운이 날 거야. 기운이라는 단어는 남성이니 여성이니?*

남성이에요.

리디아, 아니스 조금만 마시자. 시간이 저렇게도 쏜살같은데, 이 정도 대비는, 감히 말하지만, 과한 게 아냐.

---

* 프랑스어의 모든 명사는 남성과 여성으로 나뉘어 있다.

소니아 도냐 페레즈와 아니 모르방에게

깊은 감사의 말을 전한다.

에스파냐 1936

1936년의 에스파냐는 뜨겁고도 싸늘한 시공간이었다. 새로운 세상에 대한 꿈과 기대로 달아오른 열광의 도가니였고, 수많은 목숨이 스러져 간 살육의 현장이었다. 서유럽 어느 나라보다 오래 잔존한 늙은 봉건체제와 삐걱거리는 어린 공화체제가 공존하고, 권위주의적 전통과 자유주의적 본능이 충돌하는 시간이었다. 공산주의, 사회주의, 아나키즘, 아나르코생디칼리즘, 파시즘 등 온갖 이념이 격돌하고, 팔랑헤당, 급진공화당, 자유공화우파, 카탈루냐 연맹, 공화좌파, 카탈루냐 공화좌파, 에스파냐 사회주의노동자당, 에스파냐 공산당, 카탈루냐 통합사회당, 마르크스주의 통합노동자당, 절대자유주의 운동, 이베리아 아나키스트연합, 바스크 민족주의당 등등 이루 다 헤아릴 수 없을 만큼 수많은 조직들이 난무하는 아수라장이었다. 거리엔 혁명이니 자유니, 우애니 공동체 같은 거창한 말과 제철 만난 슬로건들이 떠돌고, 세상이 발칵 뒤집혀 주인도 하인도 없고 착취도 가난도 없는, 모두가 자유롭고 평등해진 지상낙원이 도래한 듯도 했다. 자유를 지키려는 공화 진영과 질서를 바로잡겠다는 국민 진영 사이에 전쟁이 선포되고 마구잡이 학살이 자행되는 증오와 공포의 시공간이기도 했고, 인류가 놀라운 연대의식을 보여준 경이로운 시공간이기도 했다. 파시즘의 위협 앞에서 유럽의 여러 나라가 불간섭 원칙을 천명하며 발을 뺄 때 세계 곳곳에서 개인들이 죽음을 각오하고 피레네 산맥을 넘고 대서양을 건너 에스파냐를 구하러 달려왔다. 그 청춘 남녀의 수가 삼만이 넘고, 그들이 속한 국가가 53개국에 달했다고 한다. 앙드레 말로, 시몬 베유, 조지 오웰, 어니스트 헤밍웨이, 존 더스 패서스, 알레호 카르펜티에르 등 작가들이 대거 참전해 소설, 시, 기사의 형태로 엄청난 증언들을 쏟아냈기에 어느 역사가는 이 전쟁을 "작가들의 전쟁"이라 부르기도 했다. 앙드레 말로의 《희망L'Espoir》(1937), 조지 오웰의 《카탈루냐 찬가Homage to Catalonia》(1938), 존 더스 패서스의 《어느 청년의 모험Adventure of a young man》(1939), 어니스트 헤밍웨이의 《누구를 위하여 종은 울리나For Whom the Bell Tolls》(1940), 그리고 피카소의 〈게르니카〉. 이것들이 모두 역사에서 두 번 다시 생겨나기 힘들 이 유일무이한 시공간을 증언하는 작품들이다.

    2014년 공쿠르 상을 수상한 이 작품에서 작가 리디 살베르는 바로 이 에스파냐의 1936년을 이야기한다. 아흔의 어머니가 화자(작가)에게 들려주는 실제 경험담이 이야기의 한 축을 이루고, 화자가 조르주 베르나노스의 《달빛 아래의 대 공동묘지》에서 읽는 증언이 또 하나의 축을 이룬다. 화자의 어머니 몬세는 "때마침 일어난 전쟁 덕에" 열다섯 살 나이에 하녀가 될 뻔한 운명에서 벗어난다. 대도시에서 '자유'와 '혁명'을 발견하고 하룻밤의 영원한 사랑을 만난 그녀에게 이 1936년의 여름은 가장 눈부시게 빛나는 시간으로 기억된다. 그 이후의 칠십 년 세월과 바꾸고 싶지 않을 정도로 경이롭고 소중한 시간이다. 그러나 같은 해 에스파냐에 머물렀던 베르나노스에게 그것은 경악과 공포의 시간이다. 사제들의 묵인 혹은 공모 아래 자행되는 학살 앞에서 혐오감에 치를 떨었던 시간이다. 그가 목도한 잔학하고 추악한 행위들을 고발한 뒤 영영 유럽에 등을 돌리고 먼 남미로 떠나게 만든 시간이다. 이렇듯, 하나의 시공간에 대한 전혀 다른 두 기억, 하나의 역사에 대한 두 개의 목소리를 교차시키며 작가는 깊이 있고 울림 있는 서사를 구성해낸다. 생애 최고의 시간을 회고하는 어머니의 향수 어린 목소리와 추악한 학살과 공모를 고발하는 베르나노스의 격앙된 목소리를 엮어 동일한 시공간을 입체적으로 빚어낸다. 인간의 삶 뒤로 얌전히 물러나 앉은 배경이 아니라 소용돌이치는 거대한 역사가 개개인의 삶을 어떻게 바꿔놓았는지, 개개인의 열망과 미망과 두려움이 커지고 부딪치면서 어떤 비극을 만들어냈는지, 어떤 꿈과 열정과 이상이 안타깝게 스러져 갔는지 생생하게 그린다. 몬세, 호세, 디에고… 인물들 하나하나가 섬세하게 살아 있고, 혁명과 전쟁의 바람이 휘몰아친 에스파냐 시골 마을의 풍경이 눈앞에 그려질 듯 선명하다. 베르나노스 역시 하나의 중요한 인물로 자리하고, 어머니의 이야기를 듣고 베르나노스의 글을 읽는 화자(나) 또한 서사 뒤에 머물지 않고 무대 앞으로 나와 목소리를 내어 과거와 현재를 잇는다. 이 안타까운 과거가 현재에 던지는 반향과 질문을 성찰하게 한다.

올해 9월 초, 파리에서 리디 살베르를 만났다. 작품 속에 종종 등장하는 에스파냐어나 프라뇰(프랑스어와 에스파냐어가 뒤섞인 말)에 관해 물어볼 것도 있고, 한국 독자를 위한 짧은 서문을 부탁하기 위해서였다. 마침 프랑스에 머물고 있던 터라 조심스레 작가에게 메일을 보냈더니 즉각 답이 왔다. 흔쾌히 만나자며 집으로 오라는 거였다. 예순을 한참 넘긴 나이라는 걸 믿

기 힘들 만큼 리디 살베르는 글도 젊지만 메일에 답하는 속도
며 친근한 답장 내용도 젊었다. 직접 만나보니 소탈한 태도와
맑은 미소에서 정감이 넘쳤다. 두 시간 넘게 질문에 꼼꼼히 대
답해준 뒤 그녀는 한국 독자들이 이 작품을 읽게 되어 정말 기
쁘다고 거듭 말하며 독자들이 좋아해줄지 궁금해 했다. 첫 번
째 한국 독자로서 나는 말했다. 제목처럼 '울지 않기' 힘들 만
큼 감동을 주는 작품이라고.

2015년 12월
백선희

지은이 리디 살베르

1948년 프랑스 중부의 오탱빌에서 태어났다. 툴루즈 대학교에서 현대문학으로 학사 학위를 받고, 1969년 다시 의과 대학에 입학했다. 이후 마르세유로 가서 정신과 전문의 과정을 공부하고 가까운 부크벨레르에서 다년간 정신과 전문의로 일했다. 《선언La Déclaration》(1990, 에르메스 첫 소설 상 수상), 《유령회La Compagnie des Spectres》(노방브르 상 수상) 등의 소설과 산문집 《일곱 명의 여자》(2013) 등을 썼다. 《울지 않기Pas Pleurer》로 2014 공쿠르 상을 받았다.

옮긴이 백선희

프랑스어 전문 번역가. 덕성여자대학교 불어불문학과를 졸업하고 프랑스 그르노블 제3대학에서 문학 석사와 박사 과정을 마쳤다. 로맹 가리, 밀란 쿤데라, 아멜리 노통브, 피에르 바야르 등 프랑스어로 글을 쓰는 중요 작가들의 작품을 우리말로 옮겼다.

울지 않기

첫판 1쇄 펴낸날 2015년 12월 15일

지은이 | 리디 살베르
옮긴이 | 백선희
펴낸이 | 박남희

종이 | 화인페이퍼
인쇄·제본 | 한영문화사

펴낸곳 | (주)뮤진트리
출판등록 | 2007년 11월 28일 제318-2007-000130호
주소 | 서울시 마포구 토정로 135 (상수동) M빌딩
전화 | (02)2676-7117 팩스 | (02)2676-5261
E-mail | geist6@hanmail.net

ⓒ 뮤진트리, 2015

ISBN 978-89-94015-85-9 03860

*잘못된 책은 교환해드립니다.

− 이 책은 프랑스문화진흥국의 출판 번역 지원 프로그램의 도움으로 출간되었습니다.
  Cet ouvrage a bénéficié du soutien des Programmes d'aide à la publication de l'Institut français.
− 이 책은 Centre national du Livre로부터 번역자 체류 지원을 받았습니다.